HMONG

小説

モン族たちの葬列

ラオス現代史の闇を暴く衝撃の長編

宮田　隆

栄光出版社

小説

モン族たちの葬列

―ラオス現代史の闇を暴く衝撃の長編―

私のところへヨン・フーの家族から手紙が届いたのは二〇一五年の春の事でした。

ヨン・フーはラオスのモン族で、二十年近く日本に住んでいた事があります。私は彼への取材を通して、ベトナム戦争当時ラオスで何が起きていたのかを知る事になります。そして、王制を倒し、共産党が政権を握って現在に至るまで、ラオスのモン族たちがどのような迫害を受けてきたのかも、彼から知らされました。

ヨン・フーの話には二人の日本人が登場します。一人は終戦直前に民間人の通訳として召集された榊修兵さんという軍属として従軍された方です。いろいろな因縁で、榊さんは他の日本兵たちと一緒に敗戦後もラオスに残留し、ラオスの独立戦争に参画しました。そして、想像を超えるほど辛い体験をされ、九十有余年の生涯を閉じられました。

もう一人の日本人は山口茂さんです。彼は一九五〇年代に橋脚技師としてラオスに赴任します。そして、あるミッションを担って、ヨン・フーと接触します。

全く繋がりのないこの二人ですが、取材を続けるうちに二人の子供同士の宿世の縁を知って愕然としました。

ここに、ヨン・フーがくれた「ラオスの民話」という薄い冊子があります。その一つの章に「モン族の伝承話」というのがあります。この民話にはモン族の不幸が集約されているのです。

「なぜ、モン族同士が争うのかって？」

　村の長老は青く沈んだ月を指して語り始めた。

「月がまだ二つあった恐ろしく昔のことだ。天界に住む我々モン族の神々が集まって、いさかいの絶えない人間界のモン族を諌《いさ》めるため、誰を送るかを話し合っていた。黒いモン族の神は我が息子をと主張した。白いモン族の神は自分の息子こそ相応しいと譲らない。モン族の神々の神フェイダンは二つの月を指して、まず、黒いモン族の神に問うた。お前はどちらの月を選ぶか？　黒いモン族の神は赤く輝く月を拝み言った。黒いモン族はあの血のような赤い月を選ぶ。我が息子を人間界に送り、堕落した人間どもを彼らの赤い血で清めてみせよう。白いモン族の神は緑色の月を拝み、我が白いモン族は人間界に神々の慈悲を伝えるために我が息子を差し遣わす。あの緑の月のように、田畑を耕し、家畜を養い、森の神々を敬《うやま》い崇《あが》める人間に変えてみせよう。モン族の神々の神フェイダンは二人の神の答えに意を決し、こう伝えたそうだ。よろしい、それでは黒いモン族の神の息子は、人間界のモン族に誰にも屈しない勇敢な戦闘の心を伝えるがよい。白いモン族の神の息子は、彼らに神々を崇める穏やかな森の民として生ける術を与えよ、とな。こうして、我々モン族には、心の中に二つの異なった神々が宿ることになった」

　長老は青い月に手を合わせ、深々と頭《こうべ》を垂れた。

「不幸なことに、攻撃的な神が勝るモン族は戦場を好み、森には戻ろうとしない。そして、平然と森の神が宿る同じモン族を襲う」

私はこの伝承を読んで、ヨン・フーの生い立ち、生き様に興味を持ちました。ベトナム戦争にラオスが巻き込まれ、長くラオスを支配し、ラオス人の心の拠り所であった王朝が倒され、共産党政府が樹立したこと。その間に長い内戦があったことも、朧げですが知ってはいました。ただし、その私の知識は、上辺だけをなぞった薄っぺらなものだったのです。そもそもモン族とはどんな民族なのでしょうか？

モン族……。

「モン」の意味は「自由」。

紀元前三〇〇〇年、伝説の黄金の国、スワンナプーム王国を築いたといわれる誇りたかき民たちです。

その後、海路を開き、現在のタイ、ランプーンにハリプンチャイ王国を繁栄させました。

この中国を源流とする民は、長い凄惨な歴史の流れの中で霧散し、あるものはベトナムの山奥に、あるものはタイの寒村に、あるものはビルマのジャングル奥深く、そしてラオスでは、まるでこの世のすべての恥辱《ちじょく》から逃れるように深い山岳で生きています。

そして、いまもなお、ラオスのモン族の一部は、人としての尊厳さえ亡失した難民として、異国での生活を余儀なくされています……。

私はそんなモン族の悲惨な歴史と現状を様々な人たちへの取材を通して少しずつ知る事になります。そこにヨン・フーの家族から手紙が届きました。

ヨン・フーが亡くなったことが綴られていました。九十近くの大往生です。死ぬ直前まで、ヨン・フーは知り合った多くの名前をあげ、なつかしがっていたそうです。ラオス独立運動に参画した宮本部隊と呼ばれた残留日本兵たち。榊《さかき》修兵さん。修兵さんと運命を共にしたモン族のブン。修兵さんの妻、幸子さんと息子の榊司さん。山口茂さんと兄の英弘さん。そして、茂さんの娘、圭子さん……。

　私はどうしてもこの理不尽なモン族の悲劇をもう一度まとめたくなりました。そして、できるなら、歴史の影に消えてしまったこの悲惨な事実を世間の人に知ってもらいたいと思うようになったのです。

　そこには恐ろしく長い、そして複雑な歴史の石畳が、続きます。ある所では急峻《きゅうしゅん》な壁を登らなくてはならないでしょう。また、石畳の道はあちこちで崩落し、深い穴が開いています。それでも、私は一つ一つの歴史を様々な人たちの視線を通して、語り続けなくてはならないのです……。

二〇〇六年四月　東京

　二〇〇六年四月一日、午前六時三十分、榊司はいつもの時間に目が覚めた。起き上がろうとしたが、しばらく躊躇していると、隣のベッドで寝ていた妻の良子が「どちらかへお出かけ?」とため息と一緒に言った。

2006年４月　東京

「いや、しかし、習慣というのは恐ろしいな」とだけ答えて、司はベッドを出た。

定年退職の送別会の酒が少し残っていた。洗面所で改めて自分の顔を眺めた。萎《しお》れた紫陽花《あじさい》のように見えた。

携帯電話を手に取ると着信のマークが目に入った。「重里貞夫（庶務課）」とあった。重里貞夫は司と十五年もの間特別な関係を続けている山口圭子のコードネームであった。

司は日課の朝の散歩に出かけた。住宅街を越え、小高い丘にある公園までの往復。いままでは、約三十分の散歩の後、軽くシャワーを浴びて、慌ただしく会社に行かなくてはならなかったが、もうその必要もない。見慣れた風景だが、そう思って眺める丘の上からの風景は朧げで、桜の芽吹きさえ沈思しているように見えた。

午前七時を過ぎたのを確認して司は圭子に電話を入れた。

「お早う、昨晩は飲みすぎなかった？」

相変わらず圭子の跳ねるような声に司は少しほっとした。

「どう、定年初日の感想は？」

「別にどうということはないよ。今、散歩の途中だ」

「例の丘の上の公園ね」

「そう……」

「私、病院に行ってきたの」

「病院？　どうしたんだ？」

「会って話すわ。時間ある？」

「残された時間は多くはないが、今の俺には必要以上に」

「変な言い方。私はもっと少ないわ」

「どういう意味だ？」

山口圭子は今年で五十歳になる。彼女が三十五歳からの付き合いだ。短期間だが司の秘書として働いたことがあった。その時、どちらからとなく求め合ったような気がする。司はその経緯を思い出せない。ただ、ここのところ、いつも圭子からの別れ話に慄《おのの》いていたような気がする。自分の定年が圭子の新しい人生の節目になるのだろう、そんな輪郭の曖昧な不安が確信に変わろうとしていた。


その日の午後、会社に近い渋谷のいつもの喫茶店で二人は落ち合った。圭子は会社のユニフォームに薄手のレインコートを羽織って司の前に現れた。

「ごめんなさい、無理を言って」

「いいんだ。暇だし」

「どう、定年の初日は」

「今朝《けさ》と同じ質問だな。なにも変化はない。ただ、これからどう過ごすか、だな。アイディアが浮かばない」

「そうね。仕事人間だったから」

「それより、体調が悪いのか？　病院て？」

圭子はわずかに潤んだ目で司を見た。

そして、少し俯《うつむ》くと、

「私ね……、乳癌だったの」

騒《ざわ》めきにかき消されるような小さな声だった。

「え？」

「それもね、末期」

司は言葉を失った。風景が揺らいだような気がした。

「ずっと、右のわきの下から乳首にむけてしこりがあったの。揉まれると少し痛かった。それで……、思い切って病院に行って、先週、結果が出て……」

圭子は嗚咽に耐えるように口元を押さえた。

「手術すれば何とかなるのだろう？」

圭子は首を横に振った。

「いいえ、もう手術は無理だって」

「じゃ、どうするんだ？」

圭子は顔をあげて、無理な笑顔を作った。

「もう、手遅れなの。あと、きっかり三ヵ月。そう宣告されたわ」

「三ヵ月！」

「抗がん剤治療を続けて、少しでも延命させる……。でも、そう長くはないだろうって」

「まさか、俺が良い医者を探してあげる。諦めるんじゃないよ」

圭子は、はにかむように笑って、噛み砕くように「ありがとう」と言った。

2006年４月　東京

「私ね、もう決めたの。会社を辞めて、実家に帰るわ。そこで抗がん剤治療を続けながら、母に看取ってもらう」

「君の実家は、たしか」

「佐世保。私、母子家庭でしょ。母一人、子一人、父親の顔も知らない」

そのとき、司ははっと二人の出会いを懐《おも》った。

二人とも海外で父親を失った母子家庭で、そんな似た境遇が二人を近づけたのだった。

『君も父親を知らないのか……』

何かの宴会の後、場末のバーでそう圭子に聞いたはずだった。

『実は、俺も親父の顔を知らない』

司のその一言に圭子の目は妖艶で、何かを求めているようなものに変わった。

司は目の前にいるいつもの圭子の麗しげな身のこなしが、死に取り憑かれ崩潰してゆくような幻を見た。


「いろいろありがとう。お世話になりました。本当に長い間。十五年か……。でも、楽しかったわ。さてと、これから、引っ越しの支度をしなくては」

気丈に振る舞う圭子は、穢れのない目で、もう一度司を見た。

「というより、死に支度ね」

圭子は下唇を噛むと、健気を装った。しかし、すぐにいたたまれなくなり激しく肩が震えた。

その後、司は何度も圭子に電話を入れたが応答がなかった。社員名簿にある圭子のアパートを訪ねてみたが、すでに圭子の名前はなかった。最後に司に会う前に引っ越しをしていたのだろう。もちろん、実家の住所など知る由もなかった。圭子の同僚や友人たちに聞いても誰も引っ越し先を知らなかった。もう、なす術がなかったのである。

季節はずれの蝉がつかの間の生を謳歌するように叫ぶ。その日は梅雨があけたように暑かった。司は携帯電話の着信記録に気がついた。その電話はまるで時を測ったかのように圭子と最後に会ってちょうど三ヵ月後であった。

「重里貞夫（庶務課）」

司は晦冥《かいめい》の闇に吸い込まれるような恐怖に怯える指で「通話」ボタンを押した。すぐに応答があった。相手は圭子ではなく年老いた女性の声であった。

「はい、山口です」

「あの、携帯電話に着信記録がありましたので。榊と申しますが」

「あっ、シゲ……、いいえ、榊様。娘が大変お世話になっていたそうで」

司は胸が擂《す》り鉢《ばち》で擦られるような圧迫を感じた。予感が拡張してゆくのが怖ろしかった。

「圭子の母、山口サキと申します」

サキはそう名のると、わずかな喘鳴《ぜんめい》が司の耳に残った。

「実は、圭子が、今朝、早く……」

電話口でサキの泣き疲れた声がざわめく霧笛のように響いた。

「……お亡くなりに？」

「はい、でも、苦しまずにスーッと、息を引き取りましたです」

「そうですか……」

「あの、娘が生前、自分が死んだらこの携帯電話をオンにして、住所録から『シゲ』という名の人に伝えてくれと。ですから充電は欠かさなかったです。住所録にある『シゲ』というのが榊様、ですよね？」

司はしばらく声にならなかったが、恐れていた予感が現実になったことを受け入れるのに自分でも驚くほど冷静であった。司は圭子の実家の住所を聞き、葬式に出席する旨、サキに伝えた。

「まあ、とんでもありましぇん。お忙しい方が、そんな……」

「いえ、もう定年で、時間はありますので」

「定年？」

サキの意外な反応を司は不思議に思った。

「いえ、圭子がいつも話していた榊様はもっとずっと若い方かと思っておりました。失礼をば」

最終便で長崎空港まで行き、そこから佐世保までは乗り合いタクシーで一時間たらずである。圭子の実家は佐世保市内のはずれで、海の喧騒が近かった。

圭子の実家前にはすでに葬式の準備が整っており、受付で蠢《うごめ》く黒衣の人影の中に司の知る顔があった。圭子の同僚だった真知子と早苗だ。

「あら、専務、いらしてくれたのですか！」

司に気がついた二人は手を叩くような仕草をしながら司に近づいてきた。

「よしてくれ、もう専務ではないのだから」

二人は目の奥が潤んでいた。

「圭子先輩の顔……、奇麗でした。寝ているみたい。専務も見てあげて下さい」

圭子の遺体は奥の四畳半ほどの仏壇のある部屋に安置してあった。親戚らしき人ごみの間から覗き込むと、淡い白熱灯に青白い圭子の顔が浮かんでいた。まるで蝋人形のような圭子の遺体に、司はその死を実感することができない。

早苗が「圭子先輩のお母さまが出てらっしゃったわ」と司の耳元で囁いた。玄関には、やつれ腰の曲がった老女が立っていた。その老女は周囲の人たちに何度も深く頭を下げながら、司の方に寄ってきた。

「榊様ですね。圭子の母、山口サキでございます。こがん田舎まで来てもろうて、本当に申し訳ありません。圭子が……、えらくお世話になりまして」

冬眠を迎える前の蛙声《けいせい》に似たか細いサキの声が司の耳に辛く届いた。

真知子がサキの背丈に合わせるように膝を折った。

「圭子先輩、榊専務のことを本当に好きだったんですよ。もちろん、心の支えとして、ですけど」

「おいおい、誤解を与えるようなことは」

その時、サキは少し腰を伸ばすような仕草をした。

「ええ、圭子も幸せやったと思おると。榊様の事は、いつも、圭子が話しておったと……」

司は泥沼に足をすくわれるようないたたまれなさを感じた。

「私はてっきり……、榊様には失礼ばってん、圭子とおない歳ぐらいの若い方を想像しておったとばい」

「お母さん、それは多分違う方でしょう。私はそれほど圭子さんとのお付き合いはありませんでしたし、そう、十五年ほど前にひと時、秘書をやって頂いて……」

そう言って司は圭子の関係を繕おうとしている自分に嫌悪した。

「いいえ」

サキは、確信に満ちた声ではっきりとそれを否定した。

「圭子がいつも話しとったとは榊様です。いま、お会いして、はっきり、そいが分かりましたばい」

一瞬、いたたまれない鈍重な靄がその狭い空間を漂ったが「専務、今夜はどうなさるのですか？」の真知子の一言で空気は吸い込まれるように霧散した。

「そうだな、もう帰れないから、近くのビジネスホテルでも探そうかと思っている」

すると、サキが唸るように言った。

「榊様、遠くから来ていただいた方には、通夜はおいんがた家にとどめおくのがこの辺のしきたりで、もし、よろしければ、圭子の傍にいてやっていただければ……」

「そうよ、専務、今夜は圭子先輩と一緒に飲みましょうよ。私たちはもう、そのつもりですから」

2006年4月　東京

午後八時過ぎには通夜も終わり、圭子の遺体は棺に移された。親戚が圭子の口に水をふくませ、棺の位置を何度も確認した。棺の位置が正確に北枕に納まると、住職が短い経をあげた。儀式はそれで終わった。住職も引き上げ、親戚たちが数人居残り、司たちに酒を勧めた。

「若い仏さんの葬儀はつらいもんばいな」

「一人もんの仏さんは寂しか」そんな話題に終始しながら午後九時過ぎにはお開きとなり司たちだけになっていた。

「佐世保の親戚は、私にとって本当に遠い関係で、今日、初めておうた方々もおったと。私たちは元々熊本ですから。主人も東京の人でぜんぜん行き来なかやったし、圭子も高校からは神奈川やったし」

　サキがしきりに寂しい通夜を嘆いた。

　司が思い出したように訊ねた。

「ご主人は確か……」

「ええ、ラオスで行方が分からなくなりました」

「ラオスのどちらで?」

「北の方だと聞いていますが……」

「圭子先輩は神奈川の高校を出たのですか?」

真知子がアルコールで上気した声で二人の話を遮った。

「ええ、もう、亡くなりましたが、主人の兄が神奈川で高校の教員ばしていまして……、急に連絡が来て弟の娘の面倒ばみたいと」

司はそんな話を圭子から聞いていなかった。良く考えてみると圭子は自身の人生の輪郭を常にぼやかしていて、司に曝すことはなかった。

「なにしろ主人ば早く亡くしておって貧乏で、裁縫の仕事とか、近所の地主さんの子守りとか。圭子の高校進学ば思案していたときに、それはよか話で。でも、そいっきり、圭子は熊本にはほとんど帰らなくなりました」

サキは何かを思い出すような目になって天井を見た。遠くで子供たちが花火に興じている喚声が聞こえた。

「ただ、私も歳だし、つこうておらん母の家が佐世保にあったもんで、借家住まいよりはましかと数年前にこちらに引っ越しました」

司はサキの話が不可解だった。圭子は、休暇にはいつも「実家に帰る」と言って司とのささやかな長期の密会を断っていた。しかし、サキは圭子がほとんど実家には戻っていないと言う。

午前二時をまわっていた。睡魔が司を夢遊させていた。夢は圭子との密会の日々だった。圭子が司にまとわりつくように充血した海綿をもてあそんだかと思うと、渋谷の居酒屋の隅で人目を避けるように飲み交わしていた。圭子は自分のお猪口に唇を乗せ、わずかに口紅が付着したのを確認すると、そこを司に向け、手渡した。司の唇がお猪口に触れると圭子は恍惚とした顔になって上唇を舐めた。しばらくすると、圭子は見慣れぬ山間を浮遊していた。周囲は険しい山岳で、所々に集落が見える。圭子は黒い屋根と低い壁の集落を指差し、司を手招いた。そこは、どこかアジアの少数民族の集落にもみえた。肌は浅黒いが日本人とよく似た顔の男女が司を見ている。圭子は彼らの間に立って盛んに何かを叫んでいる。唇の動きを追うと「……モ……ン……」と読めた。

司は夢遊から醒め、周囲をみた。真知子も早苗も毛布に包まって寝ていた。

司は、夢の続きを追うように圭子が安置されている隣の部屋の襖を開けた。

サキが棺の前で横になっていたが、司に気がつくと軽く会釈して音も立てずに部屋を出て行った。まるで、司がこの部屋を訪ねることを知っていたかのような周到さであった。

司は棺を囲む薫物《たきもの》の香りに酔い、再び深い夢遊の世界に沈殿した。

夢の中で、圭子の裸体がまるで不揃いな時計の針のように左右に揺れていた。司が貪った圭子の肉体が風船のように膨らんだり縮んだりしながら脳を刺激した。

しばらくして、司は、自身の肉体が分離、離脱し、圭子の棺の扉に触れようとしているもう一人の自分を見た。

司の目の前に漂う自己に呼応するかのように棺の蓋が音もなく開いた。

棺のなかでは、圭子が少し微笑むような口元で目を閉じて横たわっていた。

離脱した自己が、死装束の掛け衿を両手で持ち、横に引くように胸元を開くと、この十五年間貪り続けた圭子の小ぶりの乳房があらわれた。

乳房には、すべての血液の交易も、脂肪の弾性も、引き込まれるような性の雄叫びもなかった。右の乳首には自滅した癌細胞のわずかな膨らみが冷酷な死とともにあった。

司は初めて、失ったものが自らの体躯の中で鮮烈な輪郭をもった空洞と化していることを知った。その空洞に流入してくる悲しみは、荒々しい痛みをともなっていた。

痛みは号泣することさえも許さないほど冷酷だった。


翌朝早く、司が帰り支度をしていると、「昨晩、榊様が主人の事を訊ねられていたので」とサキは一枚の新聞の切り抜きのコピーを司に手渡した。

コピーの端に手書きで『昭和三十二年十月二十八日付け、京朝新聞』とあった。

「これは？」

「ええ、主人のことが新聞に出ていまして大切に取っておきました」

その新聞には次のようなことが書かれていた。

『京朝新聞バンコク支局発、十月二十六日。在ラオス王国日本大使館によると、十月上旬、丸橋建設（本社・東京）から派遣されていた橋脚技術者、山口茂さん（二十七歳）が北部ラオスに出張中、音信不通となり、丸橋建設のビエンチャン事務所から日本大使館に行方不明との連絡が入った。大使館では現地警察に捜索を依頼しているが、今のところ何の手がかりもなく、事故と事件の両面から捜索が続けられている。北部ラオスは反政府勢力の影響が強く、治安の悪化が懸念されており、何らかの事件に巻き込まれた可能性も考えられる』

「なるほど、ご主人はラオスで行方不明になったのですね？」

「私には何の連絡もなかったのですが、この報道からすぐに外務省から連絡があって、現地の大使館、警察が必死で捜索しているので希望をもって待っていてほしい、と言われました。丸橋建設の本社の方たちも何度も熊本に来てくださり、逐一、情報を頂きましたが、まったく進展のないまま、半年後に捜索が打ち切られたそうです」

「大変でしたねぇ。もちろん、その後の補償とかも？」

「ええ、丸橋建設からは事故死、労災という処理をしていただき、事故の見舞金、退職金と労災保険をいただきました。ありがたいことやったと」

「お母様もラオスに行かれたのですか？」

「いえ、とんでもなか。外国など行ったこともなかし。恐ろしいことばい」

「でも、ご主人は橋脚技術者で、海外が活躍の場では？」

「私は田舎モンばい、父も兄も、可愛がってくれていた叔父も外地で亡くしておるもんで、外国が怖いのです！」

　サキの呻吟《しんぎん》が弾けた。

2006年4月　東京

　司は東京に戻ると、家には戻らずに司の母、幸子の所に向かった。幸子は八十歳を超える高齢だが、まだ元気で、司の家からそう遠くないマンションに一人住まいをしている。

「おや、めずらしい」幸子はいつものように突き放すような口調で司を迎えた。

「昔の部下が死んでね。佐世保まで行ってきた」

「まあ、ずいぶん遠くだこと。部下というとまだお若いのでしょう？」

「五十……」

「お気の毒にねぇ。そんな若くして。奥さんも大変でしょう」

「いや、独身の、それに女性だ。結婚経験がない。母一人子一人の……、うちみたいな母子家庭で育った」

幸子はお茶を入れながら何度か頷いた。

司はダイニングに立って、周りを見渡した。

「なにか探しものでも？」

「いや、親父の仏壇は？」

「仏壇？　どうしたの急に？　お父さんのことなど聞いたこともないのに」

「いや、そうじゃなくて……。確か、うろ覚えだが、親父はどこか……、中国だか、ベトナムだかで戦死したと聞いたような気がするけど」

「本当のところは、はっきり分からないのよ。遺体も見つかってないし。でも、少なくとも最後は仏印だわ。戦争が終わって、そうね、半年か一年くらいして厚生省から仏印のどこかで行方不明、という通知をもらったわ。その後も、全く音信不通……。どこで死んだのだか」

「仏印？　仏印というと、フランスが統治していた時代の、確かベトナム、カンボジアそれに……、そうだ、ラオスだ」

「そう、そのラオスだわ」

「ラオス！」

「どうしたの？　顔色悪いわよ。二日酔い？」

2006年４月　東京

幸子は隣の部屋の襖を開けた。そこは和室になっていて、小ぶりの仏壇が見えた。そこから菓子箱を取り出し、司の前に置いた。

「主人は民間人として出征し、そのまま戻らなかったわ。もちろん、あなたは父親の顔も知らないし、私も忘れかけているけど。そりゃそうよね。もう、六十年以上前に別れたきりですもの」

幸子は菓子箱の蓋を開いた。中には数通の古びた手紙が紙縒りで綴じ合わせてあった。

「主人が戦地から送ってきた手紙よ。そうね、十通くらいあるわ」

「どこから？」

「最初は中国のどこかからだけど、そのうち、聞いたこともない場所になっていたわ。『老撾』とか『寮』とか……」

幸子は机の上に指先で漢字をなぞった。

「ラオスって読ますらしいわ。寮は華僑が使うので、主人の手紙には両方が書かれていた」

「この手紙、少しの間、借りていいかな？」

「どうしたの？　構わないけど、検閲があってたいしたことは書いてないわよ」

幸子は菓子箱の底を探りながら「ああ、これこれ」と皺くちゃになった紙を取り出した。

「これはね、主人が在籍した大学の同窓会誌の記事よ。主人のことが載っていたので切り抜いておいたの。これも一緒にどうぞ」

司の父修兵からの手紙には幸子が言ったように大したことは書かれていなかった。実に淡々とした文章で、それにどれもひどく短かった。

修兵の手紙で戦争について記述しているのはわずかに昆明郊外から出した手紙だけであった。

〈昆明から老檛《ラオス》に移動する際、昆明の近くでゲリラに取り囲まれ危うく殺されそうになった。近くで作戦行動をしていた別の日本軍に助けられた〉

そんな記述が他人事のように書かれていた。

他の手紙には、宿舎が汚くて蚊や虫が多くてまいった、とか、水を飲んで下痢をした、など戦争の緊張感を感じるものはなかった。

幸子から預かった二葉の写真は、一つが結婚式のもので、もう一つが結婚してすぐに中国へ出征する時のものだった。いずれも修兵が二十二歳頃のもので、輪郭がぼやけてはいるものの、面長で端正な顔つきが見てとれた。

『榊修兵、大正十二年四月二十日、東京市豊玉郡杉並村生』

司は同窓会誌に載っている修兵の記事の冒頭を読んで、東京都の地図帳を開いた。その地図帳の巻末には戦前の旧地名が載っている。

「豊玉郡……」

今の東京都杉並区と中野区の中間くらい、恐らくＪＲ中央線の阿佐ケ谷駅か高円寺駅の近くで生まれたものと思われた。

修兵に関するその後の資料はなく、つぎは大学に入学してからとなっていた。

〈昭和十七年、東京外国語学校に入学〉東京外国語学校は現在の東京外国語大学である。

司はその続きを読み始めて思わず唸った。

〈昭和十八年、大学二年生の時に陸軍特務機関の臨時職員として在籍のまま採用された〉

――専門はサンスクリット語（パーリー語）で、タイ語を流暢《りゅうちょう》に話せ、読み書きもできた。すごいな……。

〈そのため、学徒出陣は免れたが、昭和十九年暮れに、南方軍司令官付の通訳として民間人のまま中国に召集された〉

――そして、昭和十九年十一月、召集される直前にお袋と結婚か。

司の誕生日が昭和二十年九月だから、確かに計算は合った。


それから二ヵ月後、司はラオスに向かった。バンコクからビエンチャンまではラオス国営『ラオ航空』のMA六〇という中国製の双発ターボプロップ旅客機だった。このMA六〇という飛行機は、ソ連時代にウクライナのアントノフが製作したAN－二四旅客機の完全なコピーだが、価格は比較にならないほど安い。ラオスはベトナムの影響が強く、当然航空機などもソビエト製が大半を占めていたが、ソビエトの崩壊で、ここラオスにも廉価な中国製の旅客機が席巻し始めていた。その象徴的存在がMA六〇だが、その安全性については常に疑念を持たれているいわくつきの旅客機である。

大型ジェット機しか乗ったことのなかった司にとって、プロペラ機独特の振動とエンジン音、そして雲に突入したときの激しい揺れは初めての経験であった。

気分が悪くなり、汗が額から滴り落ちた。「今は、雨季ですから雨雲や雷雲が多くて揺れますよね」と隣の三十代後半と思われる日本人女性が声を掛けてきた。

「いや、プロペラ機は初めてなもので、こんなに揺れるとは……」

「十一月の水祭り頃までが雨季です。今は八月ですから雨季の真最中ですね。特にこの時期、夕方になると強い雨がよく降ります」

飛行機の窓からのぞける外の風景は、厚い鉛色の雲に覆われ、一つ雲を通過するたびに飛行機は大海を彷徨う小舟のように揺れた。

「ほら、メコン川が見えてきました。もうすぐ着陸ですよ。川沿いに白い大きなビルが見えますでしょ。あれが最近できたマレーシアの中国系資本が作った、ビエンチャンで一番の高層ホテル。高さもお値段も」彼女はそう言って笑った。

雲の合間から、大蛇がうねるようなメコン川が見えた。すっかり揺れに酔ってしまった司は「はあ」とため息をついた。


翌日。

在ラオス日本大使館はビエンチャン市の中心から車で十分ほど北に向かう。狭いビエンチャンではもう「郊外」という趣きである。

大使館は大掛かりな改装工事中で大きな工事用テントが建物を覆っていた。もう数ヵ月で本館が新築されるという。工事機材が積んである玄関横の小さな小屋のような所で司は担当者を待った。

「お待たせしました。あら、昨日、飛行機でご一緒だった」

出迎えに来た担当者はバンコクからの飛行機で隣に座っていた女性であった。

「大丈夫でしたか？　だいぶ気持ちが悪そうでしたが」

「いや、お恥ずかしい。飛行機酔いというのを初めて経験しました。ひどいものです」

「もう、すっかり？」

「ええ、よく寝ましたので」

急に辺りが暗くなり、風が工事現場の埃を舞い上げ司たちを襲った。

「また、雨になりますね……」


この外交官は、名刺を渡しながらやや長めの髪を払うような仕草で司に挨拶した。

〈片桐　優・在ラオス人民民主共和国日本国大使館・二等書記官〉

「恐縮です。お忙しいときにお時間を割いて頂き。私、定年になったばかりで、名前と住所を記載した名刺を急遽作りましたが、現在は何の肩書きもありません」

「とんでもありません。わざわざ大使館まで来て頂き、申し訳ありません。ただ、お尋ねの件はやはり大使館で直接、資料をお渡ししたほうが良いかと判断しましたので」

片桐は、渡り廊下から別棟の『資料室』に司を案内した。

「ここは旧館です。元々、ここが大使館本館でした。狭くて、古くて。でも、もうすぐ取り壊されます」

部屋全体を見渡せる所で、片桐はまるで学生に講義するような口調で資料室の説明をはじめた。

「外交資料は機密性が高く、基本的には三十年以上を経過した資料を、審査委員会が吟味して、麻布の外交資料館で公開しています。いままでに十七回公開しています。資料の冊数は一万冊を超えていて、先進国の中ではずば抜けた公開実績があります」

「ほう、では、この部屋のは？」

「この一角が『閲覧室』になっていて、原則的にお申し込み頂ければ誰でもラオス大使館関係の外交資料を見ることができます。つまり、国家機密とは別に、大使館で判断した資料を独自に公開している訳です」

片桐はそう言うと、榊に椅子に座るよう勧めた。

「そうですねぇ、主に要人往来に関する資料とか、ラオスとの条約関係、ＯＤＡの施行状況や実績、ＮＧＯの活動資料などもあります。あとは……」

「事故や事件のは？」

司がたずねると片桐は頷いた。

「ええ、榊さんからメールで事前に伺っておりましたので、探しておきました」

「それは恐れ入ります」

片桐は閲覧室のロッカーから一通の封筒を取り出した。

「今は資料の保存は原則マイクロフィルムですから、それを印刷しないと読めませんので、コピーをしておきました」

封筒の中には、Ａ４版のコピーが数枚入っていて、その他に写真か何かの印刷物が見えた。

司は封筒を受け取ると、片桐は少し真顔になった。

「先に少し説明させて頂きますね。このコピーは当時の丸橋建設からの捜索依頼状や捜索結果を記載したものです。ラオス語で書かれたものは英訳してあります。結果は公文書として本庁に送られていますので、これがそれをさらに日本語に翻訳したものです」

捜索依頼状は日本語、捜索結果は確かにラオス語、英語そして日本語で書かれてあった。

「これが捜索報告書です。元々はラオス語ですが、こちらが日本語に訳したものです。丸橋建設にも同じものがあるはずです」

「この写真は？」

「行方不明になられた、山口茂さんの写真だと思います」

片桐は貼り付けてある台紙を指差した。

確かに手書きの太いマジックインクで、

〈Ｐｈｏｔｏ：Ｍｒ．Ｓｈｉｇｅｒｕ ＹＡＭＡＧＵＣＨＩ，ａｔ Ｖｉｅｎｔｉａｎｅ ｃｉｔｙ ｏｎ Ｓｅｐｔｅｍｂｅｒ ６th，１９５７〉とあった。

そこに写っていたのはビエンチャンのタートルアン寺院をバックにした若々しい青年の姿であった。写真は変色していて、顔の輪郭もぼけていた。

「こちらが、丸橋建設が施行していたビエンチャン市内の橋脚工事現場の写真ですね」

その写真は、さらにぼやけていて分かりにくいものだった。多分、新聞の切り抜きをコピーしたものと思えた。日付は「一九五七年八月」と日本語で書かれている。

あとは事件を伝える当時の新聞の切り抜きと、大使館の捜索打ち切り命令と丸橋建設社長のコメントなどであった。

一度応接間に戻ると、片桐が司を覗き込むように聞いてきた。

「榊さん、一つ……、これは個人的な興味ですけど、なぜ、こんな古い事件を調べていらっしゃるんですか？」

片桐は両腕を組むようにして体躯を傾けた。

「実は、ラオスと日本が国交を樹立したのが一九五五年で、当初は在タイ国の大使が兼務していました。ここで正式に大使館として機能したのは翌年の三月。ですから、大使館としては翌年に起きたこの邦人技術者の行方不明事件は最初の『オオゴト』だったようです。私なりにいろいろ調べた結果、どうも行方不明になった山口さんは正式な出張で北部ラオスに行ったのではないらしいのです。丸橋建設は労災の申請もあるので絶対に認めたがりませんが、当時から北部ラオスは反政府勢力が強いところで治安も悪かったし、それに榊さん……、ビエンチャンの橋脚工事の技術者が何の用事があってそんなところに行くのですか？」

その通りだと司も思った。確かに不可解な行動なのだ。

「ところで先ほどの片桐さんの質問ですが」

「ええ」

「実は、知り合いの女性が一ヵ月ほど前に癌で亡くなりまして」

「あら、それはお気の毒に」

「実は、その女性、山口圭子と言います」

「まさか、山口茂さんの身内なのですか？」

「ええ、どうも、間違いなく実の父親のようです」

片桐は、もう一度髪の毛を弄りながら大きく頷いた。

「でも、榊さん、その確認だけでわざわざラオスへ?」

「いえ、実は、私の父もラオスで戦死しているのです。いえ、正確には遺体が見つかった訳ではないので行方不明、ですが」

「まあ!」

片桐は、唇を突き出して目を大きく開けた。

「偶然とは言え、不思議な因縁ですねぇ」


司がラオスから帰国して一ヵ月がたった。その間、山口茂に関する情報を確認するため、麻布の外交資料館にも行ってみたが、ラオスの日本大使館でもらった以上の資料を見つけることはできなかった。司の調査は完全に行き詰まっていた。

九月に入ったばかりのある朝、司はいつものように散歩に出かけた。丘の上の公園に近づいてきた頃、携帯電話のバイブレーターが振動した。着信記録を見ると「重里貞夫(庶務課)」とあった。懐かしい圭子のコードネームである。しかし、十五年間もこの電話番号に胸をときめかせ続けてきた圭子はもういない。

司はすぐに返信ボタンを押した。

圭子の母サキは、いつものか細い声で電話口に出た。

「すみません、榊様、電話などしてしまって……。他に相談すっ人がいなくて。本当に申し訳なかです」

2006年4月　東京

「大丈夫ですよ。お母さん。それで、どうしました？」

　サキの一瞬だが、閉塞する喉の音が聞こえた。緊張すると喘息のような症状が出るらしい。

「ええ、実は、主人の兄の奥様から連絡ば頂き」

「ご主人のお兄さんは確か、神奈川でしたね」

「ええ、義兄は圭子より一年ほど前に亡くなっていまして」

「そうですか……、それで何と？」

「遺品を整理していたら、圭子宛の封筒が見つかったので渡したい、と言うのです」

「形見分け、ですかねぇ」

「それから、一度、会って話をしたいこともあるとか」

　司は「他人が口を出すことではありませんが」と断って、

「サキさんと、義理のお兄さん家族とのお付き合いは？」

　サキは少し困ったような間を空けた。

「お恥ずかしいことですが、私たちはまったくお付き合いがなかやったと。圭子が高校からお世話になっていたとばってんが、挨拶にも行ったこともなかとです」

　司は言葉を選ぶようにゆっくりとした口調で続けた。

「なにか……、事情があるようですね」

「……」

　サキが返答に窮したわずかな空白に、圭子の影法師が司の深層に入り込む錯覚を覚え、一度大きく深呼吸をした。

「それで、私はどうすれば？」

サキは一度大きく息を吸い込むと、苦しそうな喘声が漏れた。

「私には、もう身内もいませんし、他に相談する人も……、圭子が榊さまのことをずっと慕っていましたもんで。その……、まことに図々しい話ですが、一緒に義兄の家へ行ってもらえないものかと」

司が天を仰ぐと、圭子の影法師が笑った。

2006年４月　東京

三日後、司は羽田空港でサキと落ち合った。サキは大きなバッグを抱えながら媚びた目で司の前に現れ、床に伏せるように頭を下げた。

司は羽田空港内の喫茶店にサキを誘った。司はサキとの電話でやりとりしたメモを取り出した。

「この山口英弘さんという方が義兄さんですね？　そして、英弘さんの奥さんが……、聡子さん、ご自宅が横浜、ああ新幹線の新横浜の近くですよ。ここからだったら近い。ところで、私の役割ですが、ただ、知り合いということでお話をうかがっていればよろしいのですよね」

サキは何度も「ええ」と繰り返した。

司はスーッと背中を伸ばすと、顔だけ傾けてサキを横から見つめた。サキは緊張したように首をすくめた。

「少し、圭子さんと、この義兄さんの英弘氏とのことをお話しいただけませんか？」

サキは覚悟を決めたようにすくめた首のまま顎を引いた。

「まず、私たち夫婦のことから、ですね……」

サキの目がわずかに震顫した。

「私が時々手伝っていた小料理屋の女将さんが話を持ってきました。熊本に支社のある建設会社に東京から技術者が転勤になったのでお付き合いしないかと。私は戦争で父も兄も、大好きだった親戚の叔父たちも亡くしていましたし、母は末期の労咳で私が中学生のときに療養所に入ったきりでした。ですから、早く結婚ばしたかったのです」

サキは無理に標準語で話し、少し照れた目で顔を上げた。

「ある割烹で主人と初めて会いました。それから私たちは一緒に住むようになりました。どんな家柄の人とも知れず、親も兄弟のことも主人は話してくれませんでした。私たち……、実は式もあげとらんです。籍にも入っていません。恥ずかしいことです」

「でも、サキさんは山口姓を名乗っていますよね」

「ええ、圭子も山口姓を。でも、戸籍を見ていただければ私は〈綿貫サキ〉そして、圭子は〈綿貫圭子・女〉とあるはずです」

「女？　長女では？」

「ええ、戸籍で〈女〉というのは非嫡出子を言うのだそうです」

「非嫡出子？」

「私生児のことです」

サキは何かを訴えるように司を見つめた。

司は返答に窮し、暫くサキの口元に目を落とした。

サキの口元は圭子にそっくりで、いつも何かを訴えているような寂しげな薄い下唇に圭子の顔がダブった。

「主人は圭子を身ごもったことも知らないままラオスに赴任しました。何か、全てを清算したような気軽さで日本を発ったです。主人が失踪し、丸橋建設が見舞金やら退職金を私に払いたいと言ってきました。支社長さんは、とにかく山口姓を名乗り、もらえるものは頂いときなさい、と言ってくれました。それから私たち母子は山口を名乗っています」

司は圭子の生い立ちを初めて知った。圭子との十五年の歳月に交わした多くの会話の中でも隠蔽《いんぺい》され続けてきた彼女の実像が、その母によってにわかに炙りだされようとしていた。

「山口の失踪を聞いたときはショックで流産しそうでした。私にはやはり家族ができないのは宿命だと思いました。でも、圭子を無事に出産し、良い子に育ったですよ。ばってん、貧乏でしたから、ろくな服も着せられず、文具もあげられず、それに、ひもじい思いもさせました。圭子が中学生の終わり頃です。圭子は高校進学を希望していましたが、家にお金ばないことは知っていましたから、口には出せない。そんな悶々としていたときです、突然電話がかかってきて、主人の兄だと言うのです。私は本当に驚いて、だって、私、お義兄さんがいることも知りませんでした」

「なぜ、義兄さんはサキさんのことや、圭子さんという娘さんがいたことを知ったのでしょう？　それもご主人が失踪して十五年近くたってからでしょう？」

サキは目を閉じて何度も首を横に振った。

「なぜ、義兄が私たちのことを知ったのか、知る由もありません。ただ、弟のことは気の毒だった。圭子の高校進学が大変だろうから家《うち》で面倒見る、と言うのです。私はすぐに断りました。貧乏人を馬鹿にするなって。でも、隣でその話を聞いていた圭子が泣いている。不憫だと思って、もう一度、こちらから電話しますと言って電話を切りました」

「なるほど。そうだったのですね」

「ええ、圭子は勉強が本当に良くできて、皆からも好かれた出来た子でした。ですから、ここで圭子を手放したら、また一人になってしまう。それが怖かったです。私の生きがいだったです。でも……、圭子のことを考えると」

サキの目に侘しさが浮かんだ。

それから、圭子は一人、神奈川に出て、県内ではトップクラスの高校を受験し合格したという。それから暫くして英弘から一通の書留がサキの元に届いた。

「私の生活費が入っていました。手紙が同封してあって『圭子さんが高校を卒業するまでの間、失礼とは思いますがサキ様に些少ですが生活費をお送りします。ただ、一つだけお約束してください。こちらへ、圭子さんに逢いには決していらっしゃらないで下さい。圭子さんは定期的にそちらへ里帰りさせますので。あしからず。山口英弘代』と書いてありました。私は娘ば売ってしまったことに初めて気が付きとばい。でんも、もう遅かったとさ」

新横浜でサキの義兄の家に電話を入れると、妻の聡子が電話口に出た。

「失礼ですけど、あなた様は？」

「山口サキさんの知り合いのもので、こちらには不案内ということで同行させて頂きました。

もし、ご迷惑でしたら、ご自宅までお送りして失礼いたしますが」

わずかな沈黙の後、

「いえ、結構ですよ。どうぞ、ご一緒にいらして下さい」

山口英弘の家は新横浜からタクシーで十分ほどの住宅街にあった。新興住宅地にあってこの家だけが取り残された古めかしさが残滓《ざんし》していた。

山口聡子は、サキと同年代と思われるが、ずっと若々しく、身奇麗にしていた。

サキは予想していたとおり、じっと下を向いたまま顔を上げることもなかった。

「私、榊と申します。実は、お宅で世話になっていた圭子さんの会社の元上司でして」

「あら、そうでしたの、それは、それは、こちらこそ圭子がお世話になりまして。圭子は気の毒なことをしました。病気のこと、全く知りませんでしたのよ。知らせて頂いていたら、お線香の一つでもあげさせて頂いたのに」

聡子は険しい目でサキを見た。

「私どもにも子供がいませんでしょ。我が子のように可愛がって、高校と短大まで出してあげたのに、会社に就職したらもう、この家には寄りつかなくなって。それに、主人が亡くなったときも圭子さんに連絡しようと思ったのですが、圭子さんの住所や連絡先は主人しか存じていなかったんです。主人の手帳から佐世保に引っ越されたサキさんの連絡先が分かったくらいですから」

「……？」

司は圭子の葬式のときに交わしたサキの話を思い出した。

『圭子は私の主人の兄を頼って神奈川に出ました。でも、それっきり、圭子は熊本にはほとんど帰らなくなりました』

圭子が里帰りと言っていたのは実は山口茂の兄、英弘と会っていたのではないか？

実際、圭子が里帰りする、と言って司との長期の泊まりがけの密会を断り続けてきた。サキの話から圭子は熊本にも佐世保にも里帰りはしていないという。山口聡子の話でも、横浜の英弘の家にさえも寄り付かなかったらしい。

司は圭子への喪失感という空洞の中に「疑惑」という新しい風が入り込むのを覚えた。

「ただし、主人とは外で時々会ってはいたようですけど」

聡子は突っぱねるようにそう言うと、大きな紙袋をサキの前に置いた。

「昨年、主人が亡くなって、しばらく家の中を整理するのが億劫でそのままにしていたのですが、私も歳ですし、そろそろ身辺を整理しなくてはと思い、少しずつ片付けを始めたら、こんなものが出てきました」

袋の表には〈圭子へ〉と赤いサインペンで書かれていた。

「中身は主人の秘密でしょうから、私は見ていません」

サキが司の方を見て目で何かを訴えた。司は察するように「結構、大きなものですね」と紙袋を受け取った。何か「生地」のようなものが入った柔らかさと重さがあった。

聡子は役目を終えた安堵からか、少し微笑んだような目で司やサキの様子を窺ったが、すぐに険しい顔に戻った。

「これで、ずっと気にかかっていたことが済んでほっとしています。本日、わざわざこちらに来ていただいたのにはもう一つ理由があります。この紙袋だけなら郵便で送ることも出来ますしね」

　聡子はそう言って席を立った。

　しばらくして聡子が小さな封筒を提げて戻ってきた。

「私ね、正直申し上げて、圭子さんを引き取ることには反対でしたのよ」それはひどく唐突でぶっきら棒だった。

「私たち、子供もいませんし、そりゃ、子供が欲しかったことは事実ですけど、いくら主人の弟の娘さんだからといって、田舎で中学まで出た子を育てるには、歳をとりすぎですよね。それだけではありません。圭子を引き取ってから、主人の人柄が変わってしまいましたの。何があったのか存じませんが、この写真を見てください」

　聡子は封筒から数葉の写真を出した。英弘らしき中年の男とまだ若い圭子が写っていた。

「主人は教員をしていましたから、研修とかで時々泊まりがけで出かけておりました。ところが、圭子さんが就職してからも、主人はそう嘘を言って圭子さんとどちらかで逢っていたらしいのよ。これが証拠。この日付は研修で箱根に行っているはずだったのに、ほら、ここに「名勝・榛名湖」の看板が見えるでしょ。この写真もそう……。どうも最近まで私に内緒で二人は逢っていたらしいの。本当に田舎の子は義理も道徳もないのだから。少し色気が出てくると、お金欲しさに叔父さんにまで手を出すなんて」

　聡子は圭子の不義の振る舞いが、まるでサキのせいのように言った。

　サキは言われるままに反論もせず頭を下げ続けていた。

司はそれに納得がいかなかった。圭子は長い間父親の兄、つまり叔父と不倫関係にあったとは、圭子を良く知っている司としてはにわかに信じられないことだった。他に何か二人の秘密があって、時々会っていたのではないか。そう考えたほうが自然だった。

「奥さん、私が口をだす立場ではありませんが、確かにご主人と圭子さんは奥さんに黙ってどちらかで会っていた事は事実のようですけど、二人きりではなかったのではないでしょうか？」

聡子は引きつるような目で司をにらんだ。

「まぁ、どういうことでしょう。こんな立派な証拠写真が何枚もあるじゃないですか？」

「いや、この写真ですが、お二人で写っていますよね。ですから、お二人を誰かが撮ってあげたわけです。もし、ご主人と圭子さんが不倫関係だとしたら、どこか後ろめたいものですから、見ず知らずの人に写真を撮ってもらったりするものでしょうか？」

聡子は口を尖らしてしばらく黙った。そして、絞り出すような口調で言った。

「そう言われれば、たしかに、そうかも知れませんね。でも、誰と一緒だったのかしら？まあ、それは結構です。いずれにせよ、今日は遠くから来ていただき、有難うございました。死者に鞭を打つつもりはありませんし。ただ、主人も圭子さんも私に内緒でこそこそと何かをしていたことは事実です。それが許せなかっただけです」

サキは頭をテーブルにつくほどひれ伏して「申し訳ありませんでした」と言い続けた。

司は少し腹が立ってきた。このことはサキには何の責任もない。ただ、ここで司が何かを言えばサキがいよいよ傷付くという配慮もあった。また、聡子が自分だけが無視された、という憤慨も理解できた。ここはサキ共々黙るしかなかったのだ。

山口聡子の家を辞し、サキと司は、横浜に向かった。サキは横浜のビジネスホテルを予約してあるという。

「それでは、中華街でも行きましょうか？　ご馳走しますよ」

横浜中華街はまだ夕闇の前で、人通りもまばらだった。

司は上海料理の店にサキを案内した。そこはこの界隈では珍しい青を基調としたデコレーションでよく目立つ。

「まあ、こげな、高級料理店で」サキは目を輝かした。

「見かけほどではありません。昔、仕事で良くここを使っていました」

『仕事』というのは嘘で、圭子と一緒だったのだ。そして、中華街の中にある高級ホテルのバーで夜遅くまで飲み、そのまま泊まったことも何度かあった。今、自分の前には、その圭子の実母が座っている。不思議な因縁だと思った。

「この袋、開けてみましょうか？」サキは司の気配を窺うように言った。

「大切なものでしょう。後でごゆっくり」

「いえ、榊様にも一緒に見て頂いたほうが良かって思いますので……」

サキは封筒の先に指を入れて器用に封筒の折れ目を開いた。その簡単な開き具合からすでに一度開封されていたことが容易に分かった。恐らく聡子が中身を確認していたのだろう。

中には白い和紙の包みと、写真、そして手紙のようなものが入っていた。

2006年4月　東京

和紙の包みは中身が何かの生地であることがすぐに分かった。華やかな色彩をもった衣裳のようなものであった。

「何やろうか?」

司は、ラオスに行ったとき、おみやげ物屋で見かけた民族衣装に似ていたからすぐに分かった。

「多分、ご主人が赴任していらしたラオスあたりの民族衣装では?」

「はあ?」

ひろげて見ると確かに半袖の丹前のように見えた。赤、黄、青といった鮮やかな色彩の木綿の格子のデザインが美しかった。

写真の方は圭子の高校生時代や、短大時代に撮った写真が数葉、この中から聡子は英弘と一緒に写っていたものを取り出したのだろう。

サキは手紙をじっとみつめていた。

「何の手紙やろうか?」

「いつ頃の消印ですか?」

サキは脅えるように首をすくめた。

「おかしいです。消印が全部消されています」

司はその内の一通を受け取り詳しく見てみた。確かに、切手も剥がされ、捺印された消印の部分も荒い消しゴムかナイフのようなもので削り取られていた。裏の差出人は「S」とだけあるが、住所も日付もない。

サキは司の気持ちを察したのか、一通を選んで綴代を開いた。

「何でしょう？　これは」サキは嗅ぐように手紙を持ち上げた。

粗い便箋にすべてアルファベット表記で、例えばこんな調子に書かれてあった。

「T　OB．F　S．H2k．s．t．YK．B．SC．o．2．3．2．5．3．7．4×3．t3m．Ic．MC．L」

「さて……、何かの暗号でしょうか。他のは？」

サキは残りの封筒の幾つかを開けてみたが、すべて、同じ調子であった。

サキは残っていた紹興酒を飲み干した。頬が微醺《びくん》に赤みを帯びた。

「さすが、九州人ですね。飲みっぷりが良い」

「圭子はいかがでしたか？」

司はサキの媚びた目に一瞬、答えに窮したが、サキに紹興酒を注ぎながら「ええ、彼女も強かったですね。特にワインが好きでした」と答えた。

「ええ、榊様には良くワインをご馳走になったと、生前、そう言っていました」

「そうですか……」

サキは差出人「S」の手紙を司に渡した。

「……？」

「この手紙は私が持っていても仕方ありません。この写真と手紙は榊様が預かってください。私はこの民族衣裳を圭子の思い出として頂いておきます」

「そうですか、それでは私も定年で暇ですので、この暗号解きにでも時間をつぶしましょうか」

司が陽気にそう言うと、サキの目が蛇のように冷たく空を切った。

「圭子は、私たちに何かを隠していたのでしょうね。義兄と一緒になって。私はいまさら知りたくもなかですが、でも、何か悔しいですよね。聡子さんの気持ちば分かります……」

桜木町近くのビジネスホテルにサキを送ると、司はしばらく駅前の雑踏を歩いた。サキの最後の言葉が気になって仕方がなかった。圭子は何を隠していたのか？　一体、山口茂の兄、英弘と何をしていたのか？　差出人「S」の意味不明な手紙。そしてラオスの民族衣装の関係とは？

飲み屋が連なる一角に、仕事帰りに立ち寄ったことがあるスタンド・バーを見つけた。圭子とも幾度か来たことがあった。

『バー・芥子坊主《けしぼうず》』

この店の変わった名前に釣られて入った記憶がある。

マスターは司と同年代か若干年下で、良く整った白髪が眩しかった。

「おや、榊さん、久しぶりですね。いつものバーボンで？　えーとソーダ割りでしたよね」

マスターは上目遣いになって軽い調子で司に訊ねた。

「彼女とはこれから待ち合わせですか？」

司の喉が嗄れた。

「いや……、実はね、彼女、この夏に亡くなったんだ」

「え！　いや、本当ですか？」

「ああ、癌でね。急だった」

「そうですか。それはお気の毒に」

その時、マスターが唐突に聞いてきた。

「ところで彼女の家、ここの近所なのですか？」

圭子は渋谷の本社からそう遠くないアパートに住んでいたはずだ。しかし、良く考えてみれば、司はただの一度も圭子のアパートを訪ねたことはない。

「マスターは彼女の家を知っているの？」

「いえ、知りません。ただ、週末にこの辺で見かけたことがあっただけです」

——叔父の英弘とこの界隈で会っていたのかもしれない。

司はそう思おうとした。そうでもしないと圭子の密かごとを何も知らない自分が悔しい。

「そうそう、前から聞きたかったのだけど、この店の『芥子坊主《けしぼうず》』ってどういう意味？」

「ええ、良くお客さんに聞かれるのですよ。この方面の通に言わせると相当やばいネーミングらしいです」

「やばい、というと？」

「アヘンの原料になるのが芥子の果実の部分から採れるのでその部分を『芥子坊主』と言うらしいのです。この名前は私がつけたんじゃなくて、前のオーナーです。でも、時々、その道と関わりがありそうなお客さんが入ってきていろいろ聞かれるのですが、私には分かりませんから」

「へー、知らなかった。ところで前のオーナーは今、どうしているの？」

「いやね、良く知らないのですが、麻薬の密売に絡んでいて、逮捕されたらしいという噂ですけど。ただ、ほら、ここに店の営業許可証が貼ってあるでしょう」

店の主人は壁に貼ってある古くくすんだ許可証を指した。

「代が変わったので剥がそうかと思ったのですが、まあ、記念に残してあるのです。何となく古びたレトロな雰囲気になるでしょう」

その許可証から、煤けた文字が浮かび上がり〈管理者・佐竹光〉と読めた。

一九五七年十月　サム・ヌア近郊

北部ラオス、ホア・ファン県の山岳地帯は乾季に入ると急激に気温が下がってくる。ホア・ファン県の県都サム・ヌアから南西へ五十キロほど山に入った所は、標高一五〇〇メートルを越える険しい山岳が続き、その一帯には多くのモン族が潜むように住んでいる。モン族の村は独特な黒い壁と屋根が特徴である。そんな中の一つラン・サク村に圭子の父、山口茂はいた。一九五七年十月のことである。もう、ここに来て三日がたつ。茂は、英語はある程度話すことができるが、ラオス語は喋ることも読むこともできない。一方、この村にも誰一人、英語はおろかラオス語さえ解す住民がいなかった。茂がモン族の言葉で書かれた一通の手紙を携えていなければ、ここにこうやって滞在することはできなかったであろう。

茂はある人物をここで待っていた。「遅くとも一週間以内には」という相手の約束を信じ、茂はモン族たちの仕事ぶりを眺めながら過ごしていた。

茂がラン・サク村に着いて五日目の早朝、深い朝靄《あさもや》が一帯を覆って、一気に気温が下がった、そんな時、一台のトラックが村の入り口で止まった。

まだ、部屋で横になっていた茂に、村の長老が外を指した。茂はすぐに察して外に出た。村の入り口に二人の男が立っていた。二人ともこの村の人たちと同じ浅黒い肌と逞しい頑丈な骨格を持った中国系に見えたが、二人ともモン族だという。歳は三十歳前後、二人とも背が低い。その内の一人が達者な英語で「ミスター・シゲル・ヤマグチですね？」と聞いてきた。茂が大きく頷くと「長い間待たせて申し訳なかった」と照れた笑顔を作った。

「サム・ヌアでは外国人は目立ちすぎます。特に日本人はね。どういうわけか中国人や朝鮮人と違ってすぐに分かります」

その男はモン族が着る作業着を茂に渡し、煙草の脂で黄ばんだ前歯を見せて笑った。

山口茂を乗せたトラックは、ラン・サク村から車一台がやっと通れる荒れた車道を喘ぐように進んだ。峠を幾つも越え、最後の長い下り坂を降り切った広場で停車した。風景が開け、穏やかな川に沿って、右手にくすんだ町並みが靄の中に沈殿するように佇んでいた。

「サム・ヌアに着きました。右手に川が見えるでしょう。あの川がこの町の名の由来、『サム川』です。これがあなたの身分証明書。あなたの名前はセンコアン・スティバラット。覚える必要はありません。内戦で喉をやられて声がでないことになっていますので。そうだ、この黒墨を顔に塗ってください。あなたは肌が白すぎますね」

男は小さな瓶に入った黒墨を茂に渡した。

茂はまずサム・ヌア市内へ入る検問所の不思議な光景に驚いた。制服のまったく違う兵士たちが検問にあたっているのである。白を基調としたフランスの軍服を思わせる方がラオス王国軍、もう一方は、草色の迷彩服で、こちらがパテト・ラオ（ラオス愛国戦線）の兵士たちだという。

「王国と共産ゲリラが手を組んだんですよ。去年の話ですが。こんなのいつまでも続く訳がありませんが、懐柔策ですね。お陰で、とりあえず、ここいらは平和です」

独自の民族を主張した髪型の女たちがそれぞれの民族衣装に身を包み、道路に茣蓙を敷いて物を売っていた。野菜、獣の肉、香辛料……。市場のあの背を震わせるような呼び声も、客を物色する媚びた目もない。表情を殺した臘人形のような顔が混沌とした市場の中に並んでいた。そんな中に、黒い装束を着た少数民族の男女が屯《たむろ》している花屋があった。彩りの豊かな山の花たちに混ざって真っ赤な花を茂は見つけた。

「ボタンゲシ……！」茂は自分の目を疑った。

ボタンの花に似たこの芥子は、しばしばアヘンの原材料として使われる。

この異郷の地で茂は足元をすくわれるような滑った恐怖を感じた。

「そろそろ自己紹介をしましょう。私はサラン、本名は三倍くらい長いのですが、ここではサランと呼んでください。こいつがヤッヒ。英語はまったくだめです。実はラオス語も怪しい。こいつもモン族です」

トラックはサム・ヌアの市内を抜け、奇岩、奇石が成す花崗岩の山岳を一時間ほど進むと、突然、風景が開けた。そこには一面が鮮やかな赤や白の花をつけた草丈一メートルほどの花畑が続いていた。

ここには数軒のゲストハウスがあって、世界中からさまざまな訳有《わけあ》りの人間が「ヤク」を買い付けに来るという。ほとんどがベトナムを経由しここにやってくる。追い出されてもなお厚顔に居座ったフランス人はもちろん、中国人、朝鮮人、アメリカ人……。ここはちょっとした「ヤクの貿易港」なのであった。


ちょうど一週間前の十月二日、茂は早朝で誰もいないビエンチャンの丸橋建設の事務所にいた。そこで茂宛の二通の手紙を手にしていた。昇ったばかりの朝日が煤けた手紙を眩しく照らしていた。

一通は茂の兄、英弘からだった。

〈茂、元気でいるか〉手紙はそういう書き出しだった。

〈本来は俺がやるべき仕事をお前に委ねて本当に申し訳ないと思う。ヨンは元気だ。やっと、モンの支援者と連絡がついた。同封してあるラオス語で書かれたメモがそれだ。日本語に訳したものも一緒に入れてある。急なことだが、ここに書かれてある日程で進めてくれ。それから、これからの手紙のやり取りは、打ち合わせ通りの暗号を使ってくれ。北川先生に迷惑を掛けたくない。よろしく頼む。英弘〉

兄からの手紙を茂は丁寧に旅行かばんの底にしまい、日本語とラオス語に翻訳されたメモは胸のポケットに納めた。

もう一通の手紙の差出人には「斎田スエ」とあった。熊本でサキを紹介した小料理屋の女将《おかみ》だ。茂はそれを開封せずにかばんのサイドポケットに入れた。

『しばらく、北部ラオスを旅行します。十日くらいで帰る予定です。有給を使わせてくださ い。申し訳ありません』という置手紙を所長の机の上に置いて、茂は事務所を出た。


茂はこの旅が始まった一週間前の事を思い出しながら時を逆算してみた。もう、そうのんびりしていられないのだ。予定通り戻らないと会社に心配と迷惑をかけてしまう。それが茂の焦りになった。

茂は英弘から与えられたミッションを思い返した。まず、ビエンチャンのマーケットでなるべく派手なお土産用のモン族の民族衣装を十着仕入れる。内側に小さな物入れが付いているやつだ。それを段ボールに入れ、接触してきた薬の売人に渡す。つまり、この民族衣装に薬を縫い込んで民芸品として合法的に日本に輸出する。なんとなく頭に描いていたこのミッションの輪郭が熱を帯びて浮かび上がってくると、茂は初めて「犯罪に手を染める」興奮と背徳感を感じた。

サランは、広大なケシ畑に面した一軒のゲストハウスに茂を案内すると、白い麻の袋を無造作に置いた。中には銀紙に包まれた薬袋が入っていた。

「一袋が百グラム。全部で二十袋、ちょうど二キロだ」

「一袋百ドルと聞いていたが」

　茂が上目使いで訊ねると、サランは苦笑いを作った。茂にはその苦笑いの意味がわからない。サランは苦笑いを消すと、目の深いところで茂を見詰めた。長い間裏社会を渡ってきた目だった。

「いいかい、シゲル、俺たちはこの業界でずっと生きてきた。相当やばい経験もしてきたし、仲間も随分失った。だから、こんなボランティアは初めてなんだ。それは、あんたが俺たち『モン』を支援してくれるという一言を信じたからだ。いままでモンを助けようなんて外国人は誰もいなかったからな。フランスも中国もベトナムだって、みんな俺たちの命知らずの戦闘能力を『安く買い付けた』だけだ。必要がなくなったら、ポイ、さ。塵《ごみ》のようにね」

　茂は、ビエンチャンから運んできたダンボールをサランの前に差し出した。

「モン族の民族衣装がちょうど十着ある。この中に、これを縫いこむのさ。これを、ハノイ経由で民芸品として日本に輸出する」

「ああ、了解しているよ。この民族衣装にヤクを縫い付けるのに半日、梱包して、ハノイ経由でハイフォンまで二日か三日、この調子だと、間違いなく十月十二日には港を出られる。後は任せてくれ。ただ、あんたの署名やら、荷物の内容証明やら、相手の受け入れ確認書など、まだいろいろ書類が残っている。なんせ、合法的に荷物を『輸出』するのだからな」

　サランは書類の束を机の上に置いた。

　部屋はカーテンが閉められ、前の居住者がこの部屋で散々ヤクと性に溺れた饐えた臭いが立ち込めていた。

サランは気が付かないような小さな溜息を吐くと、首を二度、三度振った。

「俺たちにとって、日本は身近な存在だった。そう、十数年前まではね。フランスの糞野郎と違って日本軍はジェントルマンで、強かった。俺たち『土人』にも親切だったよ。だからあんたを信用したんだ」

茂は、書類を書き終えると、一通の手紙をサランに手渡した。

「この手紙をここから出してくれないか？　君たちの支援者宛だ」

「ＯＫ、日本だったら、そうだな、ひと月はかかるかな」

「荷物より先に着けば問題ない」

「それは大丈夫だろう。荷物は、きっかり三ヵ月後に日本に着く」

サランは一仕事終えた気楽さから、茂を近所の食堂に誘った。

「ここの麺は旨い。ベトナム風だがね。コーヒーも絶品さ」

遠くにビエン・サイの山々が眺められるゲストハウスの食堂では多くの外国人が遅い朝食を摂っていた。

「皆、ヤクの買い付けさ。だが、これも今のうちさ。そろそろ戦争が本格的になるから」

「戦争？」

「ああ、王国軍とネーオ・ラオ・イッサラのゲリラ軍との蜜月なんてそうは続かない。じき破綻して、内戦さ」

その時だった。鋭い眼で茂を見詰めていた一人の東洋人が席を立って茂のところへ寄ってきた。

「日本人ですよね？」

その男の顔面は、右半分が火傷のケロイドで抉れていて、さらに右耳朶《みみたぶ》が削げて無くなっていた。

終戦から十年以上、フランスを追い出して三年が経ったとはいえ、北部ラオスの、それも麻薬の取引で知られた「やくざ」な場所で、異相な日本人に声を掛けられるのは薄気味悪い。

男は茂の横に座った。

「こんな所で日本人に遭うとはね」

「どうも……。申し訳ありませんが失礼します。時間がないので」

茂はぶっきらぼうに席を立とうとした。

その時、男は茂の手首を握って「ねえ、山口さんでしょ？」と言った。

茂は改めてその男を見た。

年齢は四十歳半ばか、中肉中背、肌は日焼けして浅黒いが、異常なほど眼光が鋭い。

「貴方は？」

「やっぱり、山口さんか」

一九四五年八月　仏印・ラオス

敗戦の日、一九四五年八月十五日を榊《さかき》修兵は仏印、サバナケットで迎えた。ラオス南部、メコン川沿いに拓けた交易の町である。ここからベトナムへは穏やかな広い谷になっていて、古くからベトナムとタイを結ぶ街道が物流の拠点ともなっていた。メコン川を眼前に眺めることのできる一角にサバナケット王立病院があり、そこに仏印全土を掌握する帝国陸軍・第三十八軍の第二十一師団の本部があった。当時、仏印に展開していた日本軍のなかでも特に優秀な精鋭部隊である。

修兵は、本部の『情報室』で民間人通訳として連合軍やホー・チ・ミンの軍隊である、ベトミンから発信されるおびただしい通信の傍受に従事していた。その多くはいわゆる敵を混乱させるための「偽通信《ガセ》」であるが、たとえば広島に落とされた原子爆弾「リトルボーイ」や長崎の「ファットマン」の情報は誰よりも早く知っていた。

修兵が勤務する情報室は病室を改造したもので、メコン川側に面して大きな窓があった。メコン川の小魚を狙う水鳥が乱舞し、漁師が網を仕掛ける風景がいつものように拡がっていた。

修兵はぼんやりとそんな風景を眺めていた。隣では、上司の山形曹長が電信機の前で手垢のついた『帝国の囲碁定石』という雑誌を広げていた。

この日に限って連合軍からもベトミンからも通信がほとんどなく、二人は時間を持て余していた。

しかし、その穏やかな時間は長くは続かなかった。午後0時を過ぎた頃、数名の憲兵が情報室に顔色を変えて飛び込んできたのだ。

サバナケットは第二十一師団の歩兵第八十三聯隊が駐屯し治安維持にあたっていたが、師団直属の憲兵が直接、情報室に来ることはまずない。

「何か大本営から公文は？」入ってくるなり、憲兵が怒鳴った。山形曹長が慌てて読んでいた雑誌を放り投げると、立ち上がって敬礼した。

「いえ、特にいまのところは……」

その時、まるで憲兵に呼応するかのように電信がまわり始めた。

憲兵は、通信が終了すると同時に記録紙をちぎり、飛び出して行った。

山形曹長が唸った。

「ついにきたな」

「どういう意味です？」

「天皇陛下がポツダム宣言を受諾した、とあった。つまり、日本は負けたんだ。連合軍に降伏したんだよ」

修兵はこの日が来ることをうすうす予感していた。ここ数週間、修兵が傍受した連合軍の通信には日本軍との終戦処理方法や捕虜の扱いについての内容が激増していたからだった。

終戦の翌日、榊修兵は情報将校立ち会いのもと、早朝からおびただしい機密書類の廃棄に追われていた。山形曹長は電信機の前から離れることもできないほど、次々に送られてくる文書の整理に翻弄させられていた。それらの電信の中には、八月十六日付けで、第三十八軍司令官、土橋勇逸中将名でサバナケット周辺に展開していた第二十一師団は、全員直ちに市内に集結し、師団長、三国堯嗣中将の次の指示を待つように、といった命令書も含まれていた。

戦況を伝える情報も途切れることがなかった。南部のパクセー周辺に展開していた日本軍が、仏印セネガル軍によって身柄を拘束された際、一部の日本兵が脱走し共産ゲリラと合流した、という一報にはさすがの情報将校たちも驚きを隠せなかったと言う。

三国中将はベトナム国境から午前中に戻り、本部がある王立病院に幹部たちを集めた。サバナケットにはフランス兵の捕虜収容所が市内に二ヵ所、郊外に三ヵ所あったがほとんどが小規模で、すべてを合計しても捕虜は百人程度であった。フランス兵を解放し、ここの治安を彼らに委ねるのにどのくらいの時間が必要か……、それは、三国中将の決断に委ねられていた。

午後一時、フランス軍捕虜で最高位のフランソワ大佐が呼ばれた。三国中将は軍刀、拳銃すべての武器を放棄した最大限の敬意を表して、率直に状況を話した。フランソワ大佐は、イギリス軍との合流まで、日本軍と共同で治安維持にあたることを約束した。


「大東亜共栄圏」

アジアにおける欧米の植民地を解放する大日本帝国の大義である。

インドシナ半島の東端には、まるで吠える獅子のようなベトナムが南北に横たわっている。そしてラオスは、獅子を一回り小さくした格好でベトナムの西側に寄り添うように位置する。獅子たちの窪みに、あのクメール王朝を築いた誇り高き民が住むカンボジアがある。

その三つの国を「仏印」と言った。

仏印の歴史は長く謀略に満ちていた。

十九世紀後半、仏印の長い搾取の歴史はフランス帝国とベトナムの阮朝との「コーチシナ」戦争から始まった。コーチシナとはベトナム北部を意味する古語、〈交趾《コウチ》〉に由来しており、フランスがあえてベトナムの北から南まで全土を支配する意図を示した恣意的な蔑称でもあった。一八六二年。ベトナム南部のビエンホア、ザディン、ミトの三つの県にフランスが侵攻、支配すると、そこを拠点として次々に領土を拡大していった。一八六三年には隣国のカンボジアを、一八九五年にはラオスも保護国化し、フランスによるこの三国の植民地化が完結したのである。直轄植民地か保護国かの違いはあるが、これらをまとめて〈フランス領インドシナ連邦〉と呼ばれていた。これが当時の日本が言うところの「仏印」である。

このフランスによる支配が大きく揺らぐのは一九三九年に勃発する第二次世界大戦からである。フランスは本国がドイツの支配下に墜ちるなど、各地に散らばる植民地を維持できる状況ではなかった。仏印もその例に漏れず、戦費の捻出に困難を極めていた。日本も米国からの攻勢に戦況は悪化の一途をたどっていた。

一九四〇年九月二十二日、双方の戦況と思惑が一致し、歴史的にも類をみない破廉恥な仏印協定が結ばれたのだ。この協定はフランス軍と日本軍による仏印の共同支配を許したもので、いわばフランスの戦費を軽減する代わりに、フランス支配地域の一部を日本軍に委ねる、取り決めであった。その協定は直ちに実施され、まず、日本軍が北部仏印に進駐した。翌四一年七月二十三日には新たな日・仏印共同防衛協定が結ばれ日本軍による南部仏印進駐が行われた。以後、仏印は日本軍とフランス軍による二重支配下という異常な状況に置かれることとなる。

しかし、この日・仏共同支配はわずか三年足らずで崩壊する。終戦の日より遡ること一年半前の一九四四年三月九日、日本軍はベトナム、ラオス、カンボジアを支配していた仏印軍からこれらの国々を軍事的に解放した。「大東亜共栄圏」の偽りの大義である。これがいわゆる、仏印武力処理「明号作戦」である。この作戦はわずか二ヵ月で完遂し、それ以降、仏印軍は日本軍の捕虜となっていたのである。


一九四五年八月十六日午後三時、第二十一師団の本部に解放されたすべてのフランス軍兵士が集合した。本部の前の広場では、第二十一師団の師団長、三国中将以下、各大隊長、中隊長、憲兵隊長その他、師団の中枢の軍人たちが彼らを迎えた。無論、武器を放棄した丸腰でである。まず、三国中将がフランス軍のフランソワ大佐に軍刀を差し出し、敗北を認めた。恐ろしいくらい静謐《せいひつ》な権限移譲であった。

本部の二階からその儀典を見ていた第二十一師団の副師団長、山崎大佐の隣には、緊張した面持ちで直立する榊修兵がいた。

「榊君だな。君の語学力の評判は聞いているよ」

修兵は緊張で嗄れた声で「はい」と答えた。

山崎大佐は修兵の前に立つと「頼みがある」と言った。

「頼み、ですか？　どのような？」

「うん、ある命令を実施するのに現地語に堪能な通訳を探している」

「ある、命令……？」

「お前は宮本大尉を知っているか？」

「ええ、よく知っています。中国戦線でゲリラから命を助けてもらいました。昆明の郊外でした。ラオスに移動中の私の部隊がゲリラに囲まれて、その時、たまたま宮本大尉の中隊が近くにいて助けてくれたのです」

「そうらしいな。その宮本大尉が名指しでお前を所望している」

「宮本大尉がこちらにおられるのですか？」

「ああ、そうだ。どうだ、受けてくれるか？」

修兵には選択の余地がなかった。修兵が民間人だったとはいえ、上官からの直接の懇願を断れる雰囲気はそこにはなかった。

「はい、もちろんです。御指名に感謝致します」

山崎大佐は満足そうに頷き、修兵を隣室に案内した。そこにはラオスの農民服を着た男たちが十人、長椅子に腰掛けていたが、山崎大佐を見るなり全員が起立し敬礼した。

「榊君、この厳つい顔は覚えているだろう。宮本大尉だ。この隊の……、いわば隊長だ」

「厳ついはひどいですね」宮本と呼ばれた体格の良い男は苦笑しながら修兵を見た。

「榊！　久しぶりだな。中国戦線以来だな」

宮本が握手を求めてきた。修兵も強く握り返した。

「ご指名いただき、光栄です」

「皆！　彼が榊修兵君だ。まだ若いが、語学と情報戦には優れているという評判だ。中野でもしばらく仕事をしていた」

　山崎大佐がそう紹介すると「ほぅー」という感嘆の声が上がった。

「東部第三十三部隊では、何をしていたのだね？」

　眼鏡をかけた男が尋ねてきた。修兵は陸軍中野学校の通称名を知っているその男を見入った。眼鏡の奥で鋭い目が光ったが、すぐに穏やかな口元を作った。

「私は藤田少尉だ。中野には少なからず因縁があってね。君は？」聡明そうな藤田の語り口に修兵は好感を持った。

「私は、東京外国語学校の学生でした。まだ、高等専門学校を卒業していませんでしたので、赤紙を待っている状態でした。そんな時、父の知り合いの陸軍特務機関の関係者から臨時職員にならないかと話があったのです。ですから、ほとんど事務職ですが、戦況の変化にともない、通訳や諜報など語学に長けた人材が必要になり、何と申しますか、補欠みたいな……」

　そう修兵がいうと笑い声があちこちから漏れた。

「中野学校の補欠か……面白いことを言うやつだ」

　宮本大尉が話を収め、小声で言った。

「山崎大佐、そろそろ作戦の詳細を」

「そうだな。その前に、この軍籍扱い届けを確認しておいてくれ」

　山崎大佐は分厚い書類の束を机の上に置き、一人ずつそこに呼んだ。

「君は……」とめくった書類の上を指でたどる。

「八月十日、つまり六日前だな。サバナケット近郊を視察中に事故死になっている。『遺体損傷激しく現地にて埋葬』としておいた」

　軍籍届けを見ていた一人が、

「自分は〈八月八日、サバナケット病院にて病死。感染症の疑いあり、伝播の危険を配慮し、直ちに火葬〉ですか。いまここにいるのは誰なんですかね。まるで落語の粗忽長屋だ」と言うと、部屋は爆笑に包まれた。

　この作戦に加わる軍人全員が様々な虚偽の理由をつけて既に戦病死となっていたのだ。

　山崎大佐は最後に修兵を呼んだ。

「榊、お前は軍人ではないのでこの軍籍扱い届けの欄外に記載してある。ここだ〈榊修兵（民間人・通訳、情報室勤務）は八月十四日〉、つまり一昨日から行方不明とした。お前はこの任務が終わったら帰国を果たさなければいけないからだ。宮本たちとは立場が違う。そこを良く理解してくれ」

「帰国……、ですか？」

　修兵はどうにも納得がいかない。唇を絞って不満そうに山崎を見た。

「そうだ。お前は軍人とは立場が違うのだからな」

　山崎の言葉を引き継ぐように宮本が相槌を打った。笑い皺を深くして、恐ろしいくらい優しい目で修兵を見た。

「お前は必ず国に帰るんだ。この任務にどのくらい時間がかかるか分からないが、ひとつ手伝ってくれ」

修兵は自分が一体どの方向に導かれているのか分からなかった。ただ、この軍人たち独特の圧迫感に修兵は体躯が強張り、決心するまでもなく顎を引いて「はい」と答えてしまった。修兵のその後の人生を狂わせた瞬間でもあったのだ。

「よし、これで決まった」

山崎大佐は全員を座らせ、話し始めた。

「この作戦は、我が帝国陸軍とは一切関係がないが、我が国の、この大東亜共栄圏の大いなる志に基づくものである。ここに第三十八軍司令官からの命令書がある。これは、目的地に到着してから開封するように。ここでは、それまでの作戦を伝える」

十名の元日本兵と修兵がビエンチャンに到着したのは、八月十五日の敗戦から五日目の八月二十日の未明であった。

ビエンチャンはまるで時を遺棄したような静けさの中にあった。周囲は都会独特の蒸れた大気に包まれていたが、沈殿していた大気に、徐々にではあるが、冷気を含んだ空気が入り込んでくると、夜明けは近い。

所々に武装した仏印ラオス人兵やフランス兵に交じって肌の黒いセネガル兵やモロッコ兵の姿が見えた。宮本は二時間後に郵便局の前で合流するよう指示し、部隊は一度分散した。宮本と修兵は支援者と接触をすることになっていた。

ビエンチャン中心部に近い黒ずんだ仏塔近くの民家で宮本は立ち止まった。

「ここだ。榊、二、三回軽く窓を叩いてみてくれ」

すぐに家の中で人が蠢く気配がした。ドアーが開けられ、修兵たちを招き入れる手が暗がりから見えた。

小さな朧燭の火が灯り、そこにこの家の住人がいた。

「宮本さん、久しぶりです」

「榊、北川先生だ。もっとも今はピリヤ医師だが」

修兵はか細い朧燭の光越しに白髪が半分混じった北川と呼ばれた男を見た。

北川は戦前に医療奉仕団の一員としてラオスに入り、そのままラオスに住んでいるという。今では国籍も取って、ラオスでもっとも有名な医師の一人であった。

「宮本さん、ここに頼まれたことを一通り調べておきました。ここから北に向かうのは大変ですが、各地の支援者を頼ってください。ビエンチャンに長く留まるのは危険です。敗残日本兵狩りがあちこちで始まっています」

「北川先生、迷惑をお掛けして申し訳ない。このお礼はいつか必ず」

「お礼は……、フランスを一刻も早く追い出して、ラオスを独立させてください。それだけです」

宮本は深く頭を下げた。

午前二時、北川が手配したトラックに宮本隊全員が乗り込むとビエンチャンを後にした。市街を抜けるとしばらくして山道になり、トラックは喘ぐような音を立てながら悪路を登り続けた。宮本たち一行はまず国道十三号線でバン・ビエンを目指した。このトラックはそこまでだという。バン・ビエンまでは山道を約十時間の行程である。宮本はここで、次の支援者と接触する手はずになっていた。荒々しい山々に囲まれたバン・ビエンは、国道沿いに二階建ての雑貨屋と民家が立ち並ぶごく小さな町で、町のはずれに長距離トラックの運転手のための食堂を兼ねた宿屋が数軒あった。日本の敗戦後、この一帯は米国とフランス軍の支援を受けたラオス王国軍によって統治されていた。しかし、実態は共産勢力が勢力を伸ばし、あちこちに「解放区」ができた頃でもあった。ここから北はもう戦場だった。共産勢力が開放区を作ると直ちに王国軍が奪還する。そんな激しい戦いが果てしなく続く地域に入るのだ。その最前線に向かうラオス王国軍兵士を乗せたトラックがバン・ビエンを引っ切りなしに通過した。人影のない通りに面する食堂に宮本は入った。

「この奥に支援者がいるはずだ」

宮本は北川医師からもらったメモを見ながら言った。

店の奥は厨房になっていて、麺を茹でている料理人に混ざって鋭い眼光で宮本たちを見つめている男がいた。

修兵が近づくと、男は顔を強張らせて「待っていたよ」と言った。

午後八時頃、町は全く音のない世界に入る。わずかな朧燭の灯火が、男が示した地図を浮かび上がらせていた。

「十三号線を北へ、プークンで七号線に入り、ポーンサワンを目指す。しかし、この道が一番危険だ」男は宮本たちを見回しながら盛んに煙草をふかしていた。

「どう、危険なんだ？」藤田が聞く。

「モン・マキだよ……。フランス軍に忠誠を尽くすモン族の兵隊だ」

一九四六年に勃発した第一次インドシナ戦争から延々と続いたラオスの内戦で、モン族は常に戦闘の中心的な役割を果たしてきた。

モン族は勇敢で戦闘に長け、何より自分のMASTER《雇用主》に対しては異常なほどの忠誠をつくした。モン族の雇用主は時代と共に変遷したが、第一次インドシナ戦争の時はフランスであり、ベトナム戦争の時代には米国の特殊部隊としてホー・チ・ミンの軍隊を悩まし続けた。一方では、共産勢力に加担したモン族もいた。彼らもまた勇敢で優秀な軍人たちだった。彼らモン族の軍人たちには共通した行動特性があった。自分たちの雇用主が敵とみなした勢力、それはホー・チ・ミンの軍隊であり、日本軍であり、時には同じモン族をも、躊躇無く殺戮できる。妙な感傷や民族意識は徹底的に排除され、冷血な人殺しの機械と化すのだ。

そんなモン族の軍隊の一つがモン・マキ部隊であった。

HMONG《モン》 MAQUISARDS《マキ》。

フランス語の〈マキ〉はドゥ・ゴール派のナチ抵抗組織にちなんだ名前である。モン族によって構成されたフランス軍の秘密部隊であるこの部隊は、仏印を占拠していた日本軍に対する抗日部隊としてその前身があった。

「こいつらは、ベトナムから侵入するベトミンを徹底的に抹殺し、植民地国家フランスの支配に手を貸している。とんでもない奴らだ」

男は地図をなぞりながら噛み付くように怒りをぶつけた。

敗戦直前にラオスに駐留していた日本軍がモン族のゲリラに襲われ甚大な被害を受けたことを宮本は知っていた。その戦術も残忍さも際立っていたという。それがこのモン・マキだとすると、一戦を交えたくない相手だ。宮本は危うい気配を感じ取った。

ポーンサワンはシェン・クワン県の県都で、ジャール平原の遺跡観光の基地としても良く知られている。ビエンチャンの真北、直線距離で百八十キロほどに位置する古い町だが、急峻な山々を蛇道のようにうねった山道を越えるため、実際にはビエンチャンから車で二日は掛かる。

古来より政治と交易の中心であり、メコン川沿いに栄えた王朝都市、ルアンプラバンやサム・ヌアなど北東部ラオスに向かうにも、ポーンサワンを経由しなければならない。

宮本たちがポーンサワン近郊に到着すると、市内はすでに戦場と化していた。数日前からベトナム国境を越境してきたベトミンとラオスの共産ゲリラがポーンサワン市内を制圧していたが、モン・マキ部隊を中心とする王国軍が、町の奪還をめざして激しい戦闘が繰り広げられていたのだ。迂回路を絶たれた宮本隊は、やむなく市内に突入した。

この戦いでベトミン本隊はほぼ全滅、ラオスの共産ゲリラも散り散りとなり山岳地帯に逃れた。宮本隊は何とか市内を抜け、サム・ヌアに通じる国道に到達した。しかし、その際、逃げ切れずに宮本隊の兵士二人を失うことになった。

ポーンサワンを抜けると、モン・マキ部隊の追撃は収まった。ここから先はひたすら山道の行軍となった。途中、ベトミンに協力する山岳少数民族に助けられながら目的地のビエン・

サイに到着したのはサバナケットを出発して、一月が経過していた。

ビエン・サイはサム・ヌアの東に位置し、サム・ヌア市内からそう遠くない郊外にある。花崗岩の奇怪な山々が聳え、無数の鍾乳洞が古代から天然の要塞として幾多の戦いを見てきた。

ビエン・サイで宮本隊を迎えたのが、ラオ・イッサラ（自由ラオ）を率いるスファヌボン殿下の腹心であるスゥアコン大佐だった。スゥアコン大佐は宮本と同じくらいの齢で、小柄だが、頑丈そうな体躯と意志の強そうな口元に特徴があった。

スゥアコン大佐は宮本たちを前にしてラオスの現状をこう説明した。

「フランスはシー・サヴァン・ウォン国王を傀儡《かいらい》政権の元首に担ぎ上げ、ラオス南部から北上し、再度、昔のような植民地支配を開始したのです。このラオ・イッサラによる徹底抗戦宣言は、そんなフランスによる再植民地化を絶対に阻止しようとする決心であり、意志なのです」

藤田が冷めた口調で宮本の耳元で囁いた。

「要するに、抗仏運動に参加せよ、ということらしいですね。日本軍が単純に共産ゲリラに参加するのにはどうももう一つ納得がゆかなかったのですが？」

藤田は蛸のように唇を尖らした。

「つまり、抗仏運動をしているのはベトナム共産党の支援を受けた連中ということですよ。共産党は『アカ』ですよ。母国では左翼の連中は皆、とっつかまって監獄に入れられたんだ。

邪悪な思想で帝国を滅ぼすと言われた。そんな連中を俺たちが支援するのですか？」

　徹底的な愛国教育を受けてきた藤田にとって、確かに納得のゆく話ではない。しかし、宮本は冷静だった。宮本は隊員全員を宿舎の洞窟に集合させた。

「目的地に到着したので、山崎大佐の指示通り、ここで命令書を告知する。これは我が帝国陸軍の最高機密文書として第三十八軍司令官から直接発令されたものである」

　兵士たちは反射的に直立不動になり、首を三十度ほど前傾した。修兵も遅れて立ち上がった。

「まあ、良い。着席するように。帝国陸軍はもうない。我々は負けたのだ。しかし、志までは敗北していない。こうして、軍籍を抹消し、自分たちは『死』をもって天皇陛下」と言ったところで全員がまた直立不動になり、今度は九十度に首を垂れた。

「天皇陛下ならびに国家に最後のご奉仕をしなくてはならない。すでに二名の部下を失ったが、屍を越え前進しなければならない」

　修兵は宮本たち元軍人たちの不思議な感性を少し醒めた目で見ていた。一体、彼ら自身の命や、それを言うなら家族などをどう思っているのだろうか？

　しかし、修兵は、自分自身はどうなのだろう、と翻《ひるがえ》って考えてみた。彼らの感性にどこかで距離を置こうとしている自分に嫌悪感をもったのも事実であった。いつかは帰れる、あるいは帰してもらえる。そんな民間人という立場がそうさせているのか？

　そう思うと修兵は初めて日本をひどく懐かしく感じた。何か、とんでもないことに巻き込まれそうな恐怖からかも知れなかった。修兵は宮本たちの死を覚悟をした様子に、初めて……怯えた。

宮本の口から命令書が発せられた。

「命令書。日本軍は当該大東亜地域において、覇権主義、差別、あるいは不当にも歴史ある国々を占拠し、植民地化し、搾取し続けた英《イギリス》、仏蘭西《フランス》、和蘭《オランダ》などに対して、我が国の『帝国領導下ニ新秩序ヲ建設スベキ大東亜ノ地域』として共栄圏を敷く」

宮本は前文を読み終わったあと、少し間を空けて「命令」と言った。全員が再度背筋を伸ばした。

「仏印の仏蘭西支配からの解放を、仏蘭西に対する抵抗勢力と協力し達成すること」

藤田が恐る恐る顔を上げた。

「隊長……、それだけですか？」

「以上だ」

「作戦命令ではないのですか？」

宮本の強張った顔が、笑顔に崩れた。

「まァ、皆、座ってくれ。つまり、こういうことだ。我が帝国陸軍はこの敗戦によりもう無い。作戦命令は軍隊があって初めて通用するもの。しかし、もう軍ではない。だから、我々は自分たちの判断で命令を成就しなくてはならない。〈抵抗勢力〉というのは、ここのラオ・イッサラだから、彼らと協力してフランス野郎を追い出せ、という事だ。つまり、ゲリラだな」

「ゲリラ……」

誰ともなく溜息が漏れた。

「この中で、榊以外は自分で志願した。我々はとにかくフランスを追い出してラオスを独立させる。それまでは国には帰れないと思ってくれ」

宮本の言葉に全員が頷いた。

二〇〇六年九月　東京

「和智芳郎……、ああ、こいつだ」榊司は高校の同窓会名簿から一人の名前を見つけ、メモを取った。

司はここ数日、山口茂からの手紙の暗号解きに夢中になっていた。インターネットから乱数表やら暗号の解き方などを閲覧してみたが、素人の司には全く理解できる代物ではなかった。そんな時、高校時代の同級生に防衛省の関連組織である国防情報管理機構に勤めた男がいたことを思い出したのだ。あまり深い付き合いはないが、同窓会で何度か話したことはあった。

国防情報管理機構は四ツ谷の駅から数分のところにある住宅街の一角のビルに入っていた。和智はすっかり髪の毛が薄くなり、若い頃の面影は愚直な口元くらいであった。

「一応、国防機密を扱っているからね。表の顔は〈国防情報センター〉だよ。なに、仕事といっても防衛庁の広報関係の下請けで、大した情報を扱っている訳ではないが、たまにはやばいのもあるので、すべて機密さ」

和智はいわゆる私服組の防衛庁の役人である。常に制服組と政府の間に入って巧みに泳ぐ。司には無いその術を和智は持っていた。だからこそ、退官後もお国が用意した多様な特殊法人を渡り歩き、その度に多額な退職金をせしめ、安泰な老後を送れるのだ。

「これかい」和智は茂からの手紙に目を移した。

「なるほどね。そうそう、ここには、暗号の専門家がいるんだ。彼を呼ぼう。俺はご存知の通り事務屋さんだから」

しばらくして、三十代後半の眼鏡をかけた小柄な男が入ってきた。和智は横に座らせ、茂の手紙を渡した。

「Ｔ　ＯＢ．Ｆ　Ｓ．Ｈ２ｋ．ｓ．ｔ．ＹＫ．Ｂ．ＳＣ．ｏ．２．３．２．５．３．７．４×３．ｔ３ｍ．Ｉｃ．ＭＣ．Ｌ」

手紙を見るなり、眼鏡をかけ直し、司を見た。

「これは、暗号ではありません。単純な省略文です。例えば、英語の文章の最後にＡＳＡＰと書くことがありますよね。あれは「ａｓ　ｓｏｏｎ　ａｓ　ｐｏｓｓｉｂｌｅ」つまりなるべく早くの略です。そんなものでしょう」

「はあ、なるほど、では、この文章は？」

「最初の〝Ｔ　ＯＢ．Ｆ　Ｓ〟というのは恐らく〝Ｔｏ　ＯＢさん、Ｆｒｏｍ　Ｓから〟という出だしではないでしょうか？」

「差出人は山口茂という名前の人でお兄さん宛です」

「それでは、多分、To Old Brother. From Shigeru」

「なるほど。次は？」

その専門家はしばらく手紙を眺めてから、首を振った。

「この数字のところは日付ですね。2は年、3は月、4は日を示しているのだと思います。良く海運の通信に『2の7、2の6』とかがあります。つまり2は年を表し、7と足して9、2と6を足して8、つまり98。一九九八年となる訳です。となると、この手紙の場合2に3を足して5、2に5を足して7ですから、五七年となりますね。月は3で表します。3足す7で10月、日はえーと、4×3ですから十二日……ですか。一九五七年十月十二日ですね。いずれにせよ、随分古い手紙ということになりますが？」

「ええ、その頃だと思います。間違いありません」

「恐らく、この茂さんという方はお兄さんに何かを送ったのですね。stはsend toと読めます。どちらからの手紙ですか？」

「多分……、ラオス」

「なるほど、それでは最後のLは〝Laos〟でしょう。Icはこれも省略文で良く使うのですが、includingですね。ですから、Hという品物を2k、YKという所に一九五七年十月十二日にMCに包んでB．SCで送った。t3mはTransport 3 monthでしょうか？　つまり、三ヵ月ほど掛かる。ああ、そうなるとB．SCはBy

Ｓｈｉｐｐｉｎｇ　Ｃａｒｒｉｅｒ。船便ということですね。すると、ＹＫは横浜ですか？」
「さすがだね」和智が腕を組んで感心するとその専門家は「これは謎解きではなくて、言葉遊びのようなものです。航空券のイー・チケット方のがまだ複雑です」と笑った。

司は和智の事務所を辞して、しばらく四ツ谷界隈を歩いた。

「結局、分からないのはＨ、それにＭＣだな、それにしても暑い」

司のため息が暑さに跳ねた。


司は逃げるように迎賓館が微《かす》かに見える喫茶店で涼を取った。

ウエイトレスは赤いチョッキのようなユニフォームを着ていて、愛想よく「ごゆっくり」とアイスコーヒーを置いた。

その赤いチョッキは赤の地に黄や白といった鮮やかな格子模様であった。司はそれを見ながら「あっ」と声を上げた。

「そうか、ＭＣはＭｉｎｏｒｉｔｙ　Ｃｌｏｔｈ。ラオスの民族衣装か！」

『一九五七年十月十二日、Ｈを２kg、ラオスの民族衣装に包んで船便で横浜に送った。三ヵ月は掛かるだろう』たった一通だが、茂からの手紙の内容に唖然とした。圭子の父親、茂は一体ラオスで何をしていたんだ！　そんな疑念が再び司を包んだ、圭子が司の耳元でまた、哄笑《こうしょう》したように感じ、司は思わず耳を覆った。

翌日、司は佐世保の山口サキに電話を入れた。サキは電話口で少し困ったように「私は構いませんが、わざわざ来て頂かなくても、宅急便でもなんでもすぐに送れますのに」と答えた。

「到着したらまた電話を致します」

司はそう言って電話を切った。少し強引かな、という反省があったが、いても立ってもいられない衝動が司をここまで走らせていた。

圭子の葬式に出たのと同じ便に飛び乗り、夕方には佐世保に着いた。

佐世保も東京以上に残暑が厳しかったが、時折、絖《ぬめ》のような浜風が心地よく司の頬を撫でた。司は首筋の汗を拭き取ると、見覚えのある路地の先にサキの姿を見つけた。

サキは司を見つけるなり、小走りに寄ってきて司の手を握った。

「いや、急で本当に恐縮です。どうしてもあの民族衣装をもう一度見たかったもので」

「あの衣装に何か……？」

サキの家は葬式のときの喧騒が失せ、醤油で煮込んだ臭いや、一人住まいの老女の体臭が漂う日常に戻っていた。通された居間はきれいに整頓されていて、司は、テーブルの上に丁寧に置かれた民族衣装をみて、生唾を飲んだ。

その民族衣装は袢纏《はんてん》の袖を凧のように開いた形をしていて、濃い紫を基調とした鮮やかな色彩は一見してモン族のものと思われた。

司はサキに了解を得て、衣装の裏地を開き、生地《きじ》を絞るように探ってみた。その時、司が想像していたとおり、親指に紙のようなものが触れた。それは名刺大の大きさで裏地の縫い合わせに沿って埋め込まれてあった。縫い糸はすでに解かれていて、そこから色褪せたボール紙に包まれた紙包みが見えた。

「それは何ですか？」

「恐らく、これが、ご主人からの不可思議な手紙の中身だと思います」

ボール紙の内側に銀紙が敷いてあった。それを開くと更にセロファン紙が姿を現した。セロファン紙はすでに破かれていて、わずかに白い粉のようなものが付着していた。

「これは多分、麻薬、アヘンとかヘロインとか……」サキは息をのんだ。

司は茂からの手紙を思い出していた。

『T OB. F S. H 2k……』

――『H』はヘロインか……。

「サキさん、良いですか、この事は決して誰にも言わないようにしてください。立派な犯罪です。持っているだけで重罪です。それに、この粉が麻薬かどうかも分かりませんし、調べる術も分かりません。ですから、これはどこか見つからないところに大事にしまっておいてください。いつか、必要なときが来るかもしれない」

サキは納得したように頷き、しばらく居間の周辺を見回していたが、「圭子の骨壷の中にしまいましょうか？」と唐突に言った。

「骨壷……ですか？　そうですね、確かに誰も中を見ませんね」

圭子の骨壷の中は生命の畏敬や霊の存在などを完璧に排除した無味乾燥な空間だった。骨上げしたままの骨の集まりが圭子であったことなど考えも及ばない冷酷な実存がそこにはあった。

丁寧に紙包みを骨と骨の隙間に隠すとサキは溜息を吐いた。

「主人はラオスで一体何ばしとったけんしょう。私たち家族を残して。それが、まさか、麻薬に関係していたとは……」

「いや、まだ決まった訳ではありません。何か事情があるはずです」

「ただ、不思議なのは、圭子との関係ばです。この民族衣裳にしても、麻薬にしても、圭子が生まれた五十年前頃のことですよねぇ?」

「そうなりますね」司はサキの思いがけない質問に言葉が詰まった。

「つまり、圭子がちょうど生まれた頃に、この手紙と民族衣装が義兄の所に届いて、圭子が義兄のお宅にお世話になったのがそれから十五年後からになっとけん」

「ええ」

「でも、義兄と圭子はその後も何かの秘密を共有しながら付き合っていたらしい。それは聡子さんの話からも……」

サキの言う通りだった。

「その共有していた秘密……。どう考えても主人が介在していたとしか思えないのです。主人は外務省からの通知にあったように圭子が生まれた年、つまり、昭和三十二年に失踪して、翌年には捜索が打ち切られ、死亡したことになっています。でも、手紙の方はその後も届いていた、そうばいね?」

司は最初の手紙の謎解きばかりに夢中になっていて、その他の手紙の内容についてはまだ確認をしていなかったのだ。

「そうですね……。迂闊《うかつ》でした。おっしゃるとおりですね」


翌日、司は追い立てられるように東京に戻ると、書斎に立てこもった。

司は茂からと思われる手紙をもう一度机の上に並べてみた。全部で二十五通。みな同じような紙にタイプで文字が打たれていた。

文字の数も内容もまちまちだが、必ず2・0、3・0、4・0といった文字があった。その部分だけを書き出し、時間軸で整理してみた。

まず、年を表す2は……、
2＋3つまり五十年代は一九五八年と一九五九年が二通。2＋4の六十年代に入ると、ほぼ毎年二通ずつで十一通にのぼった。2＋5の七十年代もほぼ同じペースで十二通、最後の年は一九七八年であった。

「もし、圭子の父親がこの手紙を出していたとすれば、行方不明になってから20年間生きていたことになる……」

――そんなことがあるのだろうか？

その時、司の母幸子から電話が入った。ちょっと来て欲しいという。

「ごめんなさいね、忙しそうだったのに、わざわざ来てもらって」

幸子は司の好物のチーズケーキを用意して迎えた。

「この間、部屋を整頓していたら、お父さんの遺品、というより、榊の家から形見分けで頂いたものの中に、妙な手紙が紛れていたの」

「手紙……誰から？」

幸子は菓子箱から紙魚《しみ》に色褪せた封筒を司に手渡した。

宛名は榊修兵、差出人は宮本作治とある。日付はない。

封筒は開封されていて、中に質の悪そうな茶色い便箋が覗けた。

「この手紙が届いた時、多分、私もこれを読んだはずなの。でも、全然記憶にない。あの頃は、戦中に書いた手紙が戦後、随分たってから届く、ということがしょっちゅうだったので、気にしていなかったわ。もう、私も主人のことは諦めていたし、それに本人がいないのだから、そのまましまっておいたのね」

手紙の内容はこうだった。

『榊君、無事に帰国できたことと思う。我々は君を見送ってから、ベトナムとラオスの国境付近を行ったり来たりの生活だ。一週間前、木下が地雷を踏んで死んだ。あんな頑丈な奴も死ぬのだな。これで残っているのは四名となった。フランスを追い出したのだから、我々の任務は終わったのだが、なかなか帰る決心がつかない。しかし、いつかは戻らないといけないと思っている。どの面下げて帰るのかな。それまで元気で。宮本』

「どう思う？」

司はひどく動揺していた。圭子の父親もそうだが、司の父親も、考えられていた頃に死んでいるのではなく、二人とも生き延びていたのか？

「どうもこうも、親父は終戦後も生きていた、ということだ」

「え？」

「ここに『フランスを追い出したのだから』というのがあるだろう。これはディエン・ビエン・フーの戦いのことを言っていると思うんだ。そうだとしたら一九五四年のことだよ。戦争が終わって十年近く経ってからのことだ。だから、親父はその頃、この宮本という人と別れて帰国を果たそうとしたんだと思う。しかし、結局、帰国はできなかった」

司はあらためて切手と消印を見た。切手は色褪せて輪郭も不明瞭になっているが、三人の顔が浮かんでいる。正面がホー・チ・ミン、右が毛沢東に見える。消印はかろうじて朱色が残っているだけで年月日や文字は消えていた。


翌日、司は目白の「切手の博物館」に向かった。目白駅から直ぐの洋館はすぐに分かった。司は仕事で何度もこの前を通ったことがあったが、中に入ったことはなかった。

事前に電話で訪問の趣旨を話しておいたので、担当者がすぐに出て来た。司と同世代と思われる男性は封筒の切手をみるなり、「これは珍しい」と大きな声をあげた。

「これはですね、一九五四年ベトナムで発行されたものです。大変貴重です。一九五〇年にベトナム・ソ連・中国の三国が友好月間というのを結びましてね、ソ連と中国という大国がベトナム民主共和国、つまり当事の北ベトナムを承認したのです。まだ、第一次インドシナ戦争の最中です。それが一月十八日。そして、ちょうど四周年になる一九五四年二月頃に発行されたもので、ほら、中央にホー・チ・ミンがいますでしょう」

「なるほど、右は毛沢東ですね。左は？」

「はあ、だいぶ痛んで見にくいのですが、スターリンの側近で、スターリンの死後、首相になったマレンコフです」

「この図柄は以前にもあったのですか？」

「いえいえ、これはこの一九五四年発行だけです。その後はこの三国の関係がややこしくなって、三人が仲良く並んだのはこの切手だけです。マレンコフという政治家はソ連には珍しい平和主義者で核武装にも反対したほどなのです。しかし、強硬派との力関係に負けて、首相になった翌年には失脚しました。ですから、この三人が並ぶのはこの時期だけなのですよ」

「では、この切手が流通していたのは一九五四年以降ということになりますね」

「そうですね。ただ、どのくらいの期間流通していたかは、私には分かりません」

「では、ラオスでも使えたという可能性は如何ですか？」

担当者は否定的に首をすくめた。

「ラオスですか……。さあ、どうでしょう……」

一九五六年三月　横浜

山口茂がラオスの北部で失踪した前の年の春の事である。

山口英弘の妻、聡子が生徒の成績表を書いていた英弘の書斎に飛び込んできた。

「あなた、国際電話ですって」

「国際電話？　どこから？」

「分からないわよ、早くして」

英弘は急かされるように電話口に向かった。

「はい、山口です」

電話は雑音がひどく、辛うじて人の声が判別できるほどだった。

「北川です」

「……、北川？　ああ、北川先生！　本当にお久しぶりです」

「ビエンチャンから電話しています。国際電話を申し込んで三日も待たされました」

「ビエンチャン？　そうそう、先生はラオスにお住まいでしたね」

「そうです。もうすっかりこちらの人間になってしまいました」

音が途切れ、電話の裏で北川が必死で話している様子が英弘にはよく分かった。

「いや、実は、ラオス人を一人、山口君の所へ行かせたいと思います。当面の生活費は持たせますので、山口君に経済的な負担は掛けません。それから、これは家族の方にも、他のどなたにも、くれぐれも内密にお願いします」

「え？　どのようなことで……」

「手紙を送ってあります。もう一週間以内には届くと思います。まず、それを読んで下さい。君にしか頼めない事です。ああ、電話が遠くなってきました」

そう言っている内に、回線が「プー、プー」と閉鎖音に変わってしまった。

「どなたから？」

「北川先生。恩師の……」

「ああ、後でお医者さんになったという？」

「そうだ。ラオスからだった」

「ラオス！　どんな用件で？」

「良く分からない。途中で電話が切れてしまった」


北川雄一郎は一九一〇年、明治四十三年に東京で生まれた。明治大学に学んだが、学生時代に結核を病み、召集を免れた。病状が好転したため、小学校高等科（現在の中学校）の代用教員となるが、二十四歳で医師を目指し、東京慈恵会医科大学専門部に入学。一九三八年に卒業し、前橋陸軍病院で一年間の研修を受けた後、東京に戻り、救世軍関連の病院に就職した。そこでフランスの医療奉仕団が医師を募集していることを知り、志願して、ラオスに赴任した。

ラオスに渡ったのは一九四一年の七月。終戦の四年前である。以来、ラオスに留まっている。

英弘はそんな北川を尊敬していた。日本が戦争にまっしぐらに進んでいた一九三〇年代、英弘の学校に北川が赴任してきて、英弘のクラスで社会や歴史を教えていた。当時の歴史教育は徹底的な愛国思想に基づいたものだったが、北川は反戦論者で、いつも教頭に呼ばれては「その内、捕まるぞ」と脅かされていた。しかし、英弘は北川の話を聞くのが好きだった。国際情勢や歴史の話は英弘を興奮させた。二人は時折会ってはいろいろな話をした。卒業後も英弘とは手紙のやり取りがしばらく続いていたが、戦争の悪化で途絶えたままになっていたのだ。

三日後、北川からの手紙が届いた。ちょうど、聡子は習い事に出かけていて留守だった。手紙を直接受け取れたので『どなたにも、くれぐれも内密に』という北川の頼みに応えられ英弘は少しほっとした。

北川からの手紙の書き出しはこんな調子だった。

『ラオスは政情が不安です。特に二年前にディエン・ビエン・フーの戦いでベトナムが勝利し、フランスを追い出したまでは良かったのですが、その後は、ラオスも北ベトナムの覇権に巻き込まれてしまって、あちこちで戦いがあります。特に、少数民族がその犠牲になっています。山口君はモン族というのをご存知ですか？　彼らはベトナムやタイ、ビルマ、中国などで広範囲に住んでいる少数民族で、もちろん、ラオスにも沢山住んでいます。ところが、彼らは昔から大変勇敢で、常に大国に兵力として利用されてきました。以前はフランスに加担し、今は米国と組んでいます。また、モン族の一部はそんな共産勢力と組んでいます。同じモン族同士が戦っているのです……』

物悲しいアコーディオンに合わせて軍歌が響く。白衣の傷痍軍人は義手や義足を見せびらかすようにそこだけをはだけて深くひれ伏し、金を無心する。そんな桜木町駅近くの雑踏にある小さな居酒屋で、山口英弘と茂は落ち合った。北川から手紙が届いて二日後である。

二人は、流通し始めたばかりの「吟醸酒」という高級日本酒を飲んでいた。

「いつも辛い焼酎ばかりだから、妙に甘く感じるな」

英弘は鯨の燻製《くんせい》に舌鼓を打ちながら茂に酒を注いだ。

「ところで、急用ってなんだよ。お見合いの話ならお断りだよ」

英弘はコップに注がれた冷酒を飲み干すと「いやね……」と切り出した。

茂は耳を傾けるように身体を英弘に寄せた。

「なぁ、ラオスに行ってくれないか？」

茂は耳の穴に指を突っ込むような所作をした。

「ラオスだよ。東南アジアの……」

「何で、俺が、ラオスに？」

「ムー。そうだなぁ。説明が難しいのだが、まず、引き受けるかどうかを聞かせてくれ」

「おいおい、兄貴。目的も分からないで行くかどうか答えろというのかい」

「じゃ、行ってくれ。頼む」

茂は呆れたように顎をしゃくると、半分ほど残った酒を飲み干した。

「兄貴は利発で慎重。そんな兄貴が理由《わけ》もなくラオスに行けかい？」

「いや、申し訳ない。それでは、俺の分かっている範囲で説明する」

英弘は酒で上気した顔で茂を見た。

「俺の学生時代の恩師が医者になってラオスに住んでいる。その先生から突然手紙が来て、ラオス人の男を日本に送ると書いてあった」

「それで……？」

英弘は北川医師からの手紙を茂に見せた。茂は手紙の文字を追った。

「兄貴は何に関わろうとしているんだ？」

「実は、俺も良く分からない。この北川先生というのは高等科時代の恩師だが、途中で医学部に進んだ。だいぶ年上だが、何故か気が合ってな」

英弘は柳葉魚を指で弄びながらそう言った。

「誠実で、何と言うか……、仏様みたいな先生が、この俺に国際電話までしてきて頼むというのはただ事ではないと思ってな。ただ、良く考えたら、お前にそこまでさせる義務は、もちろんお前にも、俺にも無い。断ろうか、この話」

「ちょっと待てよ。全然説明になっていないじゃないか。まず、俺に何をして欲しいのかを説明してくれ」

茂が少しムキになって答えると、英弘はニタッと笑った。


翌月。

羽田の東京国際空港にできたばかりの新しい旅客ターミナルは、鮮やかな白を基調とした外観で戦後の復興を象徴するかのようだった。滑走路の一部はまだ米軍が使用していたものの、国際便、国内便が次々に離着陸する様子は「国際空港」に相応しい活気があった。

新しい旅客ターミナルの到着ゲートに「Ｗｅｌｃｏｍｅ　Ｍｒ・Ｙｏｎｇ」というパネルを持った英弘と茂の姿があった。

午前十時、到着ゲートから出てくる旅客の中に大きな麻の鞄を抱えたみすぼらしい難民のようないでたちの青年が出てきた。英弘は一見してヨンだと分かった。

ヨンはしばらくキョロキョロと周りを見回していたが、英弘の掲げるパネルに気が付いて、爽やかな白い歯を見せて笑った。

「こんにちは。ヨン・フーです」

「ああ、日本語が話せるのですね？」

「はい、ここ半年間、北川先生から教わりました。でもまだ下手です」

「いやいや、十分ですよ」英弘は心からの安堵の言葉が出た。もし、言葉が通じなかったらどうしようかと思っていたのだ。

「ビエンチャンから渡し舟でノンカーイというタイ側の町に渡って、それからバンコクまではバスです」

ヨンは英弘が運転する車に乗るとそう話し始めた。

「ノンカーイからバンコクまで、まる二日です。途中、運転手は三回変わりますが、客はずっと一緒です」と笑った。

英弘はヨンのため桜木町の外れのアパートを借りていた。名義人は「北川医師支援会・代表山口英弘」であった。

「ここが、我々の活動拠点です。まあ、事務所兼ヨンさんの宿舎です」。英弘はアパートにヨンを招きいれた。

戦前からの古い建物だが、この周辺は空襲にも遭わなかったので環境は良い。洋間に和室、それに小さな厨房もある。洋間は事務所として使い、和室はヨンの寝室となる。

「それでは、我々の活動だが」

英弘がそう切り出すと、ヨンは麻の鞄から幾つかの紙袋を出した。

「これが、向こうと接触する段取りです。支援者は北部のラオスにいます」

「北部……？」

英弘も茂もそもそもラオスがどの辺にあるかも詳しく知らない。その北部だと言われても、見当もつかないのだ。

ヨンは鞄から地図を取り出し、二人の前に拡げた。

「ここが、ビエンチャン。ここから北は深い山です。道も悪いし、険しい」

ヨンは道路を指先で辿って、ある所で止め、二、三度軽くそこを叩いた。

「ここが、私の生まれ故郷です。サム・ヌア、と言います」

ヨンは少し声を詰まらせた。ヨンの目が潤んでいた。

「どうしました？」

「いえ……、三年前、私の両親がここで殺されたのです」

「殺された！」

「ええ、ベトミンにスパイと疑われて、公開処刑……されました」

「公開……処刑？」

二人は顔を見合わせた。

「ですから、助けて欲しいのです。私たちモン族を」

「兄貴、なにかが少しずつだが、分かってきたな」

「ああ、北川先生の言っている意味がね」

その日の晩、英弘たちはヨンの歓迎会に横浜の中華街にくりだした。食事が終わると、長旅で疲れた様子のヨンをアパートに送った後、英弘は茂を桜木町でも売春婦やヤクの密売人がたむろする雑多で物騒な一角に案内した。

戦争が終わって十一年がたって、この一角も以前のような殺伐とした厭世感漂う外地帰りの兵隊ヤクザの仕切りから、徐々に一般の酔客が立ち入れるような場所に変貌し始めていた頃だ。

英弘は慣れた足取りでそんな一角へ進んだ。

その頃流行りはじめたスタンド・バーの前で英弘は足を停めた。

『スタンド・バー・芥子坊主』

中に客はいなかった。バーテンダーが威嚇するような冷酷な目で二人を見た。

「悪いけど、ウチはアブサン、置いてないよ。上品な店なんだ。サントリーの角と、最近、出回ってきたオールドというのがある」

「どうだ茂、この〈ダルマ〉というあだ名のウイスキー、やってみるか？」

「そうだな、俺、初めてだし」

〈ダルマ〉というのはそのウイスキーの瓶の形からついた渾名だ。達磨和尚の背中を連想させる丸くずんぐりとした瓶の肩に特徴がある。安物のウイスキー特有の喉越しのアルコールの刺激が希釈されていて、その分絶妙な甘みがあった。戦後の復興と大衆的な高級感を感じさせた。

英弘は微醺に頬を赤らめ、バーテンダーに訊ねた。

「このバーのネーミングだけど、どういう意味？」

バーテンダーは上目線で英弘を威迫した。

「この界隈で、素人さんがそんなことを聞くもんじゃないよ」

このバーテンダーの名前は佐竹光。若いがやり手で通っているヤクの密売人である。


ヨン・フーが来日して四ヵ月がたった。もう、すっかり夏になっていた。英弘は茂を新宿のデパートの屋上に開業したばかりのビヤガーデンに誘った。派手な提灯が戦後復興の華やかさを演出していた。

「良い話だ」英弘はそう茂に切り出した。

「なにが？」

「いや、お前がラオスに行く件だ」

「本気なのかよ」

「ああ、これは本当に偶然だ。俺が受け持っているクラスの父兄にＯＤＡ（政府開発援助）

の仕事を良く受注している建築関係の親がいて、面談の後の雑談で東南アジアの話題になった。そこで何となくラオスのことを聞いたら、今度、ラオスと国交を結び、来年には岸首相がラオスを訪問するらしい」

「へぇ、それで……？」

「で、だな。岸さんが行く前に、日本国政府の無償援助とやらで事前にお土産がいる。そこでだ、今年からビエンチャン周辺の戦争で破壊された橋脚の修理や橋を新規に建築するらしい。その父兄が言うには、この事業が出来る日本人の橋脚技術者が不足していて、あちこちで探している、と言うのだ」

「何て会社だ？」

「確か……、東京の丸橋建設」

「ああ、知っているよ。橋じゃ、そこそこ大手だ」

「じゃ、一回、面接に行ってくれるか？」

茂は肩を揉み解すように回すと、小さなため息を吐いた。

「兄貴……」

「ああ」

「この話、今回だけだぜ」

山口茂は東京理科大学の工学部を出て、建築構造のN設計事務所に就職していた。そこで茂は、一九五〇年に始まった朝鮮戦争と戦後復興景気で異常なほどの需要があった橋脚工事の構造に関わっていた。

　丸橋建設のラオスでの橋脚工事の技術者公募には十数名の応募があったが、ほとんどが現場技術者ばかりで、構造まで分かるのは茂しかいなかった。

　茂は直ちに採用され、実際のラオスの現場を扱う熊本支社に配属となった。

　一九五六年九月の事である。

　ヨンが来日して半年近くが経過していた。


　茂はそれから、毎日、ラオスでの橋脚工事の構造設計に没頭した。自分が何の目的でラオスに行くのかも忘れるほど面白い仕事だった。橋脚の補修工事が四件、新規の工事が六件と大掛かりな事業だった。もちろん、全てを丸橋建設が請け負った訳ではないが、日本企業の共同事業体として、丸橋建設が代表企業となり、ラオスに事務所を開設することになっていたのだ。


　その年の十二月の初め、茂は会社の幹部に少し早い忘年会に誘われた。

　水前寺公園の近くの飲み屋街の一角に、地味な門構えの割烹があった。茂を誘った会社の幹部は、吉川了《さとる》と言って、茂が所属する部署の部長である。四十歳半ばで九州から出たことがないという生粋の九州男児でもある。

　地味な門構えのわりに、中は広く、玄関を抜けると小奇麗な庭があって、灯籠の光に小さな池が浮いて映った。

「随分、高級店ですね」と茂が小声で吉川に囁くと、「なんぼことない。ワシの島や」と答えた。

通された部屋は長屋のような通しの掘り炬燵になっていて、四人掛けくらいで一畳ほどの立て障子で仕切られていた。

吉川は「熊本では、球磨焼酎だろう」と言って、焼酎を飲み始めていた。

女将が吉川の所へ来て耳打ちした。

「おう、来たか、通してくれ」

すると、一人の女性が入ってきた。まだ、二十代前半で背が高く痩せていた。

「おう、山口君、紹介するよ」

その女性は紺の地味なワンピースに髪の毛を後ろで束ねていた。

細面で鼻筋の通った顔立ちは、一見冷たい印象だった。ただ、はにかむように笑うと、小さな笑くぼができた。恥ずかしそうに頬を赤めて会釈した。

女将が女の腰あたりに手を回して「綿貫、サキさんです」と紹介した。

——サキさん……。

茂はこれが一目ぼれか、と思った。東京の女性のような傲慢な口元ではないし、なにより穏やかな瞳が魅力的だった。

「遅くなりました」

今度は上手に和服を着こなした六十絡みの小柄な女性が入ってきた。

「おう、八千代、待っていたよ」

八千代と呼ばれた女性は明らかに芸子か、そこそこの料亭の仲居あがりの水商売風情で、きつい香水が茂の鼻を刺激した。

「斉田スヱと言います。お座敷では八千代で通っています」

「サキさん、こちらが吉川部長さん。ほら、図書館があったところの奥に大きなビルがあるでしょう。丸橋建設の」

「大きなビルなんて。掘っ立て小屋だ」

「まあ、熊本じゃ、一流企業ですわ。そこの部長さん。それで……、こちらが」

「ああ、山口君。山口茂君だ。東京から来た技術者だ。若いが優秀だ」

「まあ、いい男。東京からですか。それで垢抜けているのね」

八千代は手を叩く仕草をしてサキを見た。

「サキさんはね、私のお店を時々手伝ってもらっているの。ほら、戦争でご家族を失って、それにお母様がご病気で療養所でしょ。かわいそうでね。でも、この器量ですから、お店でも人気者」

「ほう、確かにべっぴんさんだ。なあ、山口君」

茂はこの場が理解できた。『お見合い』だったのだ。以前、先輩から都会から来た独身男は地元で世話をするのが熊本の仕来り、というのを聞いたことがあったからだった。

サキは無口で殆ど聞き役に徹していたが、酒は強かった。吉川が勧める焼酎を生《き》のまま軽く一気に飲み干した。

「おお、良い飲みっぷりだ。さすが球磨女ばい」と吉川はご機嫌だった。

一九五八年一月　横浜

山口茂がラオスに発って二年が経った冬の寒い日だった。

横浜港の近くで、出港する大型船の汽笛が鳴った。

山口英弘は霧に包まれた横浜港の夜景を見ながら、独り言のように呟いた。

――本人は姿を消して、目的の品物だけが日本に届いた。

英弘はいたたまれない自責の念が身体をひどく硬直させていることに気がついた。

――なんてことをしてしまったんだ。

自責が自分自身への憎しみに変わって、港からすぐのホテルの一室の目の前に広げられたラオスの民族衣装に目をやった。ヨン・フーも強張った表情でそれを見ていた。

「意外なほど簡単に通関ができましたね」

無精髭の濃い、異常に目の鋭い男がそう言った。英弘は軽く相槌を打ち、精一杯ヤクのプロの売人を気取って見せた。

無精髭の男が佐竹光である。佐竹はスタンド・バーのちょっと強面のバーテンダーの顔から、紳士的な慇懃な言葉遣いに変わっていた。

佐竹はこの界隈では「やり手」で通っているヤクの売人であるが、暴力団との関係がほとんど無いので、新興財閥や芸能人の秘密パーティーなどに重宝がられているという。

佐竹は民族衣装の裏地の縫い目を糸切り鋏で丁寧に切り、その中から銀紙に包まれた「それ」を取り出した。

「古典的な方法ですが、お客さんたちには全く前科どころか『臭い』もないので、簡単に入れたのですねぇ」と両手を揉むような仕草をした。

「だいたい、イミグ（税関）でつかまるのは、臭いプンプンの奴らで、向こうもすぐ分かるんですよ。お客さんたちのように、きれいな人たちでは連中も全く読めない」

佐竹は銀紙を開封し、その中に密封されていたビニールの袋を取り上げた。

「百グラム……ですか」

「ええ、百グラムの袋が二十、合計で二キロ」

佐竹は、ビニールに包まれた白い粉を小指で舐めた。

佐竹の喉が鳴った。

「こいつは、上質だ。まったく混ざりがない。絶品ですよ」

佐竹はよほど気持ちが高ぶったのか、頬を膨らませ、唇を尖らせて別の袋を取った。

「こいつは凄い。こんな純度のブツは滅多に手に入らない」大きく見開いたその目には、一級品を仕入れてきた英弘への畏敬が含まれていた。

「山口さんとは、この間、私のバーで初めてお会いしましたが、どう見ても素人のようですが、すごいブツがあるので取引したいとおっしゃった時は正直驚きました。それにしてもどうやってこんな凄いのを手に入れたんです？」

「ラオスの山奥……、としか言えない」佐竹は激しく身体を捩《よじ》った。

「これはラオスからの直物ですか！　どうりで混ざりけが無い訳だ。良く手に入りましたね。あの辺は内戦状態で手に入りにくいと聞いていましたが」

「ええ、大変な苦労をしました。だから、高く買って下さい」

「もちろんですよ。この品質だったら、新興財閥のバカ息子どもや最近売り出し中の芸能人がすぐにでも飛びつきますよ」

「ところで、売買は現金取引だと聞いていますが？」

「それがこの業界の決まりです。それに……、こんな上ものを他の連中に流されたらたまりませんからね。この場で決済させてもらいます。そうですね、グラム一万円、二キロですから二千万円でいかがですか？」

英弘は一瞬立ちくらみがする思いだった。その頃の英弘の月給が三万円ちょっと。この百グラムの袋一つで年収の三倍になるのだった。

英弘はしかし、ポケットに手を入れると、口元を締めて精一杯不満な表情を作って見せた。

「佐竹さん、それは相場ではないのでしょう？」

佐竹の鋭い眼光が英弘を射った。

「山口さん、素人はこの辺で折り合いをつけないと火傷《やけど》しますよ。この商売はここからが正念場なのです。簡単に流通できる品物ではありませんからね。警察の目を潜って、お得意さんを信用させ、それから、山口さん、この業界は暴力団、外地帰りの兵隊ヤクザさんたち、それに平気で人を殺す中国の密売人までが、一グラムのヤクをめぐって命がけでそれを狙っているんです。買うより売ることの方がはるかに危険なんですよ。山口さんには、無理でしょ？　二千万は確かに二級品の相場ですが、山口さんは何のリスクも背負わなくて済む。その保険だと思えば妥当な線ですよ」

英弘もそれは分かっていた。実は二千万円さえも期待していた額の数十倍だったのである。

佐竹は麻の荷袋から無造作に百枚のお札を帯封で束ねた現金を取り出した。

「はい、四十束、中身をちゃんと調べてください。昨年、出たばかりの五千円の新札が百枚で一束五十万円です」

英弘はつい最近出たばかりの聖徳太子をあしらった五千円札をしみじみと眺めた。英弘は新聞でその存在を知っていたが、見るのは初めてだった。

「山口さん、この業界は不思議なくらい『信用』の世界ですからご安心を。ただ、中国人の売人には気をつけたほうが良い。あいつらには仁義や信用という言葉はありませんから」

ヨンが佐竹に握手を求め、たどたどしい英語で「Ｐｌｅａｓｅ ｈｅｌｐ Ｍｏｎｇ」と言った。

「モン？」

佐竹は訝しい口元をヨンに向けた。

「何を助けて欲しいって？」

「佐竹さんには関係ないことだが、我々はラオスで迫害を受けているモン族という少数民族の支援活動をしている。このお金はその資金なのです」

佐竹の胡散臭い目が少しだけ畏れに変わって何度も大きく頷いた。

「なるほど、それで分かった。あんたたち素人がなぜ、こんな裏の業界に接触してきたかがね。それじゃ、俺も人助けをした訳だ、ハハハ」

一九五三年十一月　サム・ヌア

異なる民族が啀み合う戦いは人類の歴史そのものである。アジアでも古くはビルマ・シャム戦争、中国のベトナム征服など枚挙に暇がない。一方、一つの国の中で同一民族が二つに分裂し、お互いが殺しあった例はそう多くはない。その一つがラオスのモン族たちであった。

王国軍のマキ部隊と抗仏印部隊は共にモン族で構成されていた。モン族同士の最初の激しい戦闘は、日本敗戦の翌年、一九四六年十一月に勃発した。当時サム・ヌアを支配していた仏印軍に対して抗仏印部隊が、サム・ヌアに総攻撃をかけようとしていた。しかし、抗仏印軍はマキ部隊に背後から急襲され、千人を超える戦死者を出した。この周到なマキ部隊の急襲には抗仏印軍を裏切った内通者がいたからだと市民たちはお互いを疑心暗鬼の目でみるようになった。そして、その噂は次第に穏健かつ中道のモン族たちに疑惑が向けられるようになっていった。

そして、一九五三年、北ベトナム軍の大規模な侵攻によって仏印軍は敗退し、長いモン族同士の戦いは終焉を迎えた。サム・ヌアの覇権は北ベトナムに移っていった。

ちょうどその頃、ヨン・フーはサム・ヌアの中心部にある「共産運動拡大本部」にいた。

ヨン・フーはビエンチャンの経済大学をこの年の七月に卒業して、故郷のサム・ヌアに戻っていた。第一次インドシナ戦争が勃発してからというもの、まともな就職先はどこにもなく、大都会のビエンチャンでもそれは同じだった。結局ビエンチャンでは就職先が決まらず、故郷のベトナム系の企業を紹介してもらっていた。そのベトナム系の企業は、元々フランス資本の縫製関係の工場だったが、現在は資本も経営もベトナム共産党に変わり、規模、質ともにひどく劣化していた。但し、ヨンの場合、大学を出たばかりであったので、半年間「共産運動拡大本部」で再教育を受けることになっていた。

ヨン・フーの父親、プーコン・フーはサム・ヌア市の副市長だが、一年前まではサム・ヌア唯一の高等学校の教師としてフランス語や歴史を教えていた。

プーコンは朝から落ち着きがなかった。何かを怖れているような嗄れた声で女房のミンに「今日はいろいろ忙しいから」と言った。ミンは何かを言おうとしたが、ヨンに気兼ねをするように黙った。ヨンは父親の後ろ姿を見送り「親父も副市長なんかに選ばれて大変そうだな」と吐息とともに母親ミンの様子を窺った。

ミンは辛そうに眉間の皺を刻んだ。こんな険しい顔をしたミンをヨンは見たことがなかった。

「お父さんは、ベトミンが来る前に選ばれた副市長だから、ベトミンとの関係がいろいろ難しいのよ」

ヨンはミンの言っている意味が良く理解できなかった。

ベトナム国境に近く、また天然の要塞として知られるビエン・サイを抱えるこの地域はいつも戦火に曝されていた。ヨンの子供の頃は中国とフランスがこの地を支配していた。中国人は当たり前のようにサム・ヌアの経済を搾取し続けたし、フランス人の人種差別もおぞましいくらいだった。その後、顔は中国人そっくりなくせに、性格も考え方も全く異なる日本人が入ってきた。彼らは中国人のように物品を搾取することもなく、サム・ヌアの人たちと優しく接した。恐ろしいくらい寡黙で自身を律していた。ただ、時々、なにが可笑しいのか、仲間同士で大笑いしている姿がヨンには強く印象に残っていた。しかし、その日本人もわずかな期間で姿を消して、今度はベトミンが入ってきた。彼らはラオス人を蔑《さげす》み、傲慢だった。しかし、この地域の多くの人はベトミンよりフランス人を憎んでいた。ラオ族も、ヤオ族も、カー族も同じだった。ただ、モン族は違っていた。モン族だけが彼らとは違った行動をとった。あるモン族はフランス軍に与し、有能な兵士はマキ部隊に入り共産勢力と戦った。共産勢力に加わったモン族も少なくなかった。ベトミンに加わり、ベトナム人の覇権に協力したのだ。その一方で、孤高を保ち、どの勢力に加わることも無く独自の文化を堅持したモン族もいた。

ヨンの父親、プーコン・フーも中立を保った数少ないモン族の一人であった。

ヨンは共産運動拡大本部に午前七時三十分頃に着いた。共産運動拡大本部の事務職のほとんどはラオス人だが、幹部職員はベトナム共産党のメンバーであった。

ヨンはいつものようにベトナム人の「教師」の前に座った。

その教師はヨンを見ると、度の強い眼鏡を掛けなおして、ヨンを右手で手招きした。

「お父さんは？」

「もう、役所に出ていると思いますが……、何か？」

「いや、君はまだ知らないのだね」

「何を、ですか？」

その教師は、周囲を注意深く見回すと、低い声で言った。

「いやね、一両日中に、人民法廷が開かれるらしい」

「？」

「家族は、確かモン族だよね」

「ええ……」

「サム・ヌアはカー族も多い。彼らはモンを嫌っている。それは知っているよね」

「ええ、もう歴史的に仲が悪い」

その上司は煙草に火を付けると「そうらしいねぇ」と紫煙と一緒に呟いた。

「一両日中に人民法廷が開かれ、フランス軍に協力した反共分子を裁くらしい。その中の一人に君のお父さんも含まれているらしい」

「え！」

「もっぱらカー族の連中が密告した、という噂だ」

不吉な悪魔の仕掛けがヨンの頭をよぎった。そう言えば、今朝、父親は元気がなく、何か慌ただしかった。

教師は眼鏡を外し、亀のように首を伸ばしヨンの耳元で囁いた。

「立場上、これ以上の事は言えないが、君たちモン族に災いが起きるかもしれない。今日は帰っていいから、早めに対策を講じたほうが良いよ」

サム・ヌアで一体何が起きようとしているのか？　ヨンは予想がつかない恐怖に慄きながら家に戻ると、奥で母親のミンの気配がした。

ミンは背中を曲げてうずくまっていた。

「親父が裁判にかけられるって聞いたけど？」

ヨンがそう語りかけるとミンの肩がわずかに震えた。

「フランス軍に協力した罪だと言っていた」

ミンは潤んだ目でヨンを見つめた。思いつめた表情だった。

「お父さんはいつも中立よ」

「でも、職場の上司の話だと、カー族の密告があったと」

ミンは拝むように両手を結ぶと、

「カー族とはずっと仲が悪い。彼らはモン族を目の敵にしている。そんなありもしない事を密告してもおかしくはないわね」

「とにかく、どうなっているか、役所に行ってくるよ！」

ヨンはその足で役所に走った。

役所の前にはベトミンのトラックが数台止まっていて、いつもより警戒が厳しかった。

「どこへ行く？」

警備のベトミン兵に行く手を遮られたヨンは「副市長に会いに」と答えた。

「お前は？」

「息子です」

警備の兵士は近くにいたベトミン兵士とベトナム語でしばらく話をしていたが、「ここにはいない。警察に連れて行かれた。行っても会えるかどうか分からないぞ」と言った。

「ど、どういう罪で？」

「そんなこと、我々に分かるわけがないだろう！」

ヨンは混乱していた。教師の話は本当だったのだ。

警察の前の小さな広場はすでに多くの兵士と警察官で埋まっていた。そのわずかな隙間に次から次に腕を縄で縛られたモン族が警察の中に入って行くのをヨンは目撃したのだ。中には地元ではよく知られた学校の先生や、消防署の幹部の姿もあった。

「何が起きたのだろう？」

ヨンは混乱する頭を必死に整理しようとしていた。


これは、一九五三年十一月二十三日におきた、ベトミンによるラオスで最初の反共分子に対する大規模な「粛清」であった。サム・ヌア市だけで四十五人が拘束、逮捕された。全員がマキ部隊とのつながりを疑われたモン族たちであった。

父親との面会も儘ならず、午前十時頃、ヨンは母親のミンのことが心配になり、一度家に戻った。家の中には人の気配がなかった。ミンの姿もなかった。いやな予感がヨンを襲った。

隣の家の住人がヨンを見つけて、軒先の日除けシートの陰にヨンを隠した。

「馬鹿だな、こんな所をうろついて。ミンさんも捕まったよ。警察はお前も探していた。ここいらでちょっと顔の知られたモンはほとんど捕まっている」

「どうしてなんだ？」

「ベトナムで大変な戦争が始まるらしい。ベトナムの独立を賭けた戦いだそうだ。だから、フランスに加担している連中を徹底的に捕まえているのだろう」

そこへ、ヨンの家の裏に住んでいる長老が顔を出した。

「おお、ヨンじゃないか。大変なことになったぞ」

長老はヨンの腕を握ると、家の奥へヨン一人を引き入れた。

「あいつは信用ならん。すぐに警察に密告するだろう。いいか、事は最悪だ。特にお前たちモン族には。これから、すぐにビエン・サイのネーオ・ラオ・イッサラ（ラオス自由戦線）の基地に行って、この男を訪ねろ」

長老のメモには「Mr.Sakuji Miyamoto」とあった。

「元日本兵だ。彼ならお前を助けられる」


夜が更けてきた頃ビエン・サイのネーオ・ラオ・イッサラの基地に青ざめたヨン・フーの姿があった。

「チータコン老人の紹介という青年がミヤモトに会いたいと来ている」

警備の兵士が宮本に告げた。

「チータコン老人の紹介？　ああ、サム・ヌアの情報提供者の長老だな」

宮本はそこで初めてヨン・フーに会った。

ヨンは少し怯えていたが、若く溌剌とした目に宮本は好感をもった。

「よし分かった。この青年を我々の隊が匿うことにする。榊に預けよう」

「こいつはフランスに加担したモン族だ」

宮本の命令を遮るように、抗仏印モン族の生き残りで、優秀な斥候だった兵士が大きな声をあげた。歳は修兵より少し若い。

この兵士の名はブン……。正確には、ブンサキー・シタラコンと言うモン族である。

一九四六年一月のサム・ヌアでの抗仏モン族とマキ部隊との戦いと、その後に延々と続いたモン族部落に対する掃討作戦で、ブンは両親と全ての兄弟を失った。その後、ブンはネーオ・ラオ・イッサラの前身であるラオ・イッサラに参加、宮本隊に所属して七年が経過していた。

ブンは諜報にも傑出していて、ネーオ・ラオ・イッサラには欠かせない存在に成長していた。

修兵にとっても、最も信頼できる同僚であり友人だった。

ヨンはブンを見て激しく首を振った。

「それはカーの連中が言いふらした流言だ。我々は常に自分の国の独立を支持してきた。特に、私の父はどちらの勢力にも加担しなかったし、誰よりもこの国を憂える愛国者だ」

ヨンは堰を切ったようにブンに向かって言い放った。

ブンは今にもヨンに殴りかかろうとするほど興奮していた。

「どうしたんだ。お前らしくないぞ」

修兵が間に入るとブンは唇を噛んだ。

「あいつらのお陰で、俺たち抗仏モン族部隊が全滅したんだ。サム・ヌアの最初のモン族同士の戦いだ。シュウも覚えているだろう。七年前だ……」

「ああ、忘れるものか。あの戦いはひどかった」

「あの時、サム・ヌア市内にいたモン族が市内から蜂起するはずだった。ところが、蜂起するどころか、我々の作戦を逐一、マキ部隊に流していた奴がいた。その中心がヨンの父親という噂だ」

「いや！　あの時はモン族全員が自宅に軟禁され身動きがとれなかった。情報も一切入ってこなかった」

ブンは口を尖らして黙った。

修兵はブンを見て少し強い口調で言った。

「いいか、ブン。お前は今、宮本部隊に所属している一兵士だ。日本軍の伝統を引き継いだ宮本部隊は、常に命令で動いている。民族間のわだかまりや、つまらない個人的感情などすべて排除している。上官の命令が絶対なんだ。宮本隊長がヨンという青年を匿う、と命令したらそれに従う。お前がヨンにどんな気持ちを持っていようとも、そんなのは関係ない。上官がそうしろ、と言ったら絶対に従う。わかるか？」

ブンは不承不承に頷き照れた笑みを浮かべた。

「ああ、分かった。それで日本軍は強いんだな」

ヨンがビエン・サイの基地に逃げ込んだその晩、宮本はスファヌボン殿下に呼ばれた。

スファヌボン殿下は一九五〇年、亡命先のタイから北部山岳地帯のラオ・イッサラ支配地区に戻っていた。スファヌボン殿下は王族にありながら、ラオス独立運動に参加、一九四五年には南部ラオスでラオ・イッサラを設立、フランスに武力で抵抗をしたラオス独立運動の中心的な人物である。

素顔のスファヌボン殿下は口髭を生やし、笑うと目尻に愛嬌のある皺ができる。あの劇しい独立運動を指導しているとは思えない温厚な人柄で、誰からも愛されていた。

宮本がスファヌボン殿下と会うのは、この三年間で二度目である。最初は、彼が帰還した直後に表敬訪問した。その時、ベトナムで独立運動に参加している旧日本兵の話題になった。ベトナムでは六百名を超える旧日本兵が帰国をしないで抗仏運動に参加しているという。宮本はもちろんその事を良く知っていた。ベトナムに残留した部隊の中には宮本隊と同じ軍の命令書に従って戦っている旧日本兵もいるはずだからである。たまたま任地がベトナムからラオスの違いだけなのだが、多くの残留日本兵はホー・チ・ミンに雇われ、軍事教練やゲリラ戦を指導していた。

日本が戦争に負けて十年近くたとうとしているのに、この辺りの戦況は変わらず、ゲリラたちを相手に訓練に明け暮れる毎日には、さすがの宮本も忸怩《じくじ》たる思いがあった。

「しょせん、俺たちは赤の他人で、自分の国のことではない……」考えてはいけないこの一言がしばしばひとり言や溜息と共に溢れ出てしまうことがあった。

三年ぶりに会うスファヌボン殿下は、山岳地帯での長い抗仏運動から少しやつれて見えたが、眼光は穏やかで、愛嬌のある笑顔が宮本をほっとさせた。

「早速ですが、まず問題点を整理しましょう。それは二つほどあります」

スファヌボンは口髭を指で撫でながらそう切り出した。

「一つは、ベトミンです。彼らが北部ラオス、特に国境周辺を占拠してから、ラオス国民の反発が強い。特に少数民族には」

ここ数ヵ月起きているベトミンによるモン族部落に対する迫害行為であることを宮本は容易に察した。

「問題は差し迫った二つ目です」

宮本の頬が緊張で強張った。スファヌボンは目を細め、大きく首を縦に振った。

「一昨日、十一月二十日にフランス軍の落下傘部隊がディエン・ビエン・フーを占拠しました。宮本さんはディエン・ビエン・フーをご存知ですか？」

宮本が否定すると、

「そうでしょうね。私も良くは知りません。普通の農村ですから。ここよりずっと北でパック・オウというラオスとベトナムを結ぶ峠をベトナム側に下った、昔からタイ族が住む盆地です。農業が盛んで、周囲を山に囲まれていますから、軍事的には有利で日本軍もここに飛行場を作っています」

宮本はその地名を思い出した。確か日本兵の間では「デン・ベン・ポー」と呼ばれていた。

――ディエン・ビエン・フーと発音するのか……。

「最新の情報ではすでに空港が整備され、ぞくぞくフランス軍が集結しているらしい」

「何故、ディエン・ビエン・フーに？」

宮本の質問を待っていたように、スファヌボンは宮本の目を探った。

「なぜでしょうね？」

「共産勢力の分断？　つまり、ベトミン軍本隊をおびき出して、一気に叩く？」

スファヌボンは白い歯を見せて笑った。

「さすが、宮本さんは軍事作戦の専門家だ。その通りです。我々ネーオ・ラオ・イッサラとベトミンの分断。共産勢力の中核にフランス軍の大きな基地ができたら私たちの動きは完全に止まってしまいます。そして、当然、この基地を奪還しようとベトミンは動きます。中枢部隊を派遣するでしょう。陽動作戦です」

スファヌボンは立ち上がり、壁に貼ってある大きな地図を示した。

地図は北部ラオスとベトナムの一部が描かれてあり、ディエン・ビエン・フーが大きな赤の円で示されていた。

「ここが、ビエン・サイ。我々の基地です。サム・ヌアからラオス側の国道はこう廻ってディエン・ビエン・フーの西の国境に繋がっている。ベトナム人民軍は当然、ディエン・ビエン・フーの周辺の山岳地帯に展開してくる」

宮本の背すじが震えた。大変な戦闘が起こる！　軍事力でベトミンを遥かに勝っているフランス軍が共産勢力のど真ん中に基地を作り、そこから一気に抵抗勢力を叩く。常道とはいえ、リスクも大きい。まず、地形だ。一見、周囲が山に囲まれているという地勢は防衛力になるが、逆に土地勘に長けているベトミンにとってもゲリラ戦術を展開しやすいという利点がある。フランスがついに勝負に出たのだ。

　スファヌボンは腕を組み直した。

「ここで、宮本さんの出番です」

　久しぶりの緊張感で宮本は生唾を飲んだ。

「私たちももちろん、この戦いに参加します。ベトミンとは同盟関係ですから、問題は時期です。私たちの本隊は国道六Aからソップ・バオを抜けてベトナムに入り、そのまま北上します。宮本さんの部隊はラオス側のビエン・カンから山道を北上し、国道四号をムアンクアイに向かい、国境を越えて背後からディエン・ビエン・フーに向かってください。まず、ムアンクアイまで行って、そこで次の指示があるまで待機していて下さい」

　宮本は改めて地図を見た。ちょうど、サム・ヌアから北へはベトナム国境沿いに道はなく、大きく迂回することになる。途中、王国軍とネーオ・ラオ・イッサラが勢力争いをしている地域を通ることになり、この移動が容易でないことを宮本は悟った。辛い戦になる。宮本はそう思った。その時、スファヌボンが唐突に言った。

「ところで、宮本さん。サム・ヌアで明日、人民法廷が開かれるのをご存知ですか？」

「人民法廷？」

「ベトミンによるモン族狩りですよ」

「……？」

「フランスやマキ部隊に協力したと疑われているモン族を法廷で裁くのです」

宮本はすぐにヨン・フーを思い浮かべた。

「これは大問題です。私たちの国の最も弱い部分をベトミンは突いてきました。つまり民族間の抗争、偏見、差別。私たちはずっとこれで苦労してきました。我々の部隊にも私ですら把握しきれないくらいの多種多様な少数民族が参加しています。タイ族、カー族、アカ族……。それぞれがそれぞれの歴史の中で微妙な関係を保っている。ある時はそれが抗争になり、ある時は協力関係にもなる。特にモン族は問題です。彼らは勇敢で知恵もある。そして、強力なネットワークも。それが災いの種になっています。今や、サム・ヌアの市長はベトナムの傀儡ですし、私たちの有力な協力者だったサム・ヌアの副市長も逮捕されました。もちろん冤罪《えんざい》です。しかし、私たちには何も言えません。今はベトミンと協力しなければ、私たちの独立はありませんから。副市長は、おそらく明日の裁判で処刑されるでしょう」

翌、十一月二十三日、午後二時、拘束されたヨンの父と母を含む四十五名のモン族に対する人民法廷が開廷した。黒の法衣をまとった三名のベトナム人判事にラオス人判事を加えた四名の裁判官が、サム・ヌア県地方裁判所で最も大きい第一法廷の正面、一段高くなっている判事席に陣取っている。判事席の前には書記が二名。そして、向かって右側にベトナム共産党の検事が二名、サム・ヌア市法務局の検事が二名、左側には地元の弁護士が一名と助手という陣容である。傍聴席は閉鎖されていて、非公開であった。

被告席は判事席の前に十人掛けの長椅子が五列、それぞれ九名ずつ着席している。

ヨンの父親のプーコンと母親のミンは三列目に並んで着席していた。全員が長縄で両手首を縛られ、九人が一塊に、更に長い麻の縄でつながれていた。

検事から被告全員の氏名と罪状が読み上げられた。サム・ヌアの消防署長の場合はこうである。「氏名、キヤンコン・スタリット、年齢、五十五歳、男性、サム・ヌア消防署長、一九五〇年から三年間にわたって、親戚のマキ部隊の幹部ヌハクと頻繁に連絡を取り、ベトミンの情報を逐一提供していた」

プーコンの場合は「一九四五年頃から、マキ部隊と緊密に連絡を取り、特に、一九四六年のサム・ヌアの戦いでは、抗仏モン族の動きをマキ部隊に提供、当時の抗仏モン族の数百名が戦死するという悲劇に深く関与した」と罪状を読み上げた。四十五名という多人数の上に、それぞれに通訳がついたため全員に罪状が言い渡されるまでに二時間以上を要したという。

もちろん、全てベトミンとカー族たちのでっち上げだった。しかし、フランス軍との決戦を迎えていたベトミンにとって、少しでも疑いのある危険分子の抹殺が最優先されていたのである。

裁判長が二十分の休憩を命じ、被告たちは隣の被告人待機室に男女別々に収監された。その間、判事と検事、そして弁護士が集まり、形だけの最終的な罪状を決めていた。

裁判が再開すると、通常は弁護士の反対尋問となるが、弁護士は「罪状認否を留保します」と言っただけで、座ってしまった。つまり、反論を拒否してしまったのである。

次いで、裁判長が検事に向かって「求刑を」と言った。

ベトナム人の検事が立ち上がり、裁判長を正面に見据え、一度咳払いをした。

「全員に死刑を求刑します。特に社会的責任、罪状の悪質さから以下の二名に即日の公開処刑を、他の四十三名は二日から一週間の猶予の後、刑務所内での死刑を求めます」

「二名とは？」

「サム・ヌア市副市長、プーコン・フーと妻のミンです」

法廷には絶望の溜息と「不当な判決だ」という声が渦巻いた。

裁判長が「静粛に」と木槌を叩くと、プーコンが立ち上がり「私にも弁解の機会を下さい」と反論の供述を求めた。

裁判長は弁護士を一瞥して「却下する」と答えた。

裁判長は再度木槌を叩き、「判決を言い渡す」と言った。

「本人民法廷は、検事の求刑通り決するものである。本日、午後七時、サム・ヌア市役所広場にて、検察から指名された、特に悪質な二名の銃殺による公開処刑を実施する。他の四十三名の被告は、公開処刑に立ち会った後、全員を刑務所に収監し、明後日から一週間の間に漸次、銃殺刑に処す。また、情報の漏洩を危惧する立場から、親族、友人等との面会、メモ、遺言等の記載の一切を禁ずる。午後五時を以ってサム・ヌア市に公開処刑の告示を行う。以上で本法廷を閉廷する」

午後六時三十分、サム・ヌアは不気味な静けさの中にあった。叫びたくなるようなベトミンに対する怒りと絶望が、サム・ヌアの人々を一層寡黙にした。この見せしめの裁判は瞬く間にサム・ヌア中の市民に伝播《でんぱ》し、同じラオス人であるカー族への不信が拡張した。不穏な動きはカー族の経営する商店に石が投げ込まれるという事件から始まったが周囲を警備していたベトミンの兵士たちに追いやられ一見沈静化したように見えた。

六時四十五分、カー族の有力者たちとベトミン軍、そしてベトナムの商人たちが集まっている一角で、最初の騒動がおきた。モン族の若者が彼らに向かって「人殺し」と叫びながら投石を始めたのだ。最初は二、三人だったが、瞬く間に数十人の規模に膨れ上がり、ラオス警察とベトミン軍が鎮圧に入った。若者たちは蜘蛛の子を散らすように人ごみの中に紛れた。すると、今度は黄色い袈裟を着た数十人の僧侶たちが読経をあげながら市庁舎に向かって行進を始めたのだ。その後をおびただしい数の無言の市民たちが続いた。

サム・ヌアの市民たちは隣国ベトナムの干渉に翻弄され続けた。このベトミンの市民感情を無視した裁判に、言葉にならない怒りが渦巻き、やがて沸騰しようとしていた。

しかし、自分たちではどうすることもできない怯懦《きょうだ》と、そして、サム・ヌアを支えてきたモン族の良心が粛清にあうという現実が、サム・ヌア市の役場前に集まった市民たちを怒りと絶望の淵に立たせた。

まず長老の僧侶がステートメントを読み上げた。

「我々は善良な市民が不当な裁判によって死刑を執行されることに強く抗議する」

市民も拳を上げてそれに同調した。

ベトミン軍はライフルを彼らに向けて威嚇した。群衆もまた、なす術もなくベトミン軍に押し返されてしまった。

午後七時、市庁舎前の広場には即席のバリケードが敷かれ、人々は遠巻きにその時を待った。すでに、市庁舎に向かって右側に、高さ三メートル、横五メートルほどの大きな木製の板が運ばれていた。銃殺の際、外れた弾丸を受けるための板壁である。直接、コンクリートの壁に当たると、残虐行為の瘢痕として人々に伝えられ、場合によっては民衆の蜂起につながりかねない。木製の板だとすぐに燃やして処分ができる。さらに、銃殺による出血が石床に浸み込まないよう、死刑囚が立つ場所に大量の藁が敷かれるという周到さであった。

午後七時五分、黒い袋で顔を覆われたプーコンとミンが兵士に両腕を抱えられて広場に出てきた。

まず、用意された大音量のスピーカーが唸った。サム・ヌア法務局長が罪状を読み上げるが、大音量がスピーカーの音を割った。人々の絶望の吐息が、轟音に消された。

サム・ヌア法務局長の演説が終わると、銃弾を受ける大きな板の前に一メートルくらいの間隔で二人が立った。二人の足が小刻みに震えているのが遠くからも分かった。

小銃を前傾に構えたベトミンの兵士が四名、プーコンとミンの前に整列し、サム・ヌアの法務局長、ベトミン軍のサム・ヌア司令官、そして市庁舎に向かって左側には残された四十三名の死刑囚が兵士に取り囲まれるように立っていた。

僧侶たちの読経が絶叫に変わった。銃声が轟き、二人は一度体を捩ると、その格好のまま膝をおり、ゆっくりと前に崩れた。

ベトミンの将校が足早に短銃を胸の前に構えて、生死の確認を行う。そして、ミンの肩が少し動いた。将校は躊躇することなくミンのこめかみに向かってもう一発発射した。ミンは一瞬顎を上げ、そのまま、首を垂れた。

これが、ベトミンによるモン族への粛清の始まりであった。ヨンの両親が公開処刑になったという知らせはネーオ・ラオ・イッサラの基地にも直ぐに届いた。

藤田が眼鏡を拭きながら宮本につぶやいた。

「いや、この辺の民族は分からんですな。日本で外国人といえばせいぜい朝鮮人とか中国人とか、でも日本人は日本人でしょ。こいつらだって、顔はほとんど一緒で、日本だったらせいぜい関西人と津軽人くらいの差なのに、言葉は違うし、文化も違う、そして、なんですかね、このお互いの差別意識というのは」

宮本も同感だった。こっちにきて、もう十年近くたっているのに、さっぱり分からないのが少数民族たちだった。

一九七八年四月　伊香保

圭子が会社勤めを始めたばかりの一九七八年四月、唐突に山口英弘から「週末に伊香保温泉に行かないか？」という電話が入った。

「急に伊香保って？」

「いや、実は会わせたい人がいるんだ」

「え？　どなたですか？」

「その時紹介するよ。どうだい、忙しいかい、新しい職場」


圭子は午前九時三十分頃に待ち合わせの渋谷の喫茶店「N」に着き、モーニングサービスを注文した。テレビでは盛んに成田空港開港への反対抗争の様子を流していた。しばらくすると、深刻な顔をした評論家が出てきて「謎に包まれたカンボジア情勢」という特集番組が始まった。

『一九七五年以来、ポル・ポト政権によって鎖国状態に入ったカンボジアでは、多くの国民が虐殺されたという噂が絶えない……』

評論家はそんな論調で番組を開始し、〈国連や先進国がその状況を無視し続けているのは、ベトナムから屈辱の撤退を余儀なくされた大国、米国のトラウマ……〉と独自の情勢分析を展開していた。

テレビを注視していた圭子は「コーヒーのお代わりは？」というウエイトレスの声で、喫茶店の広い窓硝子の向こうに、英弘が満面の笑顔で手を振っているのに気が付いた。

英弘の横に背の低い男がいた。

「ミスター・ヨン・フーだ。ラオスからのお客さんだ」

英弘はヨンを圭子に紹介した。ヨンは、照れた笑顔を作って日本人の仕草で深くお辞儀をした。

――ラオスから？

圭子は一瞬、母のサキの言葉を憶った。

『お父さんは、ラオスで行方不明になったのよ』

――何故、父親が行方不明になった国から……？

それに、この色の浅黒い背の低い男に圭子は見覚えがあった。どこかで見かけたのだが、思い出せない。その時、ふと、圭子の会社に近い渋谷の歩道橋の風景が過ぎった。東南アジア系の顔をした男がビラのようなものを配っていて、圭子がそれを受け取ると、思い詰めたような悲しい目で圭子を見て『よろしくお願いします』と言った。ビラには『ラオスのモン族を救ってください』とあった。一瞬の出会いだが、圭子の記憶に深く刻まれていた。

圭子の記憶に間違いはなかった。

「もう二十年近く横浜と渋谷で週四回、朝から日が暮れるまでビラ配りを続けています」

ヨンは屈託のない笑顔でそう言った。

「ヨンが日本に来たのは、ラオスのモン族を助ける活動を日本で拡めるためだ。私たちも支援している。圭子にもこの活動を手伝って欲しくて、今日、誘ったんだ」

圭子はふと、ただ、それだけのために一泊旅行に誘ってくれたのかと訝しく思った。

関越自動車道が練馬から東松山まで完成したばかりだった。その区間は快適だが、三十分もすると、高速道路は終わってしまい、東松山から先は国道一七号線をひたすら北上することとなる。

圭子は英弘の運転する車の助手席から、本格的な春を迎えた群馬の風景を楽しんでいると、バックミラーに映ったヨンと目が合った。

「圭子さんはお父さんに良く似ている」ヨンが唐突に言った。

「え？　お父さんの事、ご存知なの？」

すると英弘が話を遮った。

「そのことは後でゆっくり話をするから」

圭子はこの不思議な旅に押さえ切れない恐怖のようなものを感じた。


三人は湖面がまだ凍っている榛名湖に立ち寄った。午後の四時頃である。氷結し白濁した湖面は周囲の春の山々と常緑樹の深い緑の森とのコントラストが鮮やかに映えて、立ちすくむような美しさであった。

湖を巡る道路には、僅かに残った雪が厳しかった冬の面影を残していたが、圭子の頬を撫《な》でる滑らかな暖かい風がそれさえも忘れさせた。

「写真を撮りましょうよ」

圭子の弾けるような爽やかな声が湖畔に響いた。

「名勝・榛名湖」という看板の前で、まず英弘と圭子をヨンがシャッターを切った。次いで、ヨンと英弘、そして最後に圭子とヨンの組み合わせであった。

ヨンが盛んに「寒い」を連発して「私の故郷も冬があるのです。十一月頃から一月頃までは寒い。でもね、雪は降らないし、水も凍りません」と笑った。

英弘はそんなヨンと圭子の様子を見ながら、『そろそろ話をしなくては……』とつぶやいた。

英弘が予約した旅館は伊香保の温泉街のはずれにあり、観光名所として有名な石段を降り切ったところのTという大きな旅館だった。

圭子には、このような大型温泉旅館は初めてであった。

少し熱めの温泉に浸かった圭子は、スーッと体が浮上するような心地良さを感じた。思い返すと、叔父の英弘の家に預けられて以来、ずっと緊張の連続だった。高校時代、そして短大時代を通して、圭子は常に叔父夫婦の顔色を見ながらの生活であった。

特に英弘の妻、聡子は圭子に冷たかった。

食事や洗濯といった家事全般は聡子の仕切りではあったが、聡子は圭子にいろいろな仕事を命じた。試験の最中でも、必ず何かの用事を与えた。買い物、掃除、夕食の準備、いくら頑張って家事を手伝っても誉められたことも、いわんや優しい言葉をかけられたこともなかった。そんな圭子を『体のいい女中さんね』と友人に言われた時は、心底実家に帰ろうと思った。

ある晩、ドアー越しに英弘と聡子の会話が聞こえたことがあった。

「お前、あまり圭子に冷たく接しないでくれ」そんな英弘のくぐもった声が聞こえた。

「あら、私、なにも圭子さんに冷たく接してなんかいませんよ。ああ、圭子さんがあなたに密告でもしたのね」

「ほら、それがいけないのだよ。圭子は僕にはなにも言わないし、大人しくて良い子じゃないか」

「あら、随分理解があるのね。あの子は愛想がないし、私にはなにも話したがらないのよ。田舎の子だからどう接していいのか分からないわ。それにね、あなたは仕事に出ているから良いけど、私は圭子さんが学校から帰ると、四六時中一緒にいるのよ。鬱陶しくなることもあるわ……」

圭子はここ数年の時を追うと、「お父さんさえいてくれれば、こんな辛い青春時代を過ごさなくてよかったのに」と思わず自分に愚痴った。

豪華な夕食が並んだ。多彩な山の幸、天麩羅、牛肉の鉄板焼き……。英弘は「ビヤラオとどっちが旨い？」とヨンにビールを注いだ。

「ビヤラオは日本のビールと似た味です」ヨンはビールの泡がついた口元で笑った。

「さて、あまり酔っ払わない内に大切な話をしよう」と英弘が切り出した。

圭子は箸を置くと、緊張した口元で英弘の次の言葉を待った。

「まず、圭子を引き取った経緯からだ」

圭子の細い喉がうねり、息が詰まった。

「経緯って私たちの生活が苦しいことを知って面倒をみてくれたのでは？」

「いや、実は茂に子供がいたことを私たちは知らなかったのだよ」

「まさか……」

圭子の瞳孔が烈しく揺れた。

「茂が熊本でサキさんとお付き合いをしていたことも知らなかった。まさか、茂に子供がいたなど想像もしていなかった」

「では、何故私たちのことを？」

「つまり……、だ」

英弘は自分を落ち着かせるように空咳を一つして、英弘は割り箸の包み紙を広げ、鉛筆を手にした。

「これまでの経緯をここに分かり易く図にしてみよう。あまりに複雑だからね」

英弘は包み紙の真ん中に大きな○を描いた。

「ここがラオスで○がビエンチャンだ。そして、この△が私の高等科時代の恩師の北川先生。お医者さんだ。ラオスに住んでいる。この先生からこのヨンを日本で面倒を見てくれるように頼まれた。この●がヨンだ」

英弘は圭子の前に座っているヨンを鉛筆の先で示した。

そして北川医師の△から矢印をヨンの●と結んだ。

「そして、ヨンは日本に来た。目的はモン族を救うためだ。もう二十年も前の話だ。この線の下が日本」

ラオス側の●を矢印で日本側に引いた。

「ここに圭子のお父さん、茂がいる。▲としよう。その時、私と茂そしてヨンが初めて会った。私を◎とするか。ここからが少しややこしい。まず、ヨンたちモン族を救うためにある作戦を練った。そのため、誰かがラオスに行かなくてはならない。君のお父さんは橋脚技師だったから、うまい具合にラオスで仕事を見つけた。そして、あることをするためにラオスに行ってもらった。だから、今度は日本からラオスのビエンチャンと結ぶ。こんな矢印だ」

「あることって？」圭子の質問に英弘は首を振った。

「まあ、慌てるな。茂は無事ラオスに着いて、目的の場所に行く機会を待っていた。その目的地がサム・ヌアという北部ラオスの町だ。実はヨンの生まれ故郷だ」英弘は紙の右上の方にサム・ヌアと書き込んだ。

「茂はビエンチャンからここサム・ヌアに移動した。ここで、君のお父さんはやるべきことをきちっとやった。この仕事は一回限りの約束だったから、君のお父さんはそのままビエンチャンに戻って、何事も無かったように仕事を続ける手はずだった」

英弘はサム・ヌアからビエンチャン方向へ矢印を描いて、線の真ん中に×印を描いた。そして、気抜けしたように首を垂れると、覗くように圭子を見た。目が潤んでいた。

「ところが、茂はビエンチャンには戻らなかった。そのまま行方不明になってしまったんだ」

「ええ、母から聞いて知っているわ。新聞にも出たのでしょう？」

「ところが、その後も茂からの手紙が途切れずに私たちの所に届いていたのだ」

「え？　どういうこと？」

「私と茂は〈あるもの〉を日本に届けるために私たちしか分からない暗号で手紙のやり取りをしていた。その暗号で書かれた手紙がいまだに届いているし、そのあるものも数回だが日本に届いた」

「だったら、お父さんはまだ生きているかもしれない、というわけね」

「ただ、ある時からこの暗号の手紙の書き方が茂とは全く違ってきていることに気がついた。茂が誰かにそれを教え、その人間が代わりに送ってきている可能性もある」

「お父さんから、私的な手紙とかは？」

英弘は圭子の質問に首を横に振った。

「いや、それは残念ながらなかったが、今から二十年近く前に弟の代理という男が支援金を受け取りに来た、と北川先生から手紙を頂いた。その時、弟からの手紙も添えてあったというのだ。つまり、弟が失踪して二年後のことだ。私たちはその手紙を見て弟がまだ生きていると小躍りして喜んだよ」

「少なくとも、その段階ではお父さんは生きていたという訳ね？」

「そうなるね」

「その後は、どうなったのですか？」

圭子の質問に英弘は「ウーム」と唸った。

「その後も何回も北川先生から手紙を頂いたが、手掛かりがつかめない、と言うんだ。王室直属の秘密警察にも頼んだが、日本人を目撃した、という情報はない、と言ってきた」

「その北川先生のことをもう少し詳しく知りたいわ」圭子は強い口調になった。

「私たちは北川先生のラオスでの医療活動を支援する活動をしている。北川医師支援会という」

「北川医師支援会？」

「団体と言っても私とヨンの二人だけだが。当時も今も、ラオスへの合法的な送金が難しく、このような支援金という枠で送金するしかなかったんだ」

「それが、モン族の支援に使われたの？」

「そうだ。北川先生からの手紙だと、まずラオスに残留した元日本兵とそれからモン族を支援している日本人にこのお金の一部を渡した、とある」

「その……、モン族を支援するためラオスに残った日本人とは、どんな方？」

圭子は英弘とヨンの目を交互に探った。

「ヨンの古い友人だそうだ。日本軍に所属はしていたが、民間人で……」

ヨンが絞り出すような声で英弘の話を引き継いだ。

「私を北川先生の所に連れて来てくれて、彼はそのままモン族の仲間と一緒にどこかへ消えてしまいました……。ラオス語が堪能で、頭がすごく良い人でした。シュウと我々は呼んでいました。確か……、サカキ・シュウヘイという名前だったと記憶しています」

「サカキ……。偶然ね。私の会社の上司にも榊さんという名前の方がいらっしゃるわ」

そういって圭子は何故か自分に照れた。

「いずれにしても、私はお父さんを見たことがありません。母にとっても経済的、精神的にも支えであった夫、そんなかけがえのない存在を失った私たちは、母と二人で貧乏のどん底の生活をしてきました。でも、いまさら私の父親が、ラオスという国で、私たちには何の縁《ゆかり》もないモン族という少数民族を助けるために行方不明になったと言われても……」

圭子は喉に痞《つか》えた唾を呑み込むような仕草をした。

「その前に、私たち家族を助けて欲しかった……」

気まずい沈黙が続いた。

「母が、女手ひとつでどれだけ苦労して私を育ててくれたか。そして、私は伯父さんの家にお世話になってからは、母と会うことさえも遠慮しなくてはならなくなった。母は私を『売ってしまった』といまだに後悔しているの」

英弘自身も、あまりの理不尽な経緯に、俯きながら圭子の話を聞いていた。

「ごめんなさい。生意気な事を言って……」

「いや、圭子の言う通りさ。考えてみたら本当にお前たち母子を不幸な目に会わせてしまった」

英弘が茂の失踪を丸橋建設を介して聞いたのは一九五八年十一月だった。

『まだ、捜索中ですから亡くなったわけではありません。希望を持ってください』

丸橋建設の担当者はそう言って簡単に状況を説明すると電話を切ったという。

英弘は心底『しまった』と思ったという。恐れていたことが起きてしまったのだ。英弘が茂の失踪を知ってすぐにビエンチャンの北川医師からも連絡が入った。

「茂君が行方不明になったことはこっちの新聞でも大きく取り上げられて本当に驚いたよ。しかし、私のところにも茂君は寄ってくれなかった。どうして茂君は私の所に来なかったのだろうか？」

北川医師の落胆した声が電話口で響き、英弘も辛かった。善良な市民である英弘も、もちろん茂も社会の根の部分を冒す麻薬を嫌悪していた。いわんやラオスのモン族に何の恩もない。ただ北川医師のガラス細工のように脆いヒューマニズムを放っておけなかったのだ。そのために、まさかヤクの買い付けに北部ラオスに行ったなどと北川医師に答えようもなかったのだ。

茂からのヤクが届いたのが翌年の一月。さらに五十九年に入っても少量ではあるがヤクは届いていたし、茂からの暗号による手紙も定期的に届いていたのだ。

それから十四年後、英弘は勤務していた高校の卒業生の同窓会に来賓として招待された。丁度十四年前に卒業した学年で、そのなかには茂を丸橋建設に紹介してくれた父兄の子供も含まれていた。彼は大学を卒業して丸橋建設の親会社にあたる大手の建設会社に就職していて、すでに中堅として活躍していた。

「山口先生、ご無沙汰しています」

「霜田君だったね」

「ええ、霜田朗です。学生時代はお世話になりました」

「そうそう、君のお父さんに弟の就職先を斡旋してもらったことがあってね。お父さんはお元気？」

「ええ、お陰さまで。実は私の勤めている会社の重役になってやりにくいです」

「ハハ、それは結構なことじゃないか」

「ところで、丸橋建設に就職した山口先生の弟さん、ラオスで行方不明になったそうですね」

「そうなんだよ。もう、十四年も前になるかな」

「実は、去年からその丸橋建設も担当になりまして、よく熊本の支社に行くんですよ」

英弘は改めて霜田を見た。穏やかで落ち着いた雰囲気は父親そっくりだった。

「それで、前から気になっていた山口さん失踪事件についていろいろ調べたら、見舞金や退職金はしっかり支払われているのですね」

「え？　誰に？」

「ご存知ないのですか？　奥様にです」

「奥様！　弟が結婚していたとは知らなかった」

「ラオスに行く直前の事らしいのですが。ある女将の紹介で綿貫サキさんという方とお付き合いがあったそうです。熊本支社の連中、あまりそのことには触れたがらないのですが。いまでも熊本に住んでいるらしいですよ。お嬢さんと一緒に」

「お嬢さん！ 子供がいたの？」

「そのことも、なぜか熊本ではタブーみたいになっていて。不思議だなと思っていたのですが、ちょうど、今日、先生にお会いできるのでご存知かうかがってみようかと」

「それはありがとう。いや、まったくそのことは知らなかったよ。驚いたな。しかし、なぜ、熊本では皆が触れたがらないのだろう」

「その辺は自分にも分かりません」

霜田は英弘を見て、首を振った。

圭子は顔を伏せて英弘の話に聞き入っていた。おもむろに顔をあげると、険しい目になっていた。

「それで、おじさんは、貧乏をしている私たちのことを知って、私を引き取ることにしたわけですか？　それとも、父を外地に送り込んで、あげく行方不明にさせたその償いに、ですか？」

ついに圭子の目から涙が溢れた。

「高校なんて行かなくても良かった。中卒で働いて、母を少しでも楽をさせてあげたほうがどれだけ幸せだったか分かりません」

英弘もヨンも俯いて黙った。黙るしか手立てがなかったのだ。すべて、圭子のいう通りなのだ。

長い沈思の時が過ぎた。圭子は無理な笑顔を作った。

「ところで……、お父さんは私が生まれたことを知っているの？」

「もちろん、知っていたさ」そう言って、英弘は自分の嘘を恥じた。生まれたことを知っていたら、間違いなく自分にその子を託すはずだ。少なくとも報告ぐらいはする。やはり、茂は何も知らないままラオスに行ったのだ……。

圭子は笑顔が照れに変わって頷いた。

「それなら良いけど」

その時、ヨンが意を決したように口を開いた。

「シゲルさんは、私たち迫害を受けたモン族のためにラオスに残ったのです。でも、行方が分からなくなってしまった」

圭子は微醺に染まった目をヨンに向けた。

「モン族を救うため？　何のために？」

一九五四年四月三十日　ディエン・ビエン・フー

仏印の晦冥の歴史を俯瞰する時、ディエン・ビエン・フーはその中に、まるで巨大な墓地のように佇んでいる……。

日本軍が敗戦でインドシナから消えた後、フランスはその覇権を再び我がものとしようともがき続けていた。しかし、日本が残した「大東亜共栄圏」の大義はベトナム風に解釈され、そして都合よくベトミンたちにも浸透していた。頽勢著しいフランス軍は最後の賭けに出たのだ。主力のベトミン軍をベトナムの奥まった僻地に誘導し、一気に殲滅しようと計画したのだ。

その恥辱の地に選ばれたのが、ディエン・ビエン・フーであった。瞬く間にかの地を占拠したフランス軍は、この計画がよもや自国の歴史上最悪、かつ恥晒しの結果を導くなど想像だにしなかったのに違いなかった。

それは、一九五四年三月十二日に勃発したベトミンによるディエン・ビエン・フー基地奪還作戦から始まった。この人類史上類を見ない激戦は、戦闘がひと月を超えた頃から、戦況は明らかにフランス軍に不利となっていた。

ソ連や中国共産党からベトミンに供与された十五ミリ砲がフランス陣地に容赦なく打ち込

まれ、その包囲網は日々縮まっていた。空港の東北に位置する最強、最大のフランス軍陣地であったベアトリスが陥落、空港の北の最大の要所、アンナ・マリもベトミン側に落ちていた。空港の一部はベトミンが占領し、フランス空軍機が着陸できなくなり、補給物質は空からの落下傘のみに頼っていた。

しかし、多くの補給物質は途中でベトミン側に流れ落ちるか撃ち落とされ、フランス軍の弾薬や食料が欠乏し始めていた。

同じ年の四月十四日、ネーオ・ラオ・イッサラ軍の大隊約八百名を率いた宮本部隊は、ベトナム国境を越え、空港の東、通称「ドミニク」と呼ばれるフランス側要塞の裏山に陣取った。

宮本たちの眼前には完全に破壊されたディエン・ビエン・フーの飛行場が硝煙の中に拡がっていた。ここ数週間続いた激しい砲撃で、滑走路のコンクリートは跡形もなく黒く焼け焦げ、陥没し、罅《ひび》が割れていた。

四月三十日未明、ベトミン第三一六師団に配属された宮本隊は、ベトナム語が堪能なヨン・フーを通訳として師団長が主催する作戦会議に参加した。そこで、宮本隊はドミニク陣地の南に展開してＡ１陣地の背後を叩く任務が言い渡された。

ベトミン側のこの作戦はいわば人海戦術で、屍を超えて奪還せよ、というものだった。殺しても殺しても、蛆のように際限なく湧き出る兵士たちは、追い込まれたフランス軍にどれほどの恐怖を与えるものだろうかと宮本は思った。

宮本は部隊に戻ると、隊員に作戦の詳細を説明した。

藤田がいつものように眼鏡を掛け直して「決死隊ってやつですか？」と聞いてきた。

宮本は唸るだけで返事をしない。

藤田は溜め息と一緒に「それにしても、ベトミンはすごいですねぇ」と言った。

宮本もその通りだと思った。ここ数日、宮本たちはベトミン兵の死をも恐れない攻撃の様子をつぶさに見てきた。彼らは何かに憑かれているかのように、銃弾の中を突撃して行った。

その敵前に向かう姿は、異様でさえあったが、攻撃の先陣を担う兵士たちは、格好の標的にもなった。昼間にも拘らず、硝煙が暗雲となって戦場を覆った。その闇の中を無慈悲な熱を伴った滝のような光が双方から発せられる。光が破裂すると煌めきに変わり、ベトミン兵が天を仰ぎ叫ぶ姿が影絵のように浮かび上がるのだ。身体は砕け、裂かれて先陣を切った兵士たちは土嚢を重ねるように倒れていった。第二陣、第三陣と続くベトミン兵士たちは、積み重なった仲間の肉塊を躊躇することもなく踏みつけては前進していった。その足取りはまるで肉塊から遊離した霊魂が天上に向かって大きく跳ねるように見えた。

このベトミン兵士の強烈な前進にフランス兵は潤沢な武器と金で雇った少数民族兵士で反撃を続けた。

しかし、それさえも……、すでに底をつこうとしていた。

宮本は止《とど》まることのない砲撃が続く中で、「俺たちの戦争も、もう少しで終わる……」そう唸った。

鳥瞰で見たドミニク周囲の蜿蜒と続く塹壕は、まるで巨大なクモの巣である。幾重にも塹壕が掘られ、それぞれの塹壕間が前後左右の連絡通路でつながっているのだ。

「フランス軍は、まさにこのクモの巣に捕まった、て感じですね」

藤田の例えに、宮本が納得したように頷いた。

「フランスは自分たちこそ強大な蜘蛛だと勘違いしたんだ。ベトミンは夜を徹して塹壕を掘る。昼間は死体で足の踏み場がなくなるまで攻撃をかける。また、夜になったら今度は死体を塹壕に収容して攻撃路を確保しつつ、一つ上にまた塹壕を掘るんだ。そして、気がついたら、フランスは蜘蛛の糸にがんじがらめになっている。ベトミンの方が実は、もっと大きくて凶暴なんだよ」


その頃、修兵はブンと一緒に最も後方の嘉納軍曹が指揮する小隊にいた。

沖縄出身の嘉納は大きな目と太いまゆげ、濃い髭で他を圧倒する顔貌だった。しかし、性格はひょうきんで温厚、誰にも優しかった。

その嘉納が部隊の裏のほうを注視して動こうとしない。修兵が「敵ですか？」と聞くと、嘉納は口元を閉じるよう人差し指を立てた。

「日本語が聞こえる」

「え？」

確かに多くの兵士たちが暗闇の中で蠢いていた。

「ベトミンでしょ」

「いや、よく聞いてみろ」

修兵はもう一度耳を欹てると確かに日本語のような響きが聞こえた。

嘉納は修兵を伴ってその一群に近づいた。

遠くランタンの光にベトミンの制服を着た兵士たちが縹渺と浮かび上がった。銃を構えている様子だった。修兵たちがネーオ・ラオ・イッサラの軍服を着ていたから敵だと思ったのだろう。

「敵ではありません！　我々は帝国陸軍の兵士であります」

嘉納の大きな日本語が響いた。

硝煙に霞む中でザザ、と大地を蹴る音がした。

「階級は？」日本語が返ってきた。

「軍曹であります」

「よし、皆、銃を収めよ」兵士たちの姿が煙霧に影を作った。

小さなランタンの光に長身の男の顔が浮かんだ。

「私は中曽根少佐だ。第三十八軍所属だ」

「おお……！　中曽根少佐でありますか」嘉納が叫んだ。

中曽根と名乗った男はランタンの光を嘉納に寄せて「なんだ！　嘉納ではないか」と声を張り上げた。

「お前……、帰国したのではなかったのか！」

「少佐、お懐かしく」嘉納は目を潤ませて中曽根の手を握った。

嘉納は沖縄で陸軍に召集されて以来、中国戦線、仏印と中曽根少佐の師団にずっと配属されていた。明号作戦が開始されて、中曽根はベトナムのハノイへ、嘉納はラオスのサバナケットと、それぞれの所属部隊が変わっていたのだった。

「しかし、お前とここで会えるとは思わなかった。ところで、嘉納はどの命令でここにいる？　まさか、敗残日本兵としてホー・チ・ミンに雇われたのではないのだろう？」

敗残兵とは格が違うとばかり、中曽根は訝しむような鋭い口元になった。

「はい、いえ、我々は師団長の命令書で……」

「そうか、だったら、一緒だ。俺たちも日本国の最後の目的を果たすために軍籍を消した……。ところで彼は？」

中曽根は無精髭に包まれた嘉納の後ろに隠れるようにしていた修兵を見た。

「はい、彼は榊君、民間人であります」

「民間人？　何で民間人がこんな所へ」

嘉納は答えに窮して「榊、何でだ」と聞いた。

「はぁ、まぁ、志願をしまして」

「志願、か？」

「はい、榊はこちらの言葉に堪能で、中野にもしばらくいて諜報活動にも」

「ほう、それで誰の部隊だ？」

「はい、第三十八軍、第二十一師団所属であります」

「三国中将か……、それなら我々と一緒の命令書だな」

中曽根は立ち上がり辛そうに眉間を絞った。

「お前たちが今の日本をどのくらい知っているのか分からんが。日本は確かに負けた。だから『敗戦』なんだ。戦に負けるということは屈辱だよ。勝った奴らが負けた俺たちを裁く。負けたら全ておしまいっていうことだ」中曽根は唇を噛み、吼えるように言った。

「三国中将は帰還して裁判にかけられた。戦犯で死刑になったらしい」

「死刑……」

「ああ、戦争に負けるというのはそういうことだ」


敗戦をベトナムやラオスで迎えた日本兵の内、帰還を拒み、自発的に残留した日本兵は、ベトナムの場合だけで約七百名と言われている。ほとんどは敗戦直後の混乱に乗じて部隊を離脱し、中国に入った兵士は中国共産党軍の外人部隊として、ベトナムに残った者はホー・チ・ミンに傭兵として雇用された。しかし、残留日本兵のその後は悲惨で、多くは戦死、あるいはジャングルで病死し、無事、帰国を果たせたのは百名にも満たなかったという。

一方、宮本隊のように日本軍の命令に従ってベトナムやラオスに残留した日本兵の数は明らかにされていない。「大東亜共栄圏」の大義のため、軍の命令でベトナムに就いた部隊はホー・チ・ミンの軍隊に組み込まれ、中には優れた軍事技術を買われてハノイで軍人養成に関わった兵士もいたという。中曽根少佐の率いる部隊もホー・チ・ミンの軍隊に所属し、ゲリラ活動を支援していたのだ。当初は相当数の日本兵が中曽根の部隊に合流したというが、このディエン・ビエン・フーの戦いですでに十名が戦死し、今は三十名ほどが残るだけとなった。

「この命令でラオスにはどれだけ兵士が残ったんだ？」

中曽根はタバコを苦そうに吸うと、そう訊ねた。下士官の嘉納は詳細を知らない。

「榊は知っているか？」

修兵は諜報という仕事柄、大体の事情は理解していた。

「北部ラオスに展開したのは恐らく、我々の部隊だけです。南の方は分かりませんが」

中曽根は紫煙の軌跡を追いながら頷いた。

「ところで隊長は誰だ？」

「はい、宮本作治大尉であります」

「ああ、宮本か、知っている。何度か本部であった。無事か？」

「はい、前線を指揮しています」

その時、ネーオ・ラオ・イッサラの兵士が作戦の開始を知らせにきた。

「中曽根少佐、お別れであります。我々も前線に移動します」

「ああ、気を付けろよ。ここで命を落としたら意味がない。生きて帰国を果たせ。もうすぐ、この戦いも終わる。また逢えたら泡盛でも飲もう」


夜が明けた……。

朝靄にドミニク陣地がまるで海の孤島のように浮かんで見えた。

午前五時ちょうど、ベトミンの本隊と、宮本が指揮するネーオ・ラオ・イッサラの部隊は一斉にドミニク陣地に向かって攻撃を開始した。

ドミニク陣地の東側の丘の斜面に棚田のように掘られている塹壕から、フランス兵が反撃してきた。しかし、その攻撃は単発のライフルでまるで攻撃力がない。その塹壕は瞬く間にベトミン側に落ちた。わずか数十分の攻防であった。

宮本が真っ先に塹壕に飛び込むと、フランス兵たちはすぐに降伏した。そこへ続々とベトミンの兵士が集結して、次の攻撃を待った。

さっさと投降してきたフランス軍兵士の格好を見て宮本は唖然とした。

「こいつら……？」

「全く戦意がない理由が分かりましたね。こいつら、現地採用のタイ族ですよ」藤田が言った。

宮本は絶句した。

――これは罠だ！

すでにベトミン兵士はどんどん丘を登り始めている。

「しまった、陽動作戦だ。全員、塹壕へ潜れ」

そう命令した瞬間だった。すぐ上の塹壕から強烈な機関銃の一斉射撃が始まったのだ。丘を登り始めていたベトミン兵は前進を阻まれ、狙い撃ちにあった。辛うじて宮本隊は塹壕に転がり込み銃弾から逃れたが、フランス軍の陽動作戦は周到だった。その時、隣接する通称Ａ１基地と呼ばれる丘の上からドミニク陣地の稜線に向かって戦車砲が連続して放たれ、宮本の真横で破裂した。その爆風で宮本は塹壕の奥へ数メートル吹き飛ばされた。

塹壕の端に転げ落ちると、宮本は意外なほど冷静に自分の身体に触れた。

『腕はあるな……、足も動く。内臓は？　腹から出血はない。しかし、右の耳が全く聞こえない』

宮本は立ち上がろうとすると腰に強烈な痛みが走った。

直ぐ横で若い何人もの兵士が口から血を吹き出して死んでいた。

藤田が飛んで来た。

「隊長！」

「大丈夫だが、しこたま腰を打った」

「耳が半分削げています」

「ああ、右耳が全然聞こえない」

「ここにいてください。衛生兵を連れてきます」

その後もA1からの砲撃は止むことがなかった。前進したベトミン兵士の屍が累々とドミニクの稜線に積み重なって行った。

その時、別の小隊を指揮していた木下が飛んできて、宮本の肩を抱いた。

「大丈夫ですか？」

「おお、無事だったか」

「私はどうやら死に神にも嫌われているらしい。一度、引きますか」木下は時間を計るような仕草で宮本を見た。

「後方は？　嘉納の部隊は？」

「右側に展開しています。あそこなら砲弾が避けられる」

「よし、後方部隊と合流する。このままではこっちが全滅だ」

宮本はライフルを杖代わりに立ち上がり塹壕を一気に駆け下りた。おびただしい屍が塹壕を埋めていて行く手を阻んだ。宮本は念仏をあげながら、遺体を蹴るようにして前に進んだ。

「隊長！」

嘉納が宮本を見つけて寄ってきた。

「ここは窪みになって、敵からの砲撃を避けられます」

宮本は嘉納の肩を叩くと、全員に窪地への避難を指示した。

Ａ１からの砲弾が裂けると地鳴りになって大地を揺らした。その度に土と一緒に人の肉塊が飛び散って、宮本の顔を容赦なく襲った。血糊で真っ赤になった顔を上げると、次から次へベトミン兵士がドミニク陣地の丘を登ってくるではないか！

宮本がベトミン兵士に叫んだ。

「止まれ！　このまま進めば狙い撃ちにされてしまうぞ！」

しかし、彼らは止まろうとはしなかった。

「なぜ、彼らはあそこまで勇気があるのですか？……」

ヨンが唖然として宮本に尋ねた。

宮本は首を振るしかなかった。

それからも、Ａ１からの砲撃とドミニクの頂からの銃撃はいよいよ激しさを増していった。

右耳を失った宮本は内耳が損傷し、平衡感覚を失い、限界を感じていた。

「藤田、指揮を頼む。耳が聞こえないし、立っていられない」

藤田は衛生兵に宮本を任せ、嘉納と二人でドミニクの北、A1へ兵士を移動させた。

まず、この砲撃を何とか食い止めなくては全滅すると判断した藤田は、A1の背後に回った。そこにはベトミンの対戦車歩兵砲が数台、隠れるように配置してあったが、すでに砲撃を受け、ことごとく破壊されていた。生き残った砲兵がしがみつくように歩兵砲に弾薬を装填しようとするが、あっという間に銃弾を受け、大砲ごと飛び散った。その時、藤田たちのすぐ前で控えていたベトミン兵士がA1に向かって突撃を開始した。その時、嘉納がその中に中曽根少佐の姿を見つけた。

嘉納は即座に藤田に嘆願した。

「あのA1突撃隊を支援させて下さい。部下を何人か頂けますか」

藤田は眼鏡をかけ直すと、目を細めた。

「あれは、三十八軍にいた中曽根少佐ではないのか？」

嘉納は潤んだ目になって「はい、私と同郷であります！」と答えた。

藤田は嘉納の意を汲むように音を立てて生唾を飲み込むと「よし、分かった……」と頷いた。

すぐにネーオ・ラオ・イッサラ兵士約三十名が集められ、嘉納について北のA1に突撃を開始した。

A1の丘はすでにベトミン兵士が数百人規模で取り囲んでいて、一部は丘の上に設置した数台の戦車に攻撃をかけていた。

嘉納は銃弾の雨の中を必死で丘を登り、中曽根に合流した。

「ご一緒に！」

中曽根は一瞬驚いた表情を作ったが、すぐに顎を引いて、嘉納に向かって日本軍の敬礼をした。

修兵はＡ１の入り口の塹壕でブンと共に戦況を見ていた。機関銃の音は高い金属音を発し、弾丸はドップラー効果で近づくに従ってまるで悪魔が喉の奥で嬌声を発するように威嚇してくる。通り過ぎると、悪魔は吐息を吐くようにトーンを低くして離れてゆく。修兵は時折、弾丸が塹壕の角や盛り土の岩に跳ねたりする時の悪魔の嬌声を聞いた。

それは陰湿で、確信に満ちた暴力的な響きだった。

逆に丘の上から放たれる砲弾は、花火を打ち上げた時のような鈍い音だが、砲弾の速度は時として音速を凌駕していて、その音を認識した時にはすでに身近に迫ってきている。近くに着弾すると大気の攪拌を伴って、激しい破裂音にまず耳が潰れる。着弾する位置がさらに近いと焼き爛れるような高温の爆風が全身を襲い、火に炙られるような強烈な痛みとともに熱風の反動で否応なしに身体が仰け反る。もし、金属破片に直接襲われれば、筋肉も、骨も、内臓もズタズタになって飛び散る。

砲弾が自分のところに近づくときは、風を切る乾燥した音が正面から聞こえる。その時、瞬時に右か左に逃げる決心をしなくてはならないが、実際には不可能な決断である。兵士たちは塹壕の底に身を隠すしか手立てがない。しかし、塹壕に直接被弾すれば、一瞬で全身がこなごなに吹っ飛び散る。

修兵は背後でそんな悪魔たちの狂った饗宴を聞いていた。

「実戦になれば恐怖よりも激しい闘争心の方が勝るよ」木下のそんな言葉を思い出していた。

確かに修兵には恐怖心はなかった。しかし、それ以上に闘争心もなかった。戦う意欲も、敵を徹底的に殺戮する意志もなかった。

ただ、母の乳房が愛おしかった。母の柔らかい胸の上で乳首を貪っていた遠い記憶がひどく懐かしかった。

ブンを見ると、ギラギラした血走った目で耐えず周囲を監視していた。

「こいつは本物の軍人だ……」

修兵は激しい睡魔に襲われてきた。睡魔はまるで、滝の上から滝壺に飛び込むような、空を飛ぶ悦楽だった……。

「シュウ……」ブンの声で修兵は我に戻った。

「銃撃が収まった」

「……？」

「見てこよう」

「待て、俺も一緒に行く」

塹壕を出ると一帯は硝煙で覆われ、きな臭ささえなければ、まるで濃い朝靄に紛れ込んだような静けさだった。

少し丘を登るたびに、現実の戦いの痕跡が目の前に拡がっていた。

おびただしい死体と千切れた肉片、いつのまにか集まってきたそれを漁る野犬たち。

「嘉納さん……」

修兵は灌木を背に腰を落としている嘉納を見つけた。

「嘉納さん！」もう一度修兵は嘉納の名前を呼び、肩を押した。

嘉納は頭を打ち抜かれ、カッと天空を睨んだ両目から血に染まった涙が流れていた。

「死んでいるよ」ブンがボソッと言った。

「ああ……、そうらしい」

修兵は見開いた嘉納の目を閉じさせて合掌した。

「シュウ……」

ブンがもう一人の死体を示した。

中曽根少佐だった。遺体の損傷から砲弾の直撃を受けたのだろう。軍服はちぎれ、遺体の一部は分断されていて、辛うじて中曽根少佐と判別できるのは特徴的な鼻や口元だけであった。中曽根は数人の部下に支えられるような形で横たわっていた。

その時であった。前方の硝煙の陰から数人の人影が見えた。服装から明らかにフランス兵だった。修兵は思わず腰の南部一四式に手をやった。

――まず、安全装置を外して、左手で銃を抑え……。

そんなことを反復しているうちにブンが修兵の前に立ちはだかった。ブンは半身の格好で銃を構えていた。ブンの銃声で敵の一人が仰け反るように倒れた。

「伏せろ！」

ブンが身体を捩った瞬間、二度目の銃声がして、ブンは左肩から倒れた。ブンが盾になっていたのだ。修兵は前方にいる二人の敵兵を目視できた。そして、自分でも信じられないような冷静さで手前の敵兵に照準を合わせた。

——ゆっくり引き金を引く……。ズン、という重い音と同時に手前の敵兵が崩れた。

——直ぐに撃たない。次の弾が装填されるまでに少しだけ待つ。相手が修兵に向かってライフルを構えるのが見えたが、修兵はそれも冷静に見ていた。

ズン……。

修兵から発せられた二度目の銃撃も敵兵の胸に命中した。

「ブン……！」

ブンは左肩を打ち抜かれていたが、意識はあった。

「シュウ、たいしたもんだ……」

修兵はブンを立たせると、一気に塹壕に戻り、宮本隊のいる南方向に下っていた。

「ブン、またお前に命を助けられたな」

「お互い様さ」ブンは健気に笑った。

一九五七年十月　サム・ヌア近郊

「やっぱり山口さんか……」

顔の右半分が火傷で焼け焦げたケロイド状になっており、その上、右耳が削げて無くなっている異相の男は煙草の脂でお歯黒のようになった歯を見せて笑った。

慄く茂の姿を見て、その男はもう一度顔を歪めるように笑った。

「ハハ……、そう怖がるなよ。俺は宮本だ。元帝国陸軍の軍人だ」

「宮本さん……？」

「ああ、これでも元大尉。士官だ」

「何故、私の名前を？」

「そりゃ、驚いたろう。こんなやくざな所で、それに、こんな恐ろしい形相をした日本人に声を掛けられたら誰でも背筋が凍りつくよね」

宮本はそう言うと、椅子を引いて茂の横に座り煙草を勧めた。

茂はたばこが吸えない。

「そうか、俺も随分吸っていなかった。この怪我をしてからだな」

「怪我……、ですか？」

「ああ、近くに爆弾が落ちた。それで、この顔半分と、耳、それから、鎖骨から上の筋肉をね。ディエン・ビエン・フーでだ」

「ディエン・ビエン・フーって、ベトナムがフランスから独立を勝ち取ったという、有名なあの戦争ですか。確か二、三年前」

「そうだ。俺たちはラオスの反仏組織、ネーオ・ラオ・イッサラの兵士としてこの戦いに参加した。ひどい戦争だったよ。部下を随分失った」

茂は改めてまじまじと宮本を見た。確かに異相だが、どこか優しさと憂いがある男っぽさがあった。

「何故、山口さんのことを知っているのかを聞きたいのだろう？」

茂が相槌を打つと宮本は笑い皺を深くして笑った。

「紹介したい処がある。俺たちの塒《ねぐら》だ。ここからなら一時間もかからない」

「いや、宮本さん、折角ですが、私はすぐにビエンチャンに戻らなくては」

「時間は取らせない。しかも、大切なことだ」

宮本は近くに停めてあったジープを呼ぶと、無理やり茂を乗せた。

「連れがいるのですが……」

「サランか。あいつなら全て心得ている。心配ない」

茂はどうしてもこの謎合わせを知りたかった。なぜモン族をここまで助けなくてはならないのか？　北川先生のことも実は何も知らない、そして英弘やヨン・フーが誰のミッションで動いているのか？　全てがバラバラで脈絡がない。しかし、宮本がこのカードの合わせ方を知っている。そんな期待が茂にはあった。

「サラン、を知っているのですか？」

「あのモン族の薬の密売人だろう。知っているというより、子分だ」

「子分……？」

「まあ、その内分かるか」

1957年10月　サム・ヌア近郊

パテト・ラオ（Ｐａｔｈｅｔ　Ｌａｏ）。

ラオス愛国戦線と訳されるこのインドシナ戦争の申し子は、ネーオ・ラオ・イッサラの武装部門として、独自の抗争を続けてきた。パテト・ラオの本拠地はビエン・サイにあった。この基地は、ディエン・ビエン・フーの戦いの後、随分変わった。鍾乳洞内に作られた基地はコンクリートでより強固に固められ、以前のような天井から滴り落ちる水滴に悩まされることはなくなった。強烈な空爆にも耐えられる部屋が幾つも作られ、そこには爆撃による酸素不足に対応した空調設備から、最悪の場合を想定した避難道まで作られていた。天然の冷蔵庫には数週間は持ち堪えられる食料品や飲み物、日用品が備蓄されていた。ビエン・サイは米国の数年に亘る北ベトナムとラオスへの空爆にも耐え抜いたまさに天然の要塞であり、これから始まる北ベトナムの南ベトナムへの侵入、つまり全面解放に向けたホー・チ・ミン・ルートの拠点となりつつあったのだ。

宮本隊の日本兵もディエン・ビエン・フーの戦いで四名を失った。そして、ビエン・サイに帰還後、ベトナム国境への偵察で木下を地雷で失い、わずか四名を残すだけとなっていた。しかし、パテト・ラオの中枢となる部隊を率いる元日本兵の力量は高く評価されており、ビエン・サイの基地の中でも最も居住性に優れた要塞の一角が宮本隊の居城となっていた。

この要塞の入口までは急峻な山道にコンクリートで不揃いな階段が作られていた。しばらく登ると鉄条網が張られ、多くの兵士が警備に当たっていた。

「ここだ、俺たちのお城さ」

宮本はそう言うと、警備の兵士に軽く敬礼し、岩肌に嵌め込まれた鉄製の厚い扉を開けた。重い金属が擦れる不気味な音と共に扉が開くと、煌々とランプに輝く内部が見えた。鍾乳洞の内部とは思えない一つの街がそこに開けていた。

広々とした会議室、兵士たちの休憩室、巧みに天然の煙突で外部と交通している厨房と食堂、山の泉から水を補給するための管と水桶。そして、幹部たちの個室が廊下を挟んで延々と続いていた。

わずかに外からの明かりがぼんやりと見える一角で宮本は立ち止まった。宮本はランタンに火を灯すと、両手を揉むようにした。

「俺たちの住処《すみか》だ。ここが作戦室、周りの部屋が俺たちの寝室だ」

そこには、大きなテーブルと書棚が置いてあった。

「ここが俺の部屋。快適だぞ。その階段を下りると厠。ちょうど、下にここの鍾乳洞の水脈が流れていて、そこに板を渡してやる。まあ天然の水洗厠だ。清潔だろ?」

宮本は茂に向かって無理な笑いを作った。

「この廊下の突き当たりが高射砲の陣地だ。敵から空襲があれば、すぐそこで応戦する」

わずかな外の明かりは高射砲の陣地であったのだ。

近づく人のざわめきが洞穴の空間に響いた。

「ああ、帰ってきたらしい」

宮本がみつめた先に数人の男の影があった。

「紹介しよう。眼鏡のが藤田君、元帝国陸軍少尉。そして、山本君、元軍曹。そして足立君、元上等兵。皆、この長い戦いを生き延びてきた」

三人の元日本兵は茂に軽く会釈して、長椅子に座った。

「山口さんだ。以前話した、ほら、ヨンの……」

藤田がすっとんきょうな声で「おお」と答えた。

「やっと会えたんですね」

「たまたま、サム・ヌアの例の麻薬《ブツ》取引所でCIAの連中の動きを見張っていたらな」

足立と呼ばれた小柄な男がお茶を運んできた。

「こっちのお茶だ。日本茶とは違うがな。香りがきつい。しかし、慣れると旨いものだ」

「山口さん、ヨン・フーをご存知なんでしょう?」

藤田がいつものように眼鏡を掛けなおす仕草で聞いてきた。

「ええ……」

「ヨンは元気か?」

宮本隊が宿舎にしていたビエン・サイの鍾乳洞の一角は天井が高く、声が反響してまるで銭湯で話をしているようだった。

「ええ、少なくとも僕が日本を出るときは」

宮本が茂に煙草を勧めた。

「僕は吸えません」

「そうだったな。ところでヨンから話を聞いているのか?」

「どの……、話です?」

「そうだな、例えば俺たちのこと」

「皆さんのこと、ですか?」

茂は宮本たちを見回し、訝しげな口元を作った。

1957年10月　サム・ヌア近郊

「彼は多分聞いていないのですよ」藤田がそう言うと、宮本も頷いた。

「それより、何故、ヨンを知っているのですか？」

「そうか、そこから知らないのか……」

宮本は旨そうに煙草を肺に入れて息を止め、煙草に含まれる全ての毒素が体中に染み渡るのを確認するように恍惚の表情を作った。

そして、ゆっくり吐き出すと、急に咳き込んだ。咳はしばらく続いた。

「ヨンの命を救ったのは俺たちだ。あいつはモン族だから、一九五三年のサム・ヌアの粛清で危うく捕まって死刑になるところだった」

「あの、両親が公開死刑になったという？」

「ああ、その辺は聞いているらしいな」

今度は藤田が引き継いだ。

「ヨンはサム・ヌアの有力な情報提供者の長老の紹介でここに逃げてきた。それで、俺たちが匿った、というわけさ」

宮本が立ち上がり、背伸びをするような所作で苦しそうに胸を二度、三度叩いた。

そして、少し嗄れた声で言った。

「榊という民間人の通訳がいてな。フランス野郎を追い出し、ベトナムも北だけだが独立を果たしたろう。まあ、ラオスも王国と一緒とはいえ、取りあえず独立したので、この機会にヨンを連れて榊を日本に帰すことにしたんだ」

藤田が聞いてきた。

「あんた、北川先生は知っているのだろう？」

「ええ、知っています。兄貴の高等科時代の恩師だと」

「そうらしいなぁ。ビエンチャンでは会ったのか？」

茂は黙った。

宮本が壁に寄りかかったままで、紫煙を天井に吹きあげた。

「北川先生に迷惑を掛けたくなくて、会わなかったのでしょう？」

藤田の鋭い視線を感じて、茂は思わず生唾を飲み込んだ。宮本は煙草を放り投げると、

「山口さん、あなたの行動は正解だよ。もし、薬《ヤク》の密売に北川先生が絡んでいるなんて疑われたら、先生の名声も信用も台無しだ。俺たちが先生と会うときも、秘密裏に見つからないようにしている。俺たちはビエンチャンでは共産ゲリラを指揮している反体制派だからな」

「ところで、榊は元気ですか？」と藤田。

「僕はその方を知りません」

「え？」宮本と藤田が顔を見合わせた。

「ヨンと一緒に帰国したのではないのか？」

「ヨンは一人で来日しました。それにヨンから『榊』という名前は聞いていません」

「おかしいな。あいつ帰国していないのか……」

宮本が舌打ちをした。

「ところで、山口さん。この台本はすべて俺たちが書いたんですよ。榊とヨンがブツを日本で捌《さば》く。その売り上げを北川医師の医療支援として北川医師に送金する。その一部を俺たち

の活動資金にする、という台本です。ただし、この台本の出来は悪くなかったのだが、いろいろ問題もあった。例えば、榊もヨンもこっちで面がばれている。もし、薬《ヤク》を彼らがここから持ち出そうとしたら、王様の警察もマフィアも黙っていないでしょうしね。何せ、ここ一帯で採れる芥子は王様たちにとっては打ち出の小槌のごとく金を産む。だから、どうしても役者に山口さんのような素人さんが必要だった」

藤田が引き継いだ。

「世間は知らないふりをしているが、ここではモン族が一番の被害者なんだ。どれだけ、ひどいことになっているか。外国の対立勢力にいいように利用され、同じ民族同士が二つに分かれて殺しあっている。北川先生とはそういつも連絡ができない。薬の密売人や敗残日本兵が先生の周りでうろうろしていたら、そうでなくても先生は微妙な立場だからな。それでも危険を承知で今年の六月に俺が北川先生を訪ねた時に、『ヨンの替わりに山口という男がサム・ヌアに行く』と言われたんだ。それで俺たちはあんたを待っていたという訳さ」

宮本が茂の横に座った。

「でもね、安心した。あなたはキチンと仕事をしてくれたようだ。誰にも怪しまれずに、これで間違いなくブツは日本に届くだろう。さてと、山口さん、そろそろビエンチャンに戻らなくてはね。もう、バスは無いし、日本人は目立つし。サランにシェン・クアンまで送らせよう。そこからだとバスが出ている」

結局、謎のカード合わせはばらばらのまま茂はビエン・サイを後にした。どうやらこの麻薬の取引は元日本兵の宮本たちが作戦を練ったらしい。これは茂にとって新しい事実だ。そしてビエンチャンの北川医師、ヨン・フーの存在。そんな点が浮かび上がったが、線に結ばれない。茂はそれが厭わしく感じた。

サランが運転するトラックは森林が伐採された禿山が続く山道に入った。ほどなく、茂の目に野焼きにしては暗く澱んだ黒煙が山の一角を覆っているのが目に入った。

「焼畑？」茂がサランに聞くと、サランは首を横に振った。

「……？」

「見たいのかい？」

サランはトラックを道路の脇に止めて「ちょっと歩くよ」と言って農道に入った。

煙が風に流されて近づくに従って、異臭が茂の鼻をついた。サランは手ぬぐいで鼻を覆っていた。黒煙が茂たちの行く手を阻んだ。突然、熱感を含んだ風が黒煙を巻き上げ、視界が開けた。そこに拡がっていた風景に茂は、足がすくみ、眩暈と吐き気で立っていることさえできず、思わずサランの肩に手をかけた。

そこには火を放たれ破壊された民家の周辺に、おびただしい数の死体が散らばっていたのだ。数名の黒い服を着た女と子供が、いくつもの死体を引きずって村の広場に集めていた。中には女性の死体もあって、その内の幾つかは衣服が剥がされ、乱暴された形跡があった。

煤で顔が真っ黒になった女がサランと茂に気が付き、近づいてきた。

女は無言だった。涙さえ枯れた目で茂を見つめると、その場にズズズと倒れこんでしまった。

子供たちが茂の周りに集まってきて女を支えた。

誰からとも無く茂の手を握った。

茂は膝を折り、同じ目線で子供たちを見た。

子供たちの蒼ざめた虚《うつ》ろな瞳は悲しみさえ亡失したように澱んでいた。

一人の子供が右手で物を食べる所作をした。

「もう、三日も何も食べてないそうだ」サランが言った。

「これは、いったい……？」

「三日前のことだ。バン・パオ将軍のモン族の兵士に襲われた。この村は同じモン族だが、パテト・ラオを支援していたからな。残ったのは、ほら、あんな女と子供だけだ」

誰一人、咽《むせ》び泣くことも、訴えることもしなかった。叫喚することさえできない極限の恐怖と限界を超えた疲労のなかで、彼らの声にならない悲痛な叫びが辺りを覆った。

サランがトラックから食料を運ぶと、女、子供は、じっと食料を見詰めていた。茂が食べるように手を差し伸べると、一人の子供が茂の横に座った。

「あんたから先に食べろとさ」

茂はそんな健気さと、こんな時にも人間としての尊厳を忘れないモン族の女や子供たちに、感涙を抑えることができなかった。

茂はバナナを一人一人に配り、そして自分も一口だけ口をつけた。

すると、女や子供はようやく茂に続いて食べ始めたのだ。

茂は立ち上がり、まだ放置されたままの遺体を運び始めた。衣服を剥がされ辱めにあった挙句に殺された女性の遺体は、近くにあった藁で身体を覆った。

「そんなことまでしなくても」サランが止めようとすると、「お前もモン族だろ！　手伝えよ」と茂は叫んだ。

男性の遺体は殆どが胸か頭を撃たれていて、争った痕跡はなかった。恐らく並ばされて一斉に銃殺されたのだろう。逆に女性の遺体は衣服が乱れ、特に若い女性には激しく乱暴された跡がはっきりと見られた。恐らく男たちを銃殺にした後、女たちを輪姦し、その後に殺されたのだろう。銃声と女たちの阿鼻叫喚が耳元で炸裂し、茂は思わず耳を塞いだ。

百体以上の男と女の遺体が広場に集められた。

残された当面の問題は遺体をどう処理するかだった。この遺体を荼毘に付すにはあまりに数が多すぎた。燃やすだけの燃料も枯れ木もない。土葬するにも人手がなかった。茂は集めた遺体を見ながら「放棄するしかない」という結論に達した。

「ラン・サク村までどのくらいだ？」

「あと、そう三時間くらいだが……、あんた何を考えているんだ？」

「ここにはわずか女が二人、子供が五人しか残っていない。あんたのトラックだったら十分乗せられるだろう」

「冗談だろ。ラン・サク村が引き受けてくれる訳がない」

「金ならある」

「そういう問題じゃ」

「このまま、彼らを置いてゆくのか！」

「当たり前だ。モン族なんか関わりをもつな。あいつらは生まれつき不幸を背負っているんだ！　関わると自分が不幸になる。皆、そうだ。俺もな……」

「じゃ、俺をここにおいて行け。そう宮本隊長に報告しろ」

「くそ！　分かったよ。大変な奴を連れてきたもんだ」

サランがラン・サク村に避難することを女たちに伝えると、女たちは一様に顔を曇らせた。自分の夫や家族の遺体を放置できない、と言うのだった。しかし、このままにしても遺体が腐敗し、感染症の危険もあることを茂はサランを介して説得した。女たちは納得して子供たちの手を引きサランのトラックに乗った。着の身着のままの移動であった。


ラン・サク村は茂が以前、サム・ヌアに行くときにサランと合流したモン族の村である。ここで、茂は五日間、サランたちを待った。

この村人たちとは、言葉は通じないが、茂とは強い絆があった。

事情をサランから話させると、ラン・サクの村長は茂を見て大きく頷いた。

「よく連れてきてくれたとさ」

サランが茂にそう通訳すると、茂は胸を詰まらせて村長の手を握った。

村長も強く握り返し「あなたは正しいことをした」と言った。

村長は部落の外れの使われなくなった納屋を彼らに提供した。

「さあ、これで納得したろ。先を急ごう」

「いや、僕はここに残る。彼らが心配だ」

「おいおい、冗談だろ。勘弁してくれよ。宮本隊長に叱られるよ」

「一週間したら連れに来てくれ」


バン・パオの軍隊に焼き討ちに遭ったモン族の女、子供たちをラン・サク村に避難させて三日目の夕刻。幾重もの山並みの向こうに沈もうとする夕日を見ながら、茂は首筋に重石が乗せられたような苦痛を感じていた。

「サキ……」

茂はちょうど一年ほど前、『割烹・キヨマサ』でのサキとの初めての出会いを思い出していた。

あの日、吉川と八千代に勧められるまま、しこたま飲み、まるで仕掛け花火のような周到さで、結局、茂はサキのアパートに転げ込んだのだった。

サキはその事を覚悟していたように、あるいはそれが義務のようなある沈着さで茂を受け入れたような気がする。

茂はビエンチャンを出発する直前に届いた手紙をポケットから出し、夕日を灯りにして読み直した。

差出人は「斎田スエ」。熊本の料亭の元芸子、八千代からであった。

「山口さん、お元気でご活躍のことと思います。サキさんから子供のことで、知らせが届いていますか？　無事、女の子が生まれました。圭子、という名を付けたようです。私たちがお祝いに行っても、山口が知らないから、と言って祝儀を受けとらないのですよ。ですから、もっぱら吉川部長の子じゃないか、と噂されています。吉川部長は手が早いから」

ここまで読んで、茂は目頭を押さえた。

確かに、茂はサキを現地妻のような気軽さで接していたと思う。しかし、この仕事が無事に終われば、籍に入れて、式も挙げ正式な夫婦になるつもりだった。

しかし、サキも強《したた》かだったのだ。相手がいなくなれば、さっさと他の男に靡《なび》き、子供まで作る……。

ラオスの山岳に沈む夕日が晦冥に変わって茂は日本で起きている現実から目をそむけたい欲求を抑えることができなくなっていた。丸橋建設では大騒ぎだろうが、もうどうでも良い。そんな自暴自棄な気分に陥ったその時、茂の脳裏に兄、英弘の律儀な顔が過ぎった。

兄、英弘には多くの『借り』があった。戦後の混乱期に茂が過ごした小学校や中学校は荒れていた。英弘は周囲に『茂は番長肌で喧嘩が強く、それでいて弱い者にはいつも味方していた』と吹聴していた。あたかもそれが茂の実像のように世間では見られていたが、実際は華奢で、運動神経もなく、いつも虐められっ子だった。そんな茂を英弘はまるで父親のように助け続けていたのだ。

廃人同然となってシベリアから帰還した父親に代わって、英弘は茂に勉強を教え、人生を教え、そして大学に入ってからは経済的な支援もしてくれた。

そんな兄、英弘に何とか恩返しがしたかった。深く考えずにラオスに来たのも、そんな兄への報恩の想いからだった。

しかし、今はそんなことはどうでもよかった。日本に帰りたいという意欲さえ喪失していた。

「帰ってもしょうがない。誰かの子供を産んだサキの元に戻るわけにはゆかないし……。これは宿命なのかもしれないな」

茂はそう独白すると何かがふっ切れた自分自身が妙に可笑しかった。

十月十四日、早朝。

茂がラン・サク村に着いて四日目、茂たちはいつものように井戸の前で洗面の順番を待っていた。まず、ラン・サク村の人たちが一通り終えるのを待たなければならなかったからだ。長老はそんな茂たちをみて、先に洗面をするよう勧めたが、茂と一緒の女たちもそれを断った。自分たちは居候の身である事を自覚していたのだ。朝食は長老の長男家族が面倒を見てくれた。

茂は長男の横に座らされ、いつもの粥と野菜の汁を啜った。そんな時だった。

遠くで車列の喧騒音が響き、それが徐々にラン・サク村に近づいてきた。

ここのところ王国軍の車列やパテト・ラオのトラックが頻繁に国道を行き来するので、この喧騒は珍しい事ではなかった。しかし、ここ数ヶ月の間にモン族の村が次々に焼き討ちに遭っているので、ラン・サク村の人たちも過敏になっていた。

車列は村の人たちが見守る中を次々に通過していった。

その車列は明らかに王国軍のトラックやジープで多くの兵士を乗せていた。

しばらくして、村がいつもの日常に戻ろうしていた時、新たな車列が近づきつつあった。長老が急に緊張した顔つきになった。

茂が連れてきた女、子供を指し、大きな身振りで『山へ行け！』と叫んだ。

バン・パオ軍が焼き討ちにした村の生き残りを捜索しているのだ。

「このままだと、この村も犠牲になる！」茂は彼らを連れて長老が指し示した山の方向へ逃げた。長老はわずかな食料と水を押し付けるように茂に手渡した。

茂は子供たちの手を握り、農地を駆け抜け、植林したばかりの森の中に入った。

森を抜けると再び広い農地になって、遠くに作業小屋が見えた。

干草に埋め尽くされた作業小屋のわずかな隙間に茂たちは隠れた。あの時の恐怖が蘇って皆、震えていた。

それからどのくらい時間が経過したのだろう。

ラン・サク村の方向で突如、乾燥した破裂音と共に火の手が上がった。

茂は思わず身を乗り出した。

村の方向に巨大な暗黒の火煙が一塊となって天上に伸びたのが見えた。

狼狽した茂の脛がわなわなと震えた。茂は女と子供たちを抱きかかえるようにして外へ出た。茂たちの眼前に森が迫ってきた。その深く濃い緑は、恐怖と絶望へ手招きするようにゆったりと揺れていた。

やがて、冷酷な夜がやってきた。火を焚くこともできず、岩の割れ目の僅かな隙間に寄り添うようにして急激に冷え込む山の一夜を過ごした。

ラオスの山の夜は野獣たちの天下だ。ベトナムからラオスにかけての山岳地帯には虎も多数生息しているという。暗がりに野獣たちの威嚇した息遣いが聞こえる度に子供たちは怯え、震えた。しかし、彼らがもっと恐れるのはバン・パオの軍隊の足音であった。風が木々の葉を擦る音に恐怖で顔が歪み、体躯を縮め、結局、一睡もせずに朝を迎えた。

夜が白み始めた頃、茂は周囲に人影のないことを確認すると、森の奥の小高い丘に向かった。

そこは、木々が伐採されていて、ラン・サク村が良く見えた。

その時、皆の悲鳴が山々にこだまのように轟いた。


午前七時頃、茂たちがラン・サク村に戻ると、村の女、子供たちが広場の前で佇んでいた。銃殺された男たち……。長老とその長男も含まれていた。

長老の女房が茂を見て、首を横に振った。

村人の耐え難い視線を背に茂たちは村を出ることにした。

これ以上この村に留まることは、ここの村人にとっても茂たちにとっても危険であった。宮本を頼ってビエン・サイに戻るしか茂には選択肢がなかったのである。

その時、長老の女房が茂にモンの作業着を渡した。

『その格好だと目立ちすぎる……』

茂は深々と頭を下げ、長老の体臭と汗がしみこんだ膝まである作業着に着替え、黒のモンの長鍔の帽子をかぶった。

バン・パォの軍隊の追尾を避けながらの長い旅の始まりである。

国道をできるだけ避けるように茂は山道や農道を七名の女、子供を連れてビエン・サイの宮本の所を目指した。

それはまるで吹雪の中を放浪する瞽女《ごぜ》の一行のような哀哭に満ちた足取りだった。わずかな作業小屋の軒先を借りて一晩を過ごしたこともあった。雨の日は家畜小屋の藁に忍び込み、八人で身体を寄せ合い、暖をとった。

ラン・サク村を出てから、八日目の午後、茂たちは遥かにサム・ヌアを見渡せる山の頂に辿り着いた。

子供たちが茂を取り囲んだ。子供たちは茂の手を握り、茂の伸びた髭を弄びながら顔を擦りよせてきた。

「この子たちは、僕を必要としている」

そう思うと、茂はこの運命を受け入れるしかないと思うようになった。

一九五七年十月　ビエン・サイ

ビエン・サイの宮本は、最近は歯が悪くて、あちこちの歯茎が腫れたり、歯が揺れたりして、ろくに噛むこともできない。数日前だが、奥歯が腫れて熱まで出た。

パテト・ラオの医務室に行って診てもらうと「深刻な歯槽膿漏」という診断で、

「ちょうど、サム・ヌアから歯科医が巡回にきた」といわれた。

その中国系の歯科医は正式な医師ではなく「伝統歯科医」と呼ばれる入れ歯などを専門に作る「入れ歯士」であった。しかし、この一帯には正式な歯科医師はいないので、歯科の治療はこの入れ歯士が代替していた。

「ああ、もう、歯がグラグラですね。抜歯しましょう。フランス軍が残していった麻酔薬です。とても貴重ですから半分で」

顎が痺れるのを感じながら宮本は「老いたな……」と呟いた。

数本の歯を一度に抜いたその晩は、ひどい出血と痛みに宮本はもがき苦しんでいた。

足立がガーゼと氷を運んできた「ウイスキーで割りますか。この氷」と聞いた。

もちろん冗談だが、宮本は「ああ、そうしてくれ」と答えた。

「隊長、すみません、ここにはウイスキーはありませんが、ラオラオで消毒しますか？」

ラオラオは強烈なアルコール度をもつラオスの地酒である。

「確かに、効くかもしれないな」

宮本は口に一杯になっていた血の塊をはき捨てるとラオラオを一気に飲み干した。

宮本は暫くじっと耐えていたが、急に喉を嗄らして全てを吐き戻してしまった。まるで噴水のように勢いよく口から血が吹き出たのである。

「ひどいもんだ……」藤田が腕を組んでその情景に呆れた。

宮本の抜歯窩からの出血がようやく止まった頃、外が騒がしくなった。

「検問にかかったモン族の格好をした日本人らしき男が宮本隊長に面会を……」

「日本人？」

宮本は出血で真っ赤になった顎を拭きながら「誰だ？」と言った。もう、午後の九時を回っていた。周囲は闇で、どんよりとした大気が一帯を支配していた。

兵士たちが照らしていたカンテラの薄明かりの中にモン族の農民服を着た男の姿が浮かび上がった。男はすっかり疲れきった様子で、生気なく立っていた。その周りには薄汚れたモン族の女、子供が取り囲んでいたのである。

宮本が近づくと、男は放心した表情で会釈した。

「山口さん……？」


「……、ひどい話だ。噂では聞いていたが、想像を絶しているな」

茂の話を聞いていた宮本がそう唸った。藤田が続けた。

「俺たちも似たような情報を得ている。モン族同士の殺し合いだ。この周辺でも、ポンサリー、シェン・クワンでもあったらしい」

「パテト・ラオは黙っているのですか？」

宮本は口の中の血餅が溜まって答えられない。見かねた藤田が代わりに答えた。

「山口さん。この辺の事態はいよいよややっこしくなってきているんだよ。近々、王国政府とパテト・ラオの連立政府が再結成されるらしい。そうなると、ここいらも王国政府に返還されるだろうな。俺たちも王国政府軍に編入される。そうなると、ベトナムが黙っていない
……」

「それじゃ、一体どうなるのですか？」

「内戦ですよ」とぶっきらぼうに藤田が答えた。

「内戦……、ですか？」

「ああ、これは共産勢力と反共勢力の綱引きなんだ。プーマ首相はスファヌボン殿下とは母が違うとはいえ兄弟だ。だから、この二大勢力、右と左の間をまるでクラゲのように行ったりきたりしている。しかし、米国は本気だ。どんな汚い手を使ってもラオスの共産化は阻止してくるだろう」

藤田が眼鏡を人指し指で上に上げると、指を左右に揺らした。

「その中心になっているのがモン族の特殊部隊だ」

「モン族の？」

「あいつらはラオスの山奥から元気な若者をかっさらって兵士にしたてている。そのついでに共産勢力に加担していた村は潰す。山口さんが遭遇した村のようにね」

宮本はいたたまれず、口に溜まった血餅を吐き出し、肩で息をしながら言った。

「ところで山口さん。これからどうするの？　ビエンチャンでは大騒ぎですよ。さっきもサム・ヌアの警察が日本人を見かけなかったかと聞いてきた」

茂は目線を下げ、肩を落とした。

「しばらくここで厄介になれませんか？」

一九五五年十月　バー・コン村

ディエン・ビエン・フーでのフランス軍の敗退は仏印での覇権の終焉を意味していた。その結果、ラオスも形だけとはいえ、ラオス王国として独立し、ビエンチャンも虚妄の賑わいの中にあった。

午後五時過ぎ、ビエンチャンの北川の診療所は一日の診療を終えた。看護婦を帰し、北川はいつものようにカルテを書いていると、廊下で人の気配がした。廊下に出ると、そこに三人の男が立っていた。その内の一人が修兵だった。

「以前お会いしましたね。確か、榊さんでしたね？　随分、立派になられた」

北川は眩しそうに修兵を見た。

三十を超えた修兵は、北川の記憶にある神経質そうで華奢な青年ではなく、浅黒く日焼けした精悍な顔付きと、幾多の戦闘を生き抜いてきた逞しさに溢れていた。

もう一人がブン、そしてヨン・フーが照れ臭そうに俯いて立っていた。

修兵はまずヨン・フーを北川に紹介した。サム・ヌアで起きたモン族の粛清で両親が犠牲になったことは北川も知っていた。そして、モン族が二つの勢力に分かれて殺しあっている現実も北川の心を痛めていた。

その北川の誠実そうな目に修兵は心の拠り所を見つけたような気がした。この人ならヨンを預けられると思うと、修兵は肩の荷が下りたような気がした。宮本隊長が描いたモン族への支援構想はヨンにしかできない。なんとかヨンが日本に行ってモン族の窮状を世間に訴え、そして支援金を得る。

北川は修兵から事情を聞くと、目を細めて何度も頷いた。

「もうすぐ、日本とラオスが国交を樹立して日本大使館がビエンチャンに開設されます。多分、来年早々でしょう。そうしたら、日本のビザを取って、ヨン・フーを私の知人に頼んで日本に行かせましょう。それまで、私が彼を預かります。榊さん、私に任せてください」

北川は「ところで……」と修兵を見た。

「榊さんはこのヨン・フーさんを私に預けるためにわざわざビエンチャンまでいらした？宮本さんの命令ですか？」

修兵の喉仏が上下に揺れた。

「実は、宮本隊長から帰国するよう命じられました」

「そうですか！　それは良かった。でしたら、帰国後、ヨンの面倒も見られるじゃないですか？」

「いや、私はしばらく帰国する気はありません」

北川は大きく首を振った。

「榊さん、それはなりません。あなたは日本に帰るべきです。ご家族もいるのだから」

北川の声は少し震えていた。

修兵は俯いたまま、北川の顔を見ようとはしなかった。

「私は妻がラオス人ですし、好きでここに残っているのです。あなたは民間人でこの国に何の恩義も、残る義務もない。宮本さんたちとは違うのです。彼らは軍人だから、命令を守っているだけです。日本の軍人とはそういうものなのです」

北川の声が一段と大きくなった。

修兵は顔をあげ、初めて北川の顔を正面から見つめた。

「先生、ご心配をお掛けして本当に申し訳ありません。ただ、ここにいるブンを放っておけないのです」

北川は初めて会うブンを、顎を引くようにして見た。肌は黒いが、中国系の吊り上がった目は鋭く、尖った細い鼻は明らかにモン族の特徴だった。北川は全て納得したように頷いた。

「それは、分かりますが……」

「彼らモン族が、この国でどのような扱いをされていたか、この十年で良く分かりました。私は今まで何度も彼に命を助けられました。今度は私が恩返しをする番なのです」

「そうですか……。もう、決められたのですね」

北川は立ち上がって、院長室を意味なく歩き始めた。

そして、意を決したように修兵を見た。

「やるからには、日本人として恥ずかしくない成果を上げ、モン族のために尽くしてください。これは私からもお願いします」

「はい！　そのつもりです」

北川は零れ落ちるような笑顔を作り、両手で修兵の手を握り、何度も上下に振った。

「私も出来る限り協力しますよ」

修兵は大きく頷き、強く握り返した。


ブンの生まれ育ったバー・コン村は、サム・ヌアから南へシェン・クワン県に向かい、さらに国道から数十キロベトナム国境寄りに入った山岳の秘境にあった。

その時から九年前、抗仏モン族の兵士として、ブンの父親、兄弟がここからサム・ヌアを目指した。そして、サム・ヌア突撃という晩にマキ部隊の奇襲を受け、この戦いに参加したモン族は全滅した。

一九四六年一月十七日の悲劇である。

その後も、執拗な米国CIAの後ろ盾で組織されたバン・パオ将軍率いるモン族反共特殊部隊によるベトミン協力者への掃討作戦が展開され、バー・コン村に残っていた女、子供のほとんどがバン・パオの軍隊によって虐殺され、村は焼かれた。

森に逃げて辛うじて生き残った老人と女、子供たちが村に戻ったものの、村は廃墟のようになっていた。あれから九年、バー・コン村はまだ荒れたままであった。

バー・コン村に着いたブンは村の中央の小さな広場に修兵を案内した。そこには共同の井戸があって、向かって右側が男用、左が女用の水浴びのための小さな窪みがある。井戸の裏には精霊《ピー》を祭る三十センチ四方程の祠があって、ブンは井戸水が使えるかどうか確認すると、その祠に水をかけてお祈りをした。

修兵は雑草に覆われ放置された田畑を見ながら思った。

「ヨンがうまく日本に行って資金を得てくれれば、ここも再建できる」

ブンが生まれ育った家も屋根が半分落ち、どうにか黒い壁だけが朽ちながらも残っていた。

「ここが俺の生まれた家だ」ブンは木戸を開けた。

煤が音を立てて落ちた。主のいないクモの巣が陽に反射した。

多少の生活の残渣といえば、赤茶けた土の上に敷いてあったゴザ、竹で編んだ寝台。台所の辺りはかろうじて原形を留めており、アルミでできたやかんや鉄鍋が壁にぶらさがっていた。

ブンは辺りを見回し、突然奇声をあげた。

「これがブァ・ダーだ」

大黒柱に結びつけてある骨をブンは指さした。

「これは？」

「家を守る精霊……。ノー・ペー・チャオというお祭りで、親父は豚を一頭お供えに殺す。その豚の顎の骨をこうやって柱にくくり付けるのさ」

ブンは壁に飾られている紙を見つけた。

「これが『スー・ガン』だ。紙の精霊」

「いろいろなピーがあるんだなぁ」

「ああ、モン族は信心深い。身近にあるもの全てがピーだ」

「日本の八百万《やおよろず》の神だな」

「なんだ、それ」

「つまり、自然に生きている万物が神様っていう発想さ」

「ああ、同じだ。紙のピーは銀や金を塗って壁に貼るとお金持ちになれる。ただし、鶏一匹が必要」

「金のかかる精霊だね」

「それだけじゃない、戸口に宿るピーは毎年子豚一頭さ。大変だろ」

二人は腰に手をやって笑った。

「さあ、どうやってこの村を再生するかだ」

ブンはそう言いながら村の裏手に拡がる農地を案内した。ほとんどが荒廃したままだが、所々でまだ耕作を続けているようだった。

「誰かが農作業しているようだ」

ブンは指で輪っかを作り望遠鏡で覗くような仕草をした。

「ところで、シュウはいつまでここにいる気だ？　二日か三日か？　それとも一月？」

修兵は黙った。

答えない修兵をブンは訝《いぶか》しげに見た。

修兵は大きく深呼吸をした。

「そうだな、しばらくここに居させてくれないかな。お前の役に立ちたいんだ」

それから……

修兵がバー・コン村に来てあっという間に三年が経った。最初の年は何の収穫もなかったが、翌年から野菜や茸、餅米も少しだが採れるようになっていた。飼い主を失い野生化していた牛、水牛、豚、鶏を捕まえ飼い始めたのも昨年からだった。

バー・コン村には、老人夫婦が二組、夫や家族を失った中年の女性が三名、そして子供たちが十数名残されていた。

バー・コン村はこの界隈でも大きなモン族の村であり、内戦前は人口が五百名を超えた事もあったという。しかし、度重なる戦争や疫病などで一九五三年のサム・ヌアの戦いの頃には四百名を割るまでに減少していた。そして、現在は、わずか四十名足らず。男は老人と子供数名、そしてブンと修兵だけであった。

三月十五日は特別な日だった。隣村から同じモン族の移住者を迎える事になっていたのだ。バー・コン村から二キロほど離れたカッパオ村は、やはり一九五三年のサム・ヌアの戦いに男たちが参戦して全員戦死した。その後の掃討作戦で、バー・コン村同様、殆どの住民が同じモン族のマキ部隊に殺された。三百名以上いた住民のうち、生き残ったのはわずか二十数名であった。それも高齢者と女、子供ばかりで、ブンのいるバー・コン村に合流して再建をはかる事になっていたのだ。

そして、この移住にはもう一つ目的があった。

ブンに花嫁が来るのだった。

花嫁のサーオはちょうど二十歳。カッパオ村の村長の娘だったが、村長も戦死し、続くマキ部隊の掃討で、母親、姉三人と二人の弟の兄弟全員を失い、天涯孤独になっていた。

三月十五日の早朝、二十名ほどのカッパオ村からの隊列がバー・コン村の入口に集まった。

皆、わずかな家財道具と黒衣のモン族の衣装を身に付けての移住だった。隊列の中央にはサーオがモンの鮮やかな刺繍をした頭巾を被っていた。新婦だけが許される結婚式用の頭巾である。モンの女は子供の頃から結婚式のための頭巾を自分で刺繍するという。

村の中央に再建された集会場が結婚式の会場であった。モン族の結婚式を正式に仕切る司祭も、僧侶もいないが、精霊を呼び、感謝するお祈りをあげる儀式「バーシー」が催され、その進行役はバー・コン村とカッパオ村の世話役が務めた。地酒が入った瓶や、ゆで卵、胡瓜や茸、果実など「クゥアン（霊）」への捧げ物が、パ・クゥアンと呼ばれる特別な鍋の上に並べられた。鍋の真ん中には村人全員で作った三十センチ程の蝋燭から白い何本もの糸が伸び、それを参加者全員が握り締めながら、お祈りをするのだ。

ブンとサーオは中央に座り、その右に長老、修兵は左側に座る。

最初のお祈りが終わると、地酒が振る舞われ、新郎新婦がまず、小ぶりの杯に注がれた地酒を飲み干す。多くの場合、女性は酒を飲まないので、残ったものも新郎が飲み干すのがモン族のしきたりだ。

続いて、二回目のお祈りがはじまる。お祈りの最中、十歳を少し過ぎたくらいの女の子が呼ばれ、パ・クゥアンの蝋燭から伸びた一本の白い糸を切り、それを新郎新婦の手首に結びつける。子供が合掌して儀式を終えると、式に参列した人々が順に同じように手首に白い糸を結ぶ。

そして、今度は参加者全員の杯に地酒が注がれ、新郎新婦に近い方から一気に飲み干す。式の最後は、お祈りのなか「ソンマ」と呼ばれる花嫁から花婿の両親と近親者あてに織物を渡す儀式だが、もちろん、ブンもサーオにも肉親は誰もいない。

二人の代理が修兵とカッパオ村の中年の女性であった。二人はそれぞれの両親役となり、まずブンからカッパオ村の女性に「シン」という木綿の女性用のスカート、サーオからは修兵に「パー・サロン」という男性用のスカートが渡された。

誰とも無く「おめでとう」という声が上がると一気に宴会となる。生まれて間もない子豚はバー・コン村にとって大変な貴重品である。しかしその日は惜しげもなく振る舞われ、持ち寄った野菜、川魚、茸、卵などが大きなお盆の上に乗せられ、竹の筒やガラス瓶に入れられた地酒が豪華に並んだ。

全員合わせても六十名にも満たない二つの村の集まりは、それでも復興の大きな礎となっていた。


午前十時過ぎに、バー・コン村の前に一台の四輪駆動車が止まった。

車から降りてきたのが北川医師であった。

「北川先生！」

北川医師は満面の笑みを湛えて修兵を見た。

「榊さん、元気ですか？」

「ええ、お蔭様で。それより……、驚きました。まさか、こんな所に来ていただけるとは」

「いやはや、大変な所ですね。十時間以上掛かりました」

修兵はブンを呼んだ。

ブンは酩酊した目を一層大きくして北川医師を見た。

「何かのお祭りですか？」北川医師はブンのご機嫌振りを見てそう言った。

「結婚式ですよ。ブンが結婚したのです」

「え！　そうですか。それは何という良い時に来たものです」

想像もしていなかった日本人の来訪にバー・コン村は大騒ぎとなった。

女は踊り、歌い、男は飲み続けた。

北川医師も踊りの輪に混ざり、そして飲んだ。

「榊さん、楽しいですね。本当に良いときに来た。女房がいれば『キリスト様のお陰』というでしょうねぇ」と修兵の腕を握った。

「今日はお祝いを持ってきました」

北川医師は目尻に大きな皺を作って笑った。

「それは、何でしょう？」

「お約束した支援金です。ヨン君が無事に日本に行って、いろいろな人の支援をもらってくれました。本当に助かります。榊さんにも約束通り、支援金の一部ですが、お持ちしました」

「本当ですか！　それは助かります。今日、二つの村が一緒になって復興を始めるところです。それにブンも結婚したし」

それからというもの、修兵とブンはバー・コン村の再建のため、時を忘れて働いた。そして、瞬く間に六年がたったその年の元旦、修兵は日本に帰国する決心を固めていた。

修兵は白米から作ったお酒を自分自身の精霊《ピー》の祭壇に捧げた。修兵のピーは自分の家の入り口と一番奥の神棚、そしてモン族が使う狩猟用の小刀を置く小さな窓の下である。去年も、一昨年も同じ事をした。

「今年でこれも最後だな」修兵は少し丁寧にお酒を藁製のピーたちに注いだ。

ブンと修兵がバー・コン村の再生に取り掛かって六年、陸稲も餅米も順調に収穫が出来るようになった。ブンにも二人の子供ができた。さらに近隣のモン部落から婿を呼び人口も徐々に増えてきた。最近では牛や豚が子供を産み始め、村も賑やかになってきた。

ブンはすっかりこの村の指導者としての貫禄も出てきて、北川医師が寄付してくれたお金を元に、学校を整備し、非常勤だが、近くの町の学校の教師を呼んで読み書きを学べるようにした。トラックも購入し、家畜や収穫した米や野菜を販売するルートを確保していた。残ったお金で医薬品を購入し、昔、ブンと一緒に戦った衛生兵を月に一回巡回してもらう体制も整えた。

村はすっかり活気付き、モン族のいろいろな行事も昔のように行えるまでに復興しつつあったのだった。

修兵はそんな風景を見ながら「終わったな……」と思うようになった。

そう感じると急に日本が懐かしく感じてきた。

「子供はもう高校生か……。当然、妻は再婚したのだろう。いま、俺がひょっこり顔を出したら迷惑だろうな。しかし、会わないわけにもゆくまい。どんな顔をして挨拶するのだろう。『今、帰ったよ』これじゃ、まるで出張帰りだ。『恥ずかしながら……帰還致しました』これは軍人の台詞だな。俺は民間人だ。『元気だった？』これは向こうの言う台詞か」

修兵はそんな夢想に耽っていると、ブンが修兵を訪ねてきた。

「お正月の儀式は終わったかい？」

「ああ、休みをもらって悪かったな」

「何を言ってるんだ。シュウにはシュウの行事がある。今は収穫が終わったばかりで暇だし」

「ああ……」

ブンの女房も二歳になったばかりの女の子と生まれたばかりの男の子を連れ修兵の部屋に入ってきた。

「シュウ、長老が飲みにこないかって。正月を一緒に祝おうと」

「ああ、すぐに行くよ」

村の中央の集会場が即席の宴会場になっていた。

持ち寄った簡単な食材。餅米と胡麻を混ぜて軽く炙った「煎餅」は修兵の好物だった。いつもの米から作った焼酎だけのささやかな宴会だが、彼らにとって楽しいひと時である。

モンの女たちは酒を飲まないが良く歌い、良く踊る。両手を上に挙げて指先を閉じたり開いたりする所作はきっと何かの意味があるのであろう、と修兵はそれを眺めながらいつも思った。

「あれは恋人を待つ……、あれは月が輝く晩」といった風にブンの女房が時々教えてくれるが、修兵は覚えられない。

「これは、夢なんだろうか……」

ここにいる自分は、長大な叙事詩のような睡夢を観続けているだけで、夢から醒めないもう一人の自分が、どこかで横たわっているのだと感じた。

『夢から戻ったよ』

——そうだ幸子にはそう言おう！

修兵は帰国した最初の言葉をそう決めた。

その時、森がざわめいたような気がした。

「シュウ！」

ブンの声に修兵は夢遊から醒めた。

「どうした、シュウ。酔ったのか？」

「いや……」

「聞こえるか？」

修兵は空に耳を欹《そばだ》てた。森の奥で激しく風を切る音が聞こえた。それは低く太鼓を絶え間なく小刻みに叩くような響きだった。

「ヘリコプター！」

「皆、家に入れ！」ブンが叫んだ。

ヘリコプターが上空をよぎることは珍しいことではなかった。ただ、地上と距離がある分、羽音は鈍く、歪に聞こえた。ところがこの音はもっと低空で冷たい。

しばらくするとヘリコプターの大気を裂く轟音がバー・コン村に近づいてきた。修兵とブンは家の軒の影からその光景を見詰めた。

大型の軍用ヘリコプターが二機、バー・コン村の上空を旋回すると、急に音を低く絞ってバー・コン村の外れの空き地に降りてきたのだ。

すさまじい土埃が竜巻のように空に吸い込まれると、ヘリコプターの機体から五、六名の兵士が銃を構えて降りてきた。しかし、彼らは銃口を上に向けたままで、殺戮に及ぶような攻撃的な殺気はない。

ブンが一人で彼らを迎えた。

兵士たちがブンを取り囲むと、灰色のサファリ・ジャケットに広い鍔のカウボーイハットを被った男が颯爽とヘリコプターから降りてきた。まるで、西部劇のヒーローのような登場だった。

彼の名はアントニオ・ポー。通称、モン族狩りのカウボーイ。

アントニオ・ポーは、CIAビエンチャン支局長であったG・ヨルゲンセンによって作られた米国の反共作戦の申し子である。一九六一年初頭、ラオスは中国やベトナムに隣接していて、最も共産主義の影響を受けやすい地勢にあった。ヨルゲンセンは、共産主義に傾倒しているモン族を最も恐れていた。彼らの勇敢、果敢な兵士としての能力だけは敵に回したくない。そこである方法を考えついた。その作戦は卑劣だが周到であった。それはモン族の若者を村々から拉致し、米軍の軍事施設で反共の兵士に仕立てる、というものだった。対象となったのは主に共産勢力を支持するするモン族の集落だったが、中にはどちらにも与しない中道の農村も含まれていた。モン族は山深い山岳地帯に住んでいるので、彼らは軍用ヘリコプターを駆使しモン族の若者を拉致し続けたのだ。

この邪悪な作戦の責任者が、米国で軍事訓練を受けたエリート軍人、アントニオ・ポーである。

「すまなかったな。脅かすつもりはない」

ポーは、愛想よくブンに挨拶した。

「私の名は、ポーだ。政府の軍事顧問をしている」

ポーはまるで貴族が使うような美しいラオス語を喋った。

「何かこの村に問題でも……？」

「いや、この村には何の問題はありませんよ。ところで、この村に若い男はいますか？」

「若い男？」

「そう、十代から二十歳くらいの生きのいい奴」

「この村には……」

ブンは注意深くポーを取り囲んでいる兵士たちを見た。兵士たちはブンが見たこともないヨーロッパか米国のしゃれた迷彩色の軍帽を被っていたが、その顔付きや目付きは明らかにブンと同じモン族だった。

――バン・パオの軍隊がモン族狩りに来た！

ブンは血の気が引いて行くのを感じた。どう、ここを躱すか。

「ええ、実は六年ほど前、ひどい疫病が流行り、村人のほとんどを失いました。今、生きているのは老人、女、子供くらいです」

「なるほど。でも、それは不思議ですね。疫病だったら普通は体力のある若者や男が生き残るはずだが」

　ポーは見透かした目をブンに向けると「まあ、どうでも良い事ですが」と言って、集落の方へ歩き出した。

「今、この村の人口は何人くらい？」

「幼い子供をいれても六十人かちょっと多いくらい」

「その内、十代から二十代の男は？」

「ですから、今は子供と年寄りだけです」

「そう……。ところで、この村は、七、八年前のサム・ヌアの戦いのときどっち側に付いたの？」

　ブンは危ないと思った。

「どっちって、どういう意味ですか？」

「つまり、共産軍《アカ》か王様《キング》の方か、ですよ」

「良く知りません。こんな山奥ですし」

「おかしいな。サム・ヌアの戦いの時、えっと」ポーは少し低い声になった。

「そうだ、スー・ヤンという当事の村長がモン族の一大隊の指揮を執っていたのだけど、この村の出身じゃないのですか？」

「分かりません。私はずっとここに住んでいました」

　ブンはあくまでとぼけて見せた。

「そうですか、別に良いんです。どちらでも。私には関係ありません。実は、私たちはこの村に食料の支援を考えています。必要なだけの米を輸送機で投下します。これからは食料が不足しますからね。その代わり、若い男を軍に提供して欲しい」

「良い話ですが、何度も言うように、ここには適当な若者がいません」

「そのようですね。では、あなたが一番若い？」

その時、ポーは村の入口の所で立っている修兵を見つけた。

「彼は？　あなたと同じくらいの歳に見えるが？」

ポーのプロの軍人の猜疑な目が鋭く修兵を見つめた。そして、早足で修兵に近づくと、驚いた表情を作った。

「あなたは？　モン族ではありませんね」

修兵は軽く会釈すると「私は日本人です」とラオス語で答えた。

「日本人！　なんで日本人がこんな所にいるのですか？　それにラオス語が随分お上手だ」

「モン族の言葉にも不自由はしません」

ポーは修兵に恐れをなすように離れると、部下の兵士を集めた。

「なんなんだ……？」

修兵が訊ねるとブンは痛そうに何度も瞬きした。

「モン族狩りだよ。食料と引き換えに若い男を捜している。兵士にするつもりだろう」

ポーは部下の兵士たちを整列させると、攻撃的な銃口をブンに向けた。

ポーはブンをしげしげと眺めて「あなたはお幾つ？」と聞いてきた。

ブンの引きつった横顔が青ざめて見えた。

「……、多分、三十歳の後半くらい」

「多分……？」

「ええ……。誕生日を知らないのです」

ポーは頷き、兵士たちに村の住民全員を集会場の前に集めるように命令した。

しばらくして、村の全住民が集められるとポーは少し失望したように頷いた。

「確かにこの村は人口が少ないし、若い男がいない。ところで、あそこの二人の男の子は幾つですか？」

ブンは名指しされた二人の男の子のところに駆け寄った。

「この子たちはまだ、十歳ちょっとです。兵隊にはとても無理です」

「いや、十分でしょう。一緒にいらしてください」

ポーは兵士たちへ合図を送ると、振り返りざまに言った。

「そうだ、あなたも一緒に来てもらおう」

「え！」

「私は臭いで分かるんですよ。あなたがどんな兵士だったか」

修兵が思わず叫んだ。

「どこへ連れて行く気だ！」

ポーは修兵を睨みつけヤクザ口調で怒鳴った。

「あんたら外国人には関係ない。口を出すな！」

ブンの女房が子供を抱えて飛び出してきた。

ポーは彼らを無視するようにブンの腕を握ると、不敵な笑みを浮かべた。

「この鍛えられた腕。役に立ちそうだ……」

兵士たちが住民に銃で威嚇した。

「この男を少し借りるだけだ。俺もプロだからこいつがどのくらいの腕をもった軍人だったかくらい直ぐ分かる。すごい軍人になる」

そう吐き捨てるように言うとブンと二人の子供をヘリコプターの方へ引きずっていった。

修兵は立ちすくんだ。

身体中が震えていた。混乱、というより絶望だった。呪われたような自分の人生を恨んだ。

ヘリコプターが飛び上がると、ブンが大きな声で叫んだ。

「すぐに戻る！　シュウ、それまで村をたのむ！」

しかし、その声は激しいヘリコプターのエンジン音に吹き飛ばされ、虚しい羽音だけが残った。ブンは、上空から村を必死で見た。もう、二度と戻れないかもしれない、そんな確信がブンの脳裏を支配した。ブンが見つめた村人は皆、肩をすくめ、足は震え、唇は青ざめ、絶望と落胆に目が澱んでいた。ブンは思わず両手で顔を覆った。

修兵の周りに村の女や子供たちが集まってきた。

子供たちは修兵の手を握り、女は修兵の腰に手を回した。

老人たちは修兵を見ながら手を合わせた。

突然村を襲ったこの残酷な現実に、村の人たちは修兵にすがり、頼るしかなかったのである。

――幸子……、また帰れなくなった……。

二〇〇六年十月　東京

二〇〇六年十月初旬、長かった残暑が終わったと思ったら、急に冷え込んだ。司はインターネットで「残留日本兵」とか「インドシナ」など様々なキーワードで検索してみたが、多くの残留日本兵に関する書物やコメントを記載したサイトはあったが、修兵や宮本に関わるようなサイトは一件もヒットしなかった。厚生労働省のホームページから戦没者名簿を探ってみたが、情報公開法に従って公開申請が必要なことも分かった。仮に申請したところで、遺族の詳細までは分からないだろう。その他、日本遺族会など戦争犠牲者団体のサイトを検索しても、思うような成果は得られなかった。

そんな時、「ラオスのシュバイツァー・北川医師を偲ぶ会」というサイトがヒットした。

「ラオスのシュバイツァー？」司は早速そのサイトを開いてみた。

〈ラオスで医師として生涯、医療奉仕活動に従事し、ラオスのシュバイツァーとして尊敬されていた北川医師没後十周年を記念する会〉という謳い文句のサイトは〈ラオス・キリスト者医療会〉というNGOが運営していた。この偲ぶ会はとっくに終了していたが、活動を見るかぎり、現地で医療支援活動はしていないようだった。事務所は東京の東中野にあった。

翌日、司は訪問の予約を取った。

2006年10月　東京

ＪＲ東中野から線路に沿って新宿方面にしばらく歩くと、佐々木内科・小児科医院という小さな診療所があり、事務所はその裏手だった。

入り口の横に「ラオス・キリスト者医療会・事務所」という看板が控えめに掛けてあった。事務所には初老の女性が留守番をしていた。

「先生は直ぐに参りますので」

「先生……？」

司はその時初めて、佐々木医院とこの事務所が一体であることに気がついた。

しばらくして、白衣を着た佐々木頼子女医が司の前に現れた。

白髪で腰が少し曲がり、八十歳前後に見えた。

「すみません、わざわざ」

「こちらこそ、まさかお医者様とは存ぜず、診療中のお忙しい時に失礼をしました。直ぐにお暇しますので」

「よろしいですのよ。もう、この歳ですから、そうそう患者さんも来ませんし、私も体力的に限界ですから、本当にのんびり診療しています。ところで、北川先生のことを知りたいと？」

「ええ、実は、父をラオスで亡くしておりまして……、ラオスには少なからず因縁が」

「まあ、それはお気の毒なことで」

佐々木医師は事務員に命じ、パンフレットを持ってこさせた。

「これが私たちの団体のパンフレットです。一応ホームページもあるのですが、なかなか更新ができなくて」

パンフレットには〈北川雄一郎医師記念・ラオス・キリスト者医療会〉とあった。

「この北川医師を記念して作られた団体なのですね」

「ええ、北川先生が亡くなられた一九九六年に設立しました。それまでも北川先生を支援する会、という有志の会はあったようなのですが、亡くなってからは北川先生をお慕いする方々が集まってNGOにしました」

「申し訳ありません、私、全く存じ上げてなくて、北川医師とはどのような方で？」

佐々木医師は口に手をあてて細く笑った。

「当然ですわ。マスコミに大きく取り上げられたこともないし、地味な方ですから」

佐々木医師は司にお茶を勧めながら北川の半生を語った。

明治大学を出て、一時小学校高等科の代用教員をやっていたこと。結核で召集を逃れたこと。その後、医師を目指し、慈恵会医科大学に進学し、卒業後、フランスの医療奉仕団に参加し、ラオスに赴任したことなど。

「では、この北川医師というのは終戦前にラオスに赴任したのですね」

「そうですね。そうなります。でも、現地で結婚され、終戦後もそのままラオスに残って生涯ラオスで医療活動を続けられたのです」

「なるほど。それで皆様がその後、北川医師を支援された訳ですね」

「私たちが直接、ラオスに赴《おもむ》いて支援活動をし始めたのは北川先生がお亡くなりになってからです。それまでは〈北川医師支援会〉という団体があったようですが」

「この会の前身ですか」

「そうなりますけど……。ただ、私たちはその会の実態を良く存じ上げていませんのよ。その会は一九五〇年代頃から北川先生に資金的な支援をしていたようです」

佐々木医師はそう言うと、立ち上がって何冊かの大学ノートを取り出した。

「北川先生は私たちのようなキリスト教徒ではありません。救世軍の医療団に参加したのですから多少はキリスト教の理解はあったとは思いますが、布教目的の医療活動ではありませんでした」

佐々木医師は取り出した大学ノートを司に手渡した。

「北川先生の診療記録です。先生がラオスに赴任されてから、亡くなる直前まで、詳細に先生が診療された患者さんの記録を残されています」

司は渡されたノートを数ページめくってみた。

例えば、一九五三年の四月頃のある日の記録では、冒頭に、

「ここ数日、デング熱の患者、増。ここのところの急激な暑さか。デング・ショックが心配」と記載され、そして、「本日の患者数百五名、薬品が不足。アメーバー赤痢による下痢にも対応できず、輸液のみ」と締めくくってあった。

佐々木医師は続けた。

「北川先生の奥様が熱心なキリスト教徒で、私たちは教会を通じて北川先生の活動を知りました。この診療録も奥様が大切に保管してあったものをお借りし、記録に残す作業をしているのです」

佐々木医師は、少し醒めた表情を司に向けた。

「ただ、私たちには良く分からないのですが、北川先生は、ラオスの少数民族の支援もしていたようです。このノートにもそんな事が書かれています」

司は威嚇されている感覚を覚えた。占いの結果を聞く時のような期待と恐怖が交ざった逸《はや》るような気分である。

「少数民族に対する支援活動とは、例えば？」

司のたたみ込むような質問に佐々木医師は少し呆れた表情を作った。

「『サカキ』さん、とおっしゃいましたね。『木偏』に『神』と書く『サカキ』、ですよね。実は貴方からお電話を頂いた時にこの診療記録の事を思い出しました」

「え？」

佐々木医師は老眼鏡を掛けなおして、北川の診療録の頁をめくった。

「ああ、ここです。一九五五年九月十八日付けの記録です。えーと、こうですね。『本日の患者、八五名、相変わらず感染症と栄養不良、多し。子供たちのマラリアとデング、下痢症は深刻。夕刻、宮本隊の榊君来。二名のモン、随員』」

佐々木医師はその部分を読み終えると、眼鏡を下げて司を見た。

「この『榊』、という名前、偶然ですか？」

それから数日して、司の元に分厚い書留が届けられた。

差出人は「佐々木頼子」で、一九五三年頃からの北川医師の診療簿のコピーであった。

手紙が添えてあって、最後に「もし、お父様のことや少数民族のことで分かったことがありましたら、是非私たちにもお教えくださいませ」と追伸してあった。

それからというもの、司は書斎に閉じこもり、北川医師の診療簿を読み耽った。

〈一九五五年十一月十三日、榊君から手紙。ブンと共に元気にやっているとのこと。喜ばしい。ヨン、日本語上達〉

司は自分の心の中に芽生えつつある身震いするような情念に、思わず目頭を押さえた。死んだはずの父親が、自分の十歳の時にラオスのどこかで生きていた。何かに執着して生き続けていた事実に接してこみ上げるものを抑えることができなかった。

〈一九五六年三月、山口君に国際電話。三日待たされる。ヨンを託す〉

「山口君……？」

司は携帯電話を見た。

携帯電話の向こう側に圭子の囁くような声が聞こえたような気がした。


〈ヨンから手紙。山口君の弟がこちらに来るとの報。例の件、順調也〉

司は北川医師の診療簿の中にまるで砂場に紛れ込んだ胡麻粒のようなわずかな記録の痕跡を辿っていた。

少なくとも、圭子の叔父、英弘と北川医師との間に強い接点があったことは想像できた。『山口君の弟』というのも恐らく圭子の父、茂であろう。しかし、これだけではそれを証明したことにはならない。茂がラオスに赴任したのが、一九五七年の前半で、八月に工事の現場写真に茂の姿がある。そして、タートルアン寺院の前で撮った写真が九月六日だった。だから、北川医師の記録簿にもその頃に茂と会った、という記録があっても不思議ではない。しかし「胡麻」は見つからなかった。

〈一九五七年六月、藤田君来。例の件話す。ヨンの手紙、託す〉

「ヨンの手紙……託す？　五六年の三月に誰かにヨンを預け、翌年六月には今度はヨンの手紙を誰かに託した。ここに出てくるヨンという人間が日本に行って、今度は日本から何かの手紙を送った、ということなのか？」

司はメモ用紙に年表を作りながら頭を整理した。

〈一九五八年二月、支援の会から送金あり。足立君に託す〉

司は思わず机を叩いた。

「そうか！　この支援の会はラオス・キリスト者医療会の前身、北川医師支援会で、ここにヨンという人間がからんでいるのか」

翌日、司はお礼を兼ねて再び「ラオス・キリスト者医療会」の事務所を訪ねた。

佐々木女医は診療中で、たまたまこの会の事務責任者の倉橋という中年の女性が司を迎えた。

「この会の前身の北川医師支援会について伺いたいのですが」

司は挨拶もそこそこに用件に入ると、倉橋は探るような目で司を覗き込んだ。

「この会はもうありませんよ。十年前、北川先生が亡くなったのを機に解散したと聞いています。ただ、実際には北川先生が亡くなるだいぶ前から活動はほとんどしていなかったようですが」

「どのような人たちが運営されていたのかはご存知ですか？」

「私たちは山楽教会の信徒の集まりなんです。その信徒のお一人が北川先生の奥様から紹介されたある方の面倒を看ていらして、その方を通して初めて北川先生のラオスでの活動を知ったのです」

「その、ある方というのは？」

その時、佐々木女医が顔を出した。

「すみませんね、榊さん。ちょっと急患が続いてしまって。こんなおばあちゃん医者にも昔ながらの患者さんがいましてね。昔診た子供が、今は孫を連れてくるのですよ」と笑った。

「北川医師支援会、ですよね。確かどこかに資料が……」

佐々木女医は事務所の机から封筒を出してきた。

「これこれ、北川先生の資料作りをしていたら偶然出てきたものです」

「それは？」

「ええ、北川医師支援会が借りていた横浜の事務所の賃貸契約の書類と役員名簿、それに内容が良く分からない領収書やメモなどですね」

司が背負っていた重しが大きく揺れるのを感じた。

〈北川医師支援会名簿、会長、山口英弘、事務局長、ヨン・フー、会計、山口圭子……〉

「どうされました？」

気が遠のくような感覚を司は覚えた。

2006年10月　東京

「いえ……」

「顔色がよろしくありませんよ」倉橋が水を運んできた。

司は良く冷えた水を一気に飲み干すと佐々木女医を見詰めた。

「この会は、つまり……」

司は言葉を詰まらせた。

「榊さん、少し落ち着いて」

「つまり、私はこの山口さんたちを知っているのです」

「まぁ、驚いた。どのようなお知り合いですの？」

佐々木医師が身体を乗り出して司を見た。

「ここにある〈会計・山口圭子〉というのは私が勤めていた会社の同僚でした。そして、この山口英弘氏という方は圭子さんの叔父、つまり圭子さんのお父さんの兄」

「いろいろな偶然が重なったのですねぇ。でしたら榊さん、早速、この圭子さんという方と連絡をとって詳細を伺ったら、お父さんの事もわかるはずですよねぇ」

「いえ……、あの、この山口圭子という方は今年の夏に癌で亡くなりました。そして、叔父の英弘さんも昨年、亡くなっています」

「あら！　それは……」

一度、場が沈むと突然倉橋が声を上げた。

「先生、ほら、北川医師を紹介してくれた教会の……」

佐々木医師は倉橋を見て少し考え込むと、

「足立さん？　足立さんよネ」

「そう、足立さん。あの人なら何かを知っているかも」

司は胸が高鳴った。何か重い扉が開く予感がした。

佐々木医師は老眼鏡を掛けなおして事務机に座った。

「足立……一馬さんよね」

佐々木医師はメモを取って司に渡した。

「これが電話番号。住所はここ。以前はこの教区に住んでいらしたのですが、引っ越されて……」

司はメモを見た。

――埼玉県入間市……。

「今は埼玉にお住まいです。入間市の老人ホームだと聞いています」

「どんな方ですか？」

佐々木医師と倉橋は顔を見合わせた。

「あの方、ラオスに残っていた元日本兵でしょう？　ラオスの独立運動に参加したとか、ラオスで勲章までもらったって言っていたわよねぇ。確か、一九八〇年頃帰国して、私たちの教会の信徒の一人が面倒を看ていらしたのよね。その時に、ビエンチャンに素晴らしい日本人医師がいることを聞いて、同じキリスト教徒の北川先生の奥様に連絡したのが、この会の始まり。だから、随分お年よね。多分……もう、九十歳くらいかしら」

翌日、司は何かに導かれるように入間市に向かった。足立一馬が住む老人ホームは市役所からさらに東に十分ほど歩かなくてはならなかった。

〈入間緑の丘ホーム・介護老人福祉施設（特別養護老人ホーム）〉

全体を緑色で統一した施設は暗い老人ホームのイメージは全くなく、爽やかな森の印象を演出していた。

「足立さん！　お客様ですよ」

介護の女性は朝の明るい日差しが入る広々とした集会室に司を案内して、車椅子に座った一人の老人の肩を叩いた。

老人は「おお……」と喉を鳴らして振り向いた。

足立と呼ばれた老人は目が不自由らしくひどく度のきつい眼鏡をしていた。

「はい、どなた様で？」

「東京のラオス・キリスト者医療会の紹介よ」

「ああ、佐々木先生の」

「そうよ」

老人は少し上目遣いで司を刺すように見た。

「以前、お会いしましたかな？」

「いいえ、初めまして。榊と言います」

老人は顎をしゃくるような仕草をして「サカキ……さん？」と言った。

「お疲れのようでしたらすぐに帰りますので、少しだけお話しさせていただければ」

「いや、疲れてはいません。ただ、もう、この歳ですから。それに身体が不自由で」

「お話は大丈夫ですか？」

介護の女性が話を割った。

「足立さんは足腰が弱っていますけど、頭の方はまだサエサエですよ。いつも戦争のお話をしてくれるの」

「戦争の？」

「ええ、足立さんは……」

「これ、お客さんが話をしたいと言っているでしょ。邪魔をしないで」

老人はそう言って手で振り払うような仕草をした。

「はいはい、失礼しました。それではごゆっくり」

介護の女性はそう言って鼻歌を口ずさみながら離れていった。

「足立さん、戦争……、とおっしゃっていましたが、どちらで？」

「ええ、えーと、その前に、あなたは確かサカキ、さんと？」

「ええ、榊司と言います」

「ああ……！」

「どうかされましたか？」

足立と呼ばれた老人は眼鏡を外すと眩しそうな目を司に向けた。目を二度、三度瞬きすると、一筋の涙が頬を伝わって床に落ちた。

「お父さんのお名前は、榊……修兵さんでは？」

「ええ！　父を……、ご存知で？」

「あれは、本当にひどい戦争でした」

足立は司の手を握ってそう語り始めた。

外で近くの幼稚園の園児たちのはしゃぐ声が響いてきた。老人たちは目を細めてその声に聞き入っていた。まるで、自分たちの幼い頃の幸福な思い出に耽溺するような恍惚の笑顔を作って耳を傾けていた。

「どこからお話ししましょうか。榊君との出会いからですか？　それとも……」

自らを落ち着かせるように司は少し間を開けて言った。

「一九五四年頃に宮本さんという方から私の父親宛に手紙が届いています。日本に無事に帰ったか？　といった内容でした。それから木下、という方が地雷で亡くなったとも」

足立は頷いた。

「宮本大尉……。私たちの部隊の隊長です。ディエン・ビエン・フーの戦いの後、民間人だった榊君を帰国させることにしました。ちょうどその頃でしょう」

「ところが父は戻らなかった」

「ええ、知っています」

「その……、父が足立さんのいた部隊を離れてからの消息について何かご存知ないのでしょうか？」

足立は首を小刻みに振って肩を震わせた。

「ヨン・フー」

足立の口からもれたその名前を聞いて司は軽い眩暈を覚えた。

〈北川医師支援会〉の会員名簿にあった名前だった。そして、その団体の会計が圭子だった。

ここでも、圭子の執拗な影が司を覆った。

一九五九年八月　サム・ヌア

一九五九年はラオスの共産勢力にとって一つの節目の年となった。ここ数年、ラオスでは表面上こそ平穏な日々が続いた。もちろん、ラオス全土で共産勢力が攻勢を強め、米国は反共の砦をラオスに求め、露骨な政治的、軍事的な介入をしていた。米国はラオス王国政府に対して共産勢力に強い影響力を持つスファヌボン殿下の身柄の拘束を要請したのもちょうどこの頃である。

スファヌボン殿下逮捕劇がビエン・サイの基地に伝えられたのは逮捕された翌日の七月二十九日の朝である。基地を守っていたスゥアコン大佐が宮本の所に駆け込んできた。

「貴方の軍隊と王様の軍隊の蜜月が終わった……、という事ですか？」

歯茎が腫れてろくに口を開けることも出来ない宮本の代わりに、藤田が訊ねた。

「そういうことです。我々もそろそろ限界です」

宮本は腫れた顎を抑えながら「反乱を起こすのですか？」と聞いた。

「ええ、一大隊をここから逃亡させて、ジャングルに入って抵抗運動を指揮します」

「ほう……」

「私はここを守る責任があるので出られません」

「それで？」

「ここは……、宮本隊長にお願いするしか」

宮本は背中をのけ反るように笑った。

「それはそれは」スゥアコン大佐は宮本の馬鹿にしたような態度に不快な表情を作った。

「何がおかしいのです？」

「これは失敬。しかし、大佐殿、お忘れではないですよね。ジャール平原であなたはもう我々は十分に任務を果たした、とおっしゃった。つまり、もう、パテト・ラオには必要ない、お祓い箱だと言ったのですよ。そんな我々に今度は大隊を率いてゲリラ戦をしろと言うのですか？」

痛いところを突かれたスゥアコン大佐は口ごもった。

すかさず藤田が手を横に振った。

「それに、現実に無理ですよ。我々も、もう歳だ。それに見てください。隊長の顎を。歯茎が腫れて熱もある。ここのところ始終ですよ。こんな体調でジャングルに潜伏するなんて。死ねというようなものだ」

スゥアコン大佐はうな垂れ「やはり、無理ですか」と呟くように言った。

しばらく沈黙が続いたが、宮本が大きなため息と共に言った。

「いいんだ、藤田。我々しかこの大隊を指揮できるものはいない。ジャングルが俺たちの死に場所に相応しいのではないか」

「隊長……、隊長がそうおっしゃるなら」


翌日。

「長かったなビエン・サイも。十五年か……」宮本は生き残った四名の日本兵を前にそう切り出した。

「もう、ここには戻れないだろう。最後の戦《いくさ》になる。しかし、敵は王国軍ではない」

「隊長、それは、どういう意味ですか？」

藤田が訝しげな口元で宮本の顔を見た。

「俺たちの目標はバン・パオ率いるモン族の『人狩り』部隊だ」

「山口さんが言っていた？」

「そうだ。スゥアコン大佐によると、去年くらいからバン・パオの軍隊がモン族の村に頻繁にヘリコプターで入って、若者を拉致しているらしい。ＣＩＡのどこかの基地に連れてゆかれ反共の兵士に仕立てられる。その代償に食糧を空から放り投げる」

「逆にそのモンの村がパテト・ラオ支持だと容赦なく村を焼き、村人を虐殺する、そんな構図ですね」

「そういうことだ。俺たちの仕事はこの国を裏切り、米国に媚びて反共の大義のもとで同じ民族を殺戮するモン族特殊部隊の指導者バン・パオとやらと、その手先の人狩り部隊を抹殺することだ」

　四人は大きく頷いた。

「そうしたら、山口さんの村も守ってあげられる……」

　珍しく無口な足立がそう言った。

「その通りさ。大事な仕事だ」


　一九五九年八月四日、王国政府によるポンサリー、サム・ヌア、シェン・クワン、カムアンそして南部のサワナケット五県に対して国家非常事態宣言の発令を受けて、宮本率いるパテト・ラオ第一大隊がビエン・サイを脱走、ジャングルへ潜伏した。八月五日の未明のことである。その後、第一大隊は北へ展開すると、ジャール平原から逃走した第二大隊が東西へ拡大し、次々に解放区を建設していった。十二月に入って、宮本は第一大隊を部下に任せ、宮本たちが育てた百名ほどの精鋭部隊を新たに組織してシェン・クワンから南に下ったピア山の麓にあるロンチェンを目指した。バン・パオの軍隊が集まっているからだった。まず、その基地を叩いて、できればバン・パオ自身を殺害するのが目的だった。宮本隊、最後の戦いであった。

一九五九年七月　ラン・サク村

宮本隊がビア山の麓を目指し行軍を開始した頃、山口茂はラン・サク村にいた。丁度八ヵ月ほど前、ラン・サク村が何者かに襲撃され、長老やその息子をはじめ多くの住人が犠牲になった。この無差別な虐殺はどんな命令系で実施されたのか？　ラン・サク村はモン族の村だが、王国にも共産勢力にも与しない、中道の村だった。そんな村が意味なく襲われた事実さえ誰も認めようとはしなかった。しかし、背後に米軍の諜報機関が操るバン・パオ将軍の軍隊が関わったモン族同士の抗争であることは公然の秘密となっていた。

茂が助け出した女、子供を連れてラン・サク村に戻った時は、村人たちの言葉にならない戸惑いがあった。災いが戻ってきた、そんな当惑である。しかし、新しく長老になったケソンは、村人たちを制するように「私たちの苦しみをこの日本人は一人で背負ってくれたんだ。歓迎しようじゃないか」と言って茂を迎えたのだった。

七月の半ばくらいからその年最後の陸稲の田植えで忙しい。茂たちはケソン長老家族と一緒に農作業を手伝うようになった。

そんなある日、茂は午前中の仕事を終え、村に戻ってくると、サランのトラックが止まっているのに気がついた。

「サラン？」

周囲を見回すと、井戸を背に座って煙草を吹かすサランの姿があった。

「随分と忙しそうだね」

サランは吸いかけの煙草を指で弾くように捨てた。

「サラン！　どうした、ここにいることが良く分かったな」

サランは煙草の脂で黒ずんだ前歯を見せて笑った。

「あんたがビエンチャンに逃げ帰らないのなら、行くとこはここしかないでしょ？」

「俺がビエンチャンに戻ったとでも？」

サランは鼻をヒクヒクさせながら「常識ではな」と言った。

「どういう意味だ？」

「つまり……、この国では誰もモン族なんかとは関わりたくない。大昔から。今でも。だから常識、として」

サランは苦々しく笑った。

「三ヵ月前になるかな、ビエン・サイの基地を、あんたが救った女、子供を連れて出ていった、と宮本隊長から聞いた時は本当に驚いたよ。また、なにを考えているのか、とね。てっきりビエンチャンに戻ったのかと思ったよ。しかし、どうもそうではないらしい」

「いつまでも宮本隊長の世話になるわけにもゆかない。ビエン・サイで半年近くも、あっという間に時間が過ぎてしまった。なんとか彼らを自立させようと、ここに戻ったんだ。この村の人たちは本当に親切で……すばらしい」

　サランは柔和な表情になって「そうだろうな」と頷いた。

「ラオスは変な国さ。いろいろな民族が不揃いのモザイクのように、重なり合うように住んでいる。近い親戚同士のような民族もいれば、人種も言葉も出身も全く違う民族が隣に住んでいたりしている。しかし、そいつらも……、一応ラオス人さ。昔からここに住んで、危ういながらお互いを尊重して生きてきた。自分たちの土地は守るが、他人の土地には侵入しない。それが、ここの少数民族の掟」

　サランは茂に煙草を勧めて、慌てて引っ込めた。

「そうそう、シゲルは煙草が苦手だったな」

「それより、君の言っている意味は、つまりモン族はラオス人じゃないと？」

「そうは言っていないさ」

「モン族は嫌われ者だから放っておけ、という意味か？」

「それじゃ、聞くけど、シゲルは何故モン族を助けようとしているんだ？」

　茂は「チェッ」と舌打ちをした。

――日本に帰るところがないからさ。俺は女に捨てられたんだ。だからこんなところで泥まみれになって農作業を手伝っているんだ。

　そう毒づいてみようかとも思った。しかし、それも違うな、と茂は思った。そんな今の茂の気持ちを見せるため、サランを長老の家に誘った。

　モン族の民家の軒は低い。その上、屋根から藁が側壁を覆うように垂れ下がっているので、玄関前ではその隙間を潜らなくてはならない。玄関の扉は、漆に錆びた釘などの鉄を砕いて粉にしたものを混ぜた黒漆を塗って黒く磨き上げている。王国が華やかだった内戦前は、長老たちの家では壁全体を黒く仕上げ、目立つところに王家を象徴する三つの像をあしらった彫塑を飾ったという。王国が没落すると、そのような華やかな家は姿を消した。普通の家は木の生地色のままだが、玄関の扉だけは黒く塗る。

茂が初めてこの村に世話になった時の長老の家はバン・パオの軍隊に焼き討ちに遭って、今は主柱の基礎の部分しか残っていない。

新しい長老の家は、かつて壁全体が黒漆で輝くように仕上げられていたが、今ではまるで瘡痕の跡のように剥げ落ちていた。

茂が重い扉を開くと、茂の帰りを待ち侘びていたように子供たちが集まってきて茂の手や腕を握った。茂はすっかりモンの言葉を解するようになり、盛んに子供たちに話しかけていた。

「ほう」

サランは思わず感嘆の声をあげた。

「すっかり、モンの人間だな。どうやってこんなに懐《なつ》かせたんだ？」

「俺は……、この子たちを見ていて、今やるべきことが分かった。この子たちや迫害されているモン族を何とかしたい。そんな気持ちだ」

茂は思い出したように「そうだ！」と大きな声をあげた。

「宮本さんは？」

「隊長はもうすぐ一大隊を率いて解放区作りに出かけるよ」

「解放区？」

「ああ、まあ、ゲリラ戦を指揮する、ということだ」

「連絡はつくのか？」

「もちろんさ。俺がここに来たのは、隊長が出発の前にシゲルの様子を見て来いと言われたからさ」

「その話は、いつ頃だ？」

「つい最近だ。解放区作りが決まってからだ」

「宮本さんがビエン・サイを出たら連絡がつくだろうか？」

「さてね。一度、ジャングルに入ったら難しいだろう」

「そうだろうな」

茂には宮本の存在が心の拠りどころであった。しかし、宮本たちが再びゲリラ戦に出てしまうとなると、言い知れぬ不安が茂の脳裏をよぎった。

「実は君に頼みがある」

茂は自分のザックの底から革製の袋に丁寧に包まれた一通の書類を出した。

「どうだ、サム・ヌアではブツはまだ手に入るか」

「ああ、多少は。しかし、ここ数ヵ月王国軍の監視が厳しい」

「例のゲストハウスは健在か？」

「あそこは簡単には潰れないよ。ゲリラとも王様ともうまくやっている」

茂は書類の隙間から封筒を出した。

「いくら入っている？」

「二千ドル……」

「それだけか……」

「これで、どのくらい買える？」

「さあ、交渉次第だが、三百グラムというところか……」

「というと、モンの衣装、三着分か……」

茂は少し不満な表情をサランに見せた。

「最初の取引はご祝儀もあって安く売ってくれるが、二回目からは本格的なビジネスさ」

「よし、分かった。お前を信用するよ。それから、物《ブツ》を送る時に、別便で依頼主に送ったことを手紙に書いて出してくれ」

「おいおい、俺は日本語なんて書けないよ」

「そんなこと分かっている。これが依頼主と決めた暗号だ」

茂はびっしりと文字が並んだ数枚の紙をサランに見せた。

「いいか、仕掛けは単純だ。英語の単語を短くしただけだが、約束事を知らないとなかなか読めない。左が記号、右がその意味だ」

茂はサランに幾つか具体的に示した。

「いいか、まず日付だ。西暦は最後の二桁を2で表す。今年は一九五九年だから、五九の五は2＋3、九は2＋7となる。分かるな？　月は3だ。今月は十月だから、3＋7、となる。日は4だ。もう分かっただろう。例えば十月二十三日に出荷したとすれば、4引く2、4引く1となる」

「何となく分かったが、何故そんなややこしいことを？　英語で書けば良いじゃないか」

「これには訳がある。まず、こんな違法な取引だから、手紙の内容が簡単に分かっては困る。だから、こんなややこしい暗号を考えたのさ。もう一つの理由は、実は俺のヤクの取引は一回限りという約束だった。しかし、ブツを日本で売って現金にして、それをラオスに送金されてもそれだけでは恐らく足りない。だから、ある程度継続してブツを日本に送りたい。そのためには、英語が分かる代理人がこの仕事を請け負ってもらいたい。だから、こんな面倒な仕掛けを考えたのさ」

「なるほどね。その請負人が俺、という訳か」

「いや、最初はビエンチャンで探す手はずだった。しかし、こんな状況ではどうすることもできない」

「シゲル。もう一つ教えてくれ。あんた、このお金、つまり、無事に日本にブツが届いて、うまくそのお金がラオスに送金されたとして、どうやってそのお金を受け取るんだ」

「そこが一番の問題さ。それもお前に頼まなくてはならないだろう」

「どういうことだ？」

「つまり、もう、お前をとことん信用するしかない、ということさ」

一九五九年十月　ビエンチャン

サランは三日間をかけてサム・ヌアからいつもと違う騒然としたビエンチャンに着いた。あちこちに半旗が掲げられ、商店街も閉じられていた。つい二日前の十月二十九日、シーサワンウォン国王が死去したのだ。反共勢力の傀儡となり、誇りも権限も剥奪される侮辱を堪え忍んだ挙句の死であった。

街は一見、穏やかな静けさに包まれていたが、混乱に乗じて共産ゲリラが市内に攻め入る、そんな噂が流れ、王宮や市庁舎、軍の施設などの周囲の警備を厳しくしていた。

サランはその足で北川の診療所に向かった。夕方の外来患者が一段落した頃であった。

看護婦が院長室に入ってきた。

「先生、面会の方がこの手紙を預かってきた、と」

看護婦は北川医師に一通の手紙を渡した。

〈北川先生、山口英弘の弟の山口茂です〉

北川医師は最初の文章を読み出して思わず唸った。

「おお、生きていたのか！」

〈いま、シエン・クアンとサム・ヌアの間くらいのモン族の村で生活しています。しばらくしたら帰国しますので、今は私がモン族の村にいることを誰にも言わないで下さい。心配をかけるだけです。ただ、村人を救うのにお金が必要です。兄からもし送金がありましたら、その一部で結構ですから、この手紙を持ってきたサランという男に託してください〉

驚きと嬉しさで北川医師は鼻をすすり、何度も何度も頷いた。北川医師はサランを呼んでもっと詳しい事情を聞こうとした。サランは北川医師を見るなり、口元を人差し指で閉じる仕草を見せた。

サランはラオス語で書かれた一通の紙を北川医師に渡した。そこには、ビエンチャン市内のある寺院の名前が記載されていた。

そして、〈明日の午前五時四十五分、寺の左側で布施する托鉢僧の一番前の僧に封筒に入れたお金を入れる〉とあった。

北川医師は目で了解の合図をした。サランは、軽く合掌をして、北川の診療所を辞した。

サランが危惧したとおり、二人組の男たちがサランをつけていた。裏社会が長いサランにとって、彼らをまくことくらい造作無いことだった。

まず、街角の寺院に入る。寺院には大抵本堂の裏手にもう一つ玄関があって、近道のため、市民がお寺を横切ることも少なくない。サランは本堂に向かって軽く合掌したあと、少し早歩きで本堂の裏手に出る。こういうお寺には大抵、玄関の横に小さな仏塔が並んでいて、その横に一畳ほどの石棺と石碑が安置されている。寄進した人の墓だ。サランはすばやくその一角に身を潜めた。サランを追いかけてきた男たちは当然のように裏の玄関を通り抜け、サランのあとを追う。しかし、サランの姿はない。追手のその数秒の躊躇はサランにとって彼らをまくには十分な時間だ。音も立てずに本堂を逆の方向に戻り、正々堂々とお寺の正面の玄関から出て、マーケット近くに停めた自分のトラックに戻り、予定していたゲストハウスに向かった。

翌朝、北川は指定されたお寺の外で、布施する人波の中に紛れていた。五時四十五分ちょうど、黄色い袈裟を纏い、鉄鉢を頭陀袋に包んだ僧の一群が托鉢に出てきた。

北川はサランに言われたとおり、蓮の花の中に現金を入れた封筒を忍ばせ、先頭の僧侶の鉄鉢にそれを入れた。普段は布施者と目を合わせることのない僧侶たちだが、先頭の恰幅の良い中年の僧侶は北川を見て、顎で頷いた。

午前六時三十分、僧侶たちが托鉢を終え寺院に戻ると、食事となる。若い僧にとってそのわずかな時間は食事の支度に忙しい。

托鉢で得た供物は厨房で「メーチー」と呼ばれる高齢の女性仏教修行者によって振り分けられる。そこに僧侶が立ち入ることはまずないが、この朝は、托鉢僧の先頭にいた僧侶が入ってきてメーチーの一人に声を掛けた。

「私の鉄鉢に封筒が入っていたはずだが」

「ええ、これですね」

「ああ、それだ」

メーチーは僧侶の顔を見ないようにして封筒を手渡した。他の食物や花の樹液が封筒にわずかな染みを作っていた。

その僧侶は人気のない斎堂の裏手に出ると、あたりを見回した。

「ここですよ」とサランの声。

「ああ、いたか。これだな」

「そうです。すみませんね」

「お前とパクセーで臭い飯を食ったことがある、なんて言いふらされたら俺の立場がないからな」その僧侶はサランを威嚇するように言った。

「そんなことはしませんよ。友達じゃないですか。困った時はお互いさまでさ」

「俺は、この界隈じゃ名僧の順番待ちというところまで来ている。もう少しで、あの立派な本堂に写真が飾られ、死んだらこの寺に埋葬される。だから、今が大事なときなんだ。もう顔をださないでくれよな」

サランは不敵に笑って壁に吸い込まれるように姿を消した。


「五千ドルか……」

サランは封筒に入っていた額を何度か反復した。

『あれだけの量を日本に輸出すれば、常識的に五万ドルは下らない。その内の半分を送金したとしても二万五千ドルになるはずだな。ちょっと少ないな』

戦後から一九八〇年まで、実に三〇数年に亘って日本政府は海外への送金を厳しく制限していた。送金額の上限は徐々に緩和されてきたものの、それでも一九五〇年代は、大金を簡単に送金できなかった時代であった。

結局、北川医師支援という名目で英弘たちは送金を幾度も試みたが、数回に分けても二万ドルが限界だった。北川はその内一万ドルを宮本たちに、二千ドルを修兵に、そして今回、茂に五千ドル、自分の医療活動のために残した額はわずか三千ドルであった。それでも北川は十分だった。もともとモン族支援のためのお金だ。自分たちのために使うことさえ気兼ねを感じていた。


午後五時、北川の診療所が終了する直前に警察官が入ってきた。拳銃やら棍棒で威圧した。

「ピリア医師、ビエンチャン市警察署長の命で、警察署まで同行頂きたい」

「警察署へ？　何故ですか？　どんな容疑で……？」

北川が落ち着いた口調でそう聞くが、警察官は黙ったまま氷のような表情で北川を睨んだ。


ビエンチャン市特別警察はラオス王国政府警察本部の一角にあって、元々は王室警護隊があった所である。ビエンチャン市警察署長は王室警護の責任者も兼ねていて、北川は王室のパーティーなどで何度か顔を見たことがあった。

「ピリア医師！　申し訳ない、こんな所に無理やり連れてきて」

署長は溢れるばかりの笑みをたたえ握手を求めてきた。

「セーンです。先生とは王室のパーティーで何度か」

「ええ、覚えていますよ。確か王室の……？」

「そうです。あの時は警備隊長でした」

セーンと言う警察署長は表の顔である。セーンは王国軍事警察に属する秘密警察の責任者、というもう一つの顔があった。いままでに数え切れないほどの数の共産勢力との関係が疑われた市民たちを逮捕、拷問の上、殺害してきた。

北川もこの男の冷血な蛮行を噂では聞いていた。その男が目の前で作った笑顔で自分を見ている。北川の背筋が凍った。

「実は……」

セーンは煙草の煙を北川に遠慮しながら頭上に少しずつふかすとそう切り出した。

「昨日、先生の診療所に、サランという麻薬の売人が来たという情報がありましてね。私たちが心配しているのは何故、そんな札付きのワルが先生の診療所に来たかです」

北川は笑顔を絶やさずにセーンを見た。

「私は毎日、たくさんの患者を診ています。その中に麻薬の売人が患者として紛れていたとしても、私が知る由もありません」

セーンは装うように目を大きく見開いて「そうでしょうとも」と何度も頷いた。

「ところで、ピリア先生、今回の日本の首相、えーと」

「岸首相ですか？」

「ええ、そうです。ラオスと日本の国交回復を記念して設立された友好銀行の口座を調べさせてもらいました。去年、つまり一九五八年の二月頃、先生の口座に合計で二万ドルもの大金が入金されていましたね」

北川は秘密警察の動きは心得ていたので動じることはなかった。すでに千ドル以上の入金が全てチェックされている、という噂は聞いていたからだった。

「ええ、数ヵ月前に日本の支援者から寄付金を頂きました」

「そうですか。そのお金は？」

「全て下ろして私が保管しています」

「危険では？」

「銀行に預けることが、ですか？」

「いやいや、そうではありません」

北川の嫌味にセーンは苦笑した。

「私は、そんな大金をどう使われたかを聞いているのですよ」

北川は天を仰いだ。

「この王国は、個人のお金の使い方まで干渉するようになったのですか？」

セーンは大きく首を振った。

「とんでもありません。そんな、野蛮な。それにピリア先生はこの国の宝だ。誰でも知っている偉人です。皆、尊敬していますよ。それに王室だって先生には協力的だ」

セーンの慇懃な裏に隠された暴力的な言い方に、北川の頰が引き攣った。

「いや、今回の経緯をもう一度整理したほうがよいでしょう。まず、ピリア先生のところに日本から二万ドルもの大金が入金された。それはお認めになった。そして、その全額を下ろし、ご自分で保管されている。そんな時期にサム・ヌアからパテト・ラオの関係者が先生を訪ねている」

「患者として、ですが」

「ええ……、でも、わざわざサム・ヌアから二日も三日も掛けて何故先生の診療所に？　本当に深刻な病気だったら入院設備のある国立病院かパスツール病院に行くでしょう？　それに、サランは検問所で〈親戚のお見舞いに〉と言っているのです。でも、先生は患者としておっしゃった」

　セーンは全て調べ上げていたのだ。診療所も常に見張られているし、看護婦だって信用はできない。

　北川はうんざりした表情を作ってセーンを見返した。

「先生の診療所は有名だ。サランがそんな評判を聞いて先生の診療所を訪ねたのかもしれませんねぇ。話題を変えましょう。昨年の二月頃、ここいらでは見かけない、そう、中国人か、あるいは……、日本人のような男が先生を訪ねていますよね？」

　セーンが指摘したのは藤田と足立だろう。

　内戦で混乱したラオスでは、悪意ある思惑と陰謀が蔓《はびこ》る。敵味方が入り乱れて自分を嵌めようとしている恐怖で北川は一瞬肩が震えた。

「さあ、毎日沢山の外来患者が来るので覚えていません」

「でも、その方々と日本語でお話をされていたそうですよ」

「誰からの情報ですか？」

　セーンは探るような鋭い目で北川を睨むだけで返事をしない。

「セーン署長。私とその〈密告者〉のどちらを信用しますか？　なんなら、これから王室の然るべき方とお会いして、そこでもう一度この話をしましょうか」

「まさか、そんな……。失礼があったらお許し下さい。ただ、こういう世の中ですから、我々も共産勢力にはホトホト頭を悩ましているのです」

「私が共産勢力の協力者だと？」

「いえ、そんなつもりでは。とんでもありません。それでは……、最後に一つお聞きして宜しいですか？」

北川は唇を噛んだ。

「申し訳ありません、これも仕事ですので。今日の朝、先生は珍しくワット・シーサケットで托鉢僧にお布施をしましたね。いつもはお布施などなさらない先生が、どういう心境の変化ですか」

「もう一度言います。いつからこの国は勝手に人の銀行口座を覗き見したり、診療所の患者を監視したり、それに信仰まで口を出すようになったのですか？　私はそんな品格のない国に一生を捧げたつもりはありません」

セーンは北川の強い口調に反応することなく、少し薄笑いさえ浮かべていた。

「ピリア先生。貴方はもしかしたら罪を犯しているかもしれない。王国への反逆罪です。例えば共産勢力への資金援助でも立派な犯罪で、場合によっては死刑が適用されます。私はもちろん先生を信用していますよ。ただ、気をつけてください。私たちは常に貴方を監視しています。今日は戻って頂きますが、次は収監します。くれぐれも注意してください」

北川が納得のいかない顔を残して署長室を出ようとするとセーンが引き止めた。

「ピリア先生、一つだけ言い忘れました。先生が〈然るべき方〉と言われた、多分、シーサワンウォン国王の第三王子だと思いますが、今朝、タイに亡命しましたよ。不正蓄財が見つかりましてね」

　北川は周囲を完全に壅塞されていることを悟った。もはや王室を盾に言い逃れすることは出来なかった。誰も自分を庇護してくれなくなってしまったのだ。

一九七八年九月　横浜

　ヨンと初めて伊香保で会ってから、圭子は週末になると「北川医師支援会」の事務所を手伝うようになった。相変わらず横浜と渋谷でラオスのモン族支援のビラ配りをするヨン・フーのため、ビラを印刷し、適当な枚数に仕分けし、重ねておく。あとはラオスやその周辺国の大使館に行って現地の新聞を閲覧するのも大切な仕事だった。ジェトロやＪＩＣＡ《ジャイカ》に行くと、それらの国の情報が手に入った。それをコピーさせてもらってヨン・フーや英弘と分析する。そんな情報収集と経理が圭子の主な仕事だった。

　経理に関して言えば、圭子には不可解なことがあった。この団体の預金通帳から、毎月のヨンの給与と生活費、事務所代や諸経費に加え、小額だが定期的に北川医師への送金が滞りなく行われていたのだ。預金残高も潤沢とは言えないものの、ヨンがあと数年は日本で生活できるだけの額が残っていた。

「どうしてこんな大金が……」という疑問が圭子には常にあった。もちろん、圭子が生まれた直後から、ヨンと英弘がラオスから麻薬を密輸入してそれをさばいた金がこの団体の活動資金になっていることなど、圭子は知る由もなかった。

英弘は必ず土曜日の夜に事務所に顔を出し、圭子とヨンを誘って横浜界隈で食事をするのが慣例となっていた。

「女房が、土曜日に習い事を始めてね。女房公認の外食の日さ」と英弘は自嘲気味に笑った。

九月下旬の土曜日の晩、残暑が去り、秋の乾いた涼風が吹き始めた頃だった。

〈日中国交回復記念番組〉があちこちのテレビ局で流され、不思議な国、中国を紹介していた。

それを見たヨンは「日本人はお人好しだ。中国の本当の怖さを知らない」と嫌悪感をあらわにした。

いつものように三人は横浜中華街の外れの中華料理と日本料理が折衷したような居酒屋に出かけた。この店は当時としては珍しい間仕切りのある個室があって、落ち着いた雰囲気が英弘のお気に入りだった。

「どうだ、ヨン、ラオス情勢は?」

これも英弘が発するこの会の最初の導入句だった。いつもなら、共産化したラオス情勢や、送られてくる手紙の分析、そして北川医師の話題だったが、その日は珍しくヨンが少し興奮して話し始めた。

「ビア山が陥落しました。数万のモン族が犠牲になったらしい。恐れていたことが起きたようです」

「ビア山？」

　圭子がヨンを見詰めると、英弘が割って入った。

「モン族の聖地さ。そこにここ数年、モン族が何万人も立てこもってパテト・ラオに最後の抵抗をしているらしい」

「モン族への支援は結局うまくいかなかった……」ヨンが泣きそうな目になった。

「問題はね圭子。ここに集結しているモン族のほとんどが民間人で、半ば強制的に集められてきた、という事なんだ」

　英弘は、運ばれてきた日本酒の冷やをグビッと喉を鳴らして飲み干した。

　圭子は襖に描かれていた画をぼんやりと眺めていた。山水画のような白と黒の墨絵で、中心には切り立った山々が描かれている。雲の切れ目からは曲がりくねった川が見え、民家が点在している。民家の壁は黒く塗ってあり、屋根が軒深く覆っていた。川は人々の鮮血で赤く染まり、赤子を抱いた母親が逃げまどう。連続した銃声は容赦なくそんな母子を襲い、母は赤子を抱いたまま崩れ落ちる。泣き叫ぶ乳児の横を黒い農民服を着た男たちが呆然と通り過ぎる。一人の男が乳児を抱きかかえ、母親の脈をみる。首を横に振って、乳児を農民服の胸の隙間に入れて、振り向いた。

「お父さん！」

　英弘が驚いて圭子を見た。

「どうした！」

圭子は襖を見ながら大きな溜息をした。

「あの、襖がどうかしたか？」

圭子は首を振って「お父さんを見たの」と答えた。

「え……？」

「お父さんが……」

「何を見たんだ？」

圭子はもう一度首を振って、ひざを正した。

「私、どうかしてたわ。あの襖の絵が、ヨンが話をしていたビア山に見えたの。そして、難民のような姿で追われているお父さんを……、皆、殺されて、乳児を抱えた母親も撃たれて、お父さんがその子を……」


「だめだ、この女は死んでいる。子供も置いてゆけ！」

モン特殊攻撃部隊の小隊長が叫んだ。

茂はその言葉を無視して、女の腰に巻いていた布を剥ぐと、その乳児の身体に巻いて首から吊り下げた。

「お前は俺の命令を聞けないのか！」

そんな罵声が虚しくビア山の麓のジャングルに響いた。

「俺は民間人だ。お前の命令に従う義務はない。それに……、お前たちは俺たちに何をしてくれたんだ。銃弾の盾にし、人質にしただけじゃないか！」

ビア山……。

このモン族たちの非業の歴史を象徴するラオスで最も高い山は、モン族たちの聖地でもあった。そこに六万とも十万とも言われるモン族たちが集まって、この山に立てこもった。多くは王国政府に与した兵士と民間人だが、バン・パオ将軍の特殊部隊の兵士たちも少なくなかったという。しかし、彼らは新政府からの迫害を恐れ、ビア山の麓でユートピアを作ろうと夢想していた。ビア山は包囲され、ビア山のモン族掃討作戦に北ベトナムが参戦してきて状況が一気に悪化した。ビア山は包囲され、ラオス新政府と北ベトナムの連合軍は、ソ連の支援も受け、立てこもるモン族たちに容赦ない攻撃を仕掛けてきたのだ。

1978年9月　横浜

「お父さんは、ここにいる。まだ、生きているんだわ」

「なぜ、お父さんが生きていると思うんだ？」

「そう見えたの。あの襖絵の中にお父さんや、お父さんと一緒にいた村の人たちと逃げている様子が見えるのよ」

「なぜ、お父さんと一緒にいた村の人と分かる？」

「分からない。でも、見えたの。山の裾野のジャングルやモン族の村の黒壁の家……」

圭子は辛そうに眉間を絞ると「ちょっと頭を冷やしてくるわ」と席を立った。

圭子が席を外したのを確認すると、ヨンは紙袋から最近、ラオスから送られてきた手紙を取り出した。

「最初の手紙は間違いなく茂からだが、その次のからは誰かが代理で書いているようだ」

英弘がそう言うと、

「私もそう思います。多分、麻薬の売買を仲介した者でしょう。私には見当がつきます。多分、パテト・ラオにいたサランという男だと思います」

「そいつとは連絡はつくのか？」

「いや、とても……。現地に行けば別ですが」

「現地に行かなくてはダメか。そうなると、それはヨン、君しか、できないな……」

二人は改めて襖の絵を見た。

墨絵は穏やかな白と黒のコントラストの中に、古代中国の寒村の平和な風景が描かれていた。

一九六五年二月　バー・コン村

ブンと二人の男児がバン・パオの軍隊に拉致されて四年が経過していた。そして、修兵も四十歳を超えた。ラオスに残って二十年、この長い月日の前半は抗仏運動のゲリラ戦に参加し、何度も死線を彷徨った。修兵が志をもって参加したのではないものの、過ぎ去った時間を修兵は悔いることはなかった。後半は親友のブンの村の再建に心血を注いだ。ブンと一緒に村を再建する日々は、山を一歩一歩登ってゆくような達成感があった。しかし、ブンが拉致されて以来、修兵にのしかかる重い責任が次第に空虚なものに思えるようになった。その厭世感を伴った虚しさは、いくら自分が努力しても避けることのできない〈内戦〉の脅威と、モン族への迫害の恐怖からであることは、修兵にも分かっていた。

ただ、それらが具体的にどのような形で村を襲ってくるのか、そんな見えない恐怖が、修兵の精神を疲弊させていった。暗闇に隠れていた恐怖がじわじわと牙を剥き始めたのは、一年前の一九六四年頃からである。それは北ベトナムによるモン族に対する執拗な共産化運動であった。

突然、北ベトナム兵が村に偵察にやってくるようになった。その時期は「九五九団」と呼ばれる北ベトナムの軍事顧問団がラオスのパテト・ラオを実質的な軍事支配を始めた頃と一致した。彼らは軍事作戦の一環と称して、パテト・ラオの兵士、退役軍人やその家族を人口の減ったモン族の村々に居住させるよう指導したのだ。その建前は「モン族の生活向上とラオス国民との同化」にあったが、実際は居住区からのモン族の追放であった。美辞麗句に隠れた民族抹殺作戦（ジェノサイド）が秘密裏にかつ周到に開始されたのである。

北ベトナムの軍事顧問団「九五九団」がここまでモン族の抹殺に拘ったのには大きな理由《わけ》があった。

ヴー・グエン・ザップ将軍……。

赤いナポレオンと呼ばれた北ベトナムの軍事戦略家である。

ディエン・ビエン・フーの戦いで名を馳せ、ベトナムを勝利に導いた英雄でもある。

そのザップ将軍が、自ら「九五九団」を率いていた。この組織が反米政策の中枢であるとは言え、輝かしい名声とベトナム共産党の重鎮として安泰な老後が保障されていたザップ将軍がこの作戦の先頭に立ったのは、積年のモン族に対する「復讐」からであったからだ。

ザップはフランス統治時代、モン族のマキ部隊に、そして、フランスを追い出した後は、バン・パオ将軍が率いるモン特殊攻撃部隊（Ｈｍｏｎｇ Ｓｐｅｃｉａｌ Ｇｕｅｒｒｉｌｌａ Ｕｎｉｔ：ＨＳＧＵ）に悩まされ続けてきた。この中国を源流とするごく普通の少数民族が、なぜか戦いとなると、どの民族よりも勇敢で、そして巧妙な「戦い方」を心得ていたのか？　ザップは本能的にモン族に鬼胎を抱き、慄いていた。「闘争」を知る人間のみが知りうる恐怖だったのかもしれない。

だからザップは、誰よりもモン族を憎み、彼らを抹殺することを最優先に掲げた。この思いはラオス反政府勢力も動かし、まるでそれが正義のような周到さでモン族へのジェノサイドが行われてきたのである。


ザップが画策したモン族に対するジェノサイドは、巧妙で一見合法を装っていた。

その一つがアヘン吸引を強要することによる村人の「廃人化」である。結婚式などのお祝いに大量のアヘンが持ち込まれ、村ごと中毒患者にさせる。これは北ベトナムが直接手を下すことはないので、国際的に非難される心配もない。このような蛮行がラオス北部を中心に公然と行われるようになっていった。

北ベトナムによるジェノサイドは村人の廃人化だけに留まらず、モン族のささやかな伝統的な農耕文化まで破壊した。その一つが、モン族の村の陸稲や餅米など伝統農業から芥子栽培への強制的な転作であった。この転作の強要は、ラオス政府の意向を無視したものであった。山岳部や谷あいの稲田などは芥子の栽培には不向きである。にも拘らず、この政策は強行され、当然の結果として作物は不作となり、農民たちの生活は困窮してきた。餓死者が続出し、村を棄て難民となった者も少なくない。その一方で、芥子畑への転作を頑なに拒否した村落も少なからずあった。彼らのように命令に背いたモン族たちは村を追い出され、土地は没収された。そんなモン族たちの多くは難民となって自分たちの聖地、ビア山を目指したのだった。

無人となったモン族の村には北ベトナムの山岳少数民族が入植し、強引に土壌を変え芥子を栽培した。もちろんそれらは、北ベトナムの軍資金源となった。

四年前……。ブンが拉致されてすぐに国籍の分からない輸送機が飛来し、大量の米と小麦粉をバー・コン村に落としていった。米は数百キロに及んだ。これはバン・パオの軍隊が村の若い男を軍隊に拠出した見返りとして食糧援助する、という約束を実行したのに他ならない。村人たちは、そんな力づくの取引に反発しつつも、バー・コン村の人たちが一年はゆうに生活できる食料供与にとまどいを隠せなかった。くわえて、雨期の終わる収穫期には、今度は餅米の苗が空輸された。ここ数年不作だっただけにこの苗はまさに神からの贈り物に見えた。

翌年の春にも、再び米が空輸されたが、量は激減していた。

ところが、そんな光景を監視していたかのように、空輸から数日して北ベトナム兵とパテト・ラオの兵士が突然姿を現した。

「豊かな村だな」

彼らは高床の米倉庫を一つ一つ確認しながらそう言った。当時、パテト・ラオは米軍から支援を受けている村を調べあげていた。少しでも疑いがあれば〈九五九団〉の指導部に通達、容赦ない弾圧を加えていった。

バー・コン村はここ数年、米軍が荷担しているバン・パオの軍から食料の支援を受けていた。それが発覚すれば、バー・コン村も安泰ではいられないのだ。

そんな時であった。村の入口に立っていた修兵を見て、痘痕《あばた》顔の小隊の責任者が不思議な表情を作った。

「あんた、シュウじゃないか？」

修兵もその男には見覚えがあった。確か、宮本隊が訓練した新兵の一人であった。

「ああそうだ、君とはビエン・サイで一緒だったね」

「なぜ、こんな所に？」

「ブンを覚えているか？」

「ブン……、ああ、宮本隊のところにいた？」

「そうだ。この村はそのブンの出身地なんだ」

「そうなのか。ブンのことはよく覚えているよ。ところで、彼は？」

「バン・パオの軍隊に拉致された。十四歳の二人の男の子も一緒にな。四年前の事だ。だから、その後を俺がこの村を守っている。あそこの子供と手をつないでいる背の低い女がブンの女房だ」

痘痕の小隊長は建物の陰に修兵を誘い、あたりに注意しながら低い声で話し始めた。

「シュウ、気をつけた方がいい。この辺は大変なことになっている。北ベトナム軍が我々を牛耳っている。いままでのパテト・ラオとは違う。あいつらはラオスも植民地にしようとしている」

小隊長はトラックの荷台で煙草を吹かしている北ベトナム軍に目配りをした。

「それから……、北ベトナムはモン族を滅ぼそうとしている」

「滅ぼす？」

「そうだ、民族浄化……、と言うそうだ。フランスやアメリカに味方するモン族を徹底的に弾圧する気らしい」

「この村はパテト・ラオに近い」

「知っているさ、しかし、そんなこと、関係ない。奴らは要するに『モン』が嫌いなんだ。いいか、気をつけろよ」

痘痕の小隊長はそう言い残して村を出て行った。

それから村は一変した。北ベトナム軍が頻繁にやってくるようになり、村の中心に窓のない小さな建物を造らせた。〈ベトナムの愛〉という看板を掛け、そこに大量のアヘンを持ち込んだのだ。そして、友情の証と称して、まず男を中心にアヘンを吸わせるようにした。拒否すると短銃で威嚇をしてまで吸わせた。

北ベトナム兵が持ち込んだアヘンは乾燥したもので、それを煮詰めて上澄みを丸めて「阿片パイプ」の先の受け口に押し込み、火をつける。

バー・コン村の住民全員がアヘンは初めてだった。

独特の饐えた香りが充満する狭い部屋に一人ひとり呼ばれて、パイプを強要された。最初は咽《む》せてなかなか吸えないが慣れてくると横になりたくなるような倦怠感と筋肉の弛緩がある。

修兵にもその順番が回ってきた。修兵の風貌に北ベトナム兵は違和感を持ったが、モン族には中華民族の顔を持つ者も少なくなかったので、悟られることはなかった。

修兵は事情を心得ていたので、肺に吸引することはせず、ゆっくりと口腔で転がしては吐いた。しかし、アヘンを含んだ煙は、微量でも口腔粘膜や鼻粘膜を通過して確実に体内に侵入する。しばらくすると修兵も、スーッと意識が遠のき、不思議な幸福感に襲われるのを覚えた。

こうして、村人全員がアヘンの中毒になるのにそう時間は掛からなかった。二、三ヵ月も経つと、成人した村人たちの勤労意欲が低下し、一日中「ベトナムの愛」で過ごすことが多くなっていった。修兵も知らぬうちに農作業の帰りに「ベトナムの愛」に寄り、わずかだが、吸引した。一日に少なくとも一回は吸いたいという中毒症状が出てきたのだった。気分が爽快になり、何となく元気になったような気がした。何より、一日の疲れが嘘のように消え、幸福な気持ちになれた。しかし、アヘンが切れる時の、やり切れない厭世感と鬱症状に似た絶望感は次第に耐え難いものとなってきた。さらに食欲がなくなり、ひどく痩せてくる。冷静な判断力も減退し、ほぼ毎日の吸引によって、確実に身体が蝕まれてゆくのを感じていた。

アヘンが枯渇し、人々が禁断症状に苦しみ始める頃になると決まって北ベトナム兵と「宣伝隊」と称するベトナムの高地民族服を着た一群が大きなスピーカーを抱え、村々を回った。民族ダンスを見せ、ホー伯父さん（ホー・チ・ミン）を称える歌を聴かせた。ヤシ酒を振舞い、そして「ベトナムの愛」にアヘンを大量に補給したのだ。

村は荒れ、食糧の収穫も激減していった。相変わらず農作業を続けていたのは修兵とアヘンを吸わなかった女たち、そして吸引を強要されなかった数名の老人たちだけとなっていた。

一九六五年二月十八日。

修兵はかろうじて荒れずに残っていた農地で、女たちと乾燥した土を耕していた。女たちが作業を止めて遠くを見ている。

三つか四つ山を越えたあたりで航空機の鈍い音が聞こえた。

女たちはしばらく途絶えた輸送機が食料を運んできたものと思い、手を合わせながらその方向を見つめていた。しかし、航空機ははるかに高く、その幾重にも重なった音から、尋常な数ではないことが分かった。

修兵たちが肉眼で航空機を捉えたのはそれから数分後であった。空を覆うばかりの数の大型爆撃機がバー・コン村の上空をベトナムの方向へ移動していった。すべての航空機がバー・コン村上空を通り抜けるのに数十分を要した。

バー・コン村から東へ約五〇キロ行けばホー・チ・ミン・ルートにぶつかる。

米軍による北ベトナムへの空爆が開始された瞬間であった。

それからというもの、ほぼ毎日、大型爆撃機や戦闘機が飛来し、三月に入るとハノイやホー・チ・ミン・ルートに対して本格的な空爆を開始したのである。バー・コン村からもその砲撃音が聞こえるようになった。

空爆が開始されると同時にパタリと北ベトナム兵の姿が消えた。そして、運命の四月を迎えた。

米軍による北ベトナムへの空爆が開始されて二ヵ月後、バン・パオの軍用車が長蛇の列をなしてバー・コン村一帯に姿を現したのだ。それはあまりに突然で暴力的であった。トラックの荷台にはすでに他の村のモン族たちが溢れんばかりに乗せられていた。

修兵が道路に飛び出すと、殺気立ったバン・パオの兵士たちが叫んだ。

「この村を放棄しろ。ベトナム軍に皆殺しになるぞ。すぐにここから逃げろ！」

「どういうことだ！」

混乱した修兵は思わず叫んだ。バン・パオの兵士はつかみかからんばかりに修兵に迫った。

「いいか、もう時間がない。この辺のモン族は北ベトナム軍の標的にされている。黙ってトラックに乗れ！」

「どこへ行く！」

「ロンチェンの基地だ。そこにモン族は集結して共産勢力と戦う」

「ロンチェン……？」

修兵はその地名を知らない。

「あの家にいる連中はどうする？」

修兵が〈ベトナムの愛〉を指さすと兵士は吐き捨てるように言った。

「ああ、アヘン窟か、燃やしてしまおう。ベトコン連中が作った悪魔の巣だ」

「しかし、中にはまだ人が」

「廃人だ。もう、死んだも同然だ」

バン・パオの兵士はそんな混乱する村人たちを村の入口に集めた。

ブンの妻と子らが修兵の腕に纏わりついた。近隣のモン族の村から収容した避難民を積んだトラックが次々と修兵の前を疾走した。その度に激しい埃が舞い、視界を遮った。風が吹いて埃が飛び散ると、数台のトラックが村の入口に停まっていた。兵士たちは無言のまま、村人たちをトラックに誘導した。村人たちも項垂れたままトラックに乗り込んだのだ。

村人全員の避難が終わったバー・コン村には火が放たれ、〈ベトナムの愛〉が正体の分からない唸り声と共に乾燥した野焼きのように勢いよく燃え上がった。

修兵はそんな風景を朦朧とした意識の中で見つめていた。

何が起きたのだろう……？　自分自身にしっかりしろと何度言い聞かせても、脳髄が機能していなかった。アヘンのせいであることは分かっていた。少量とはいえ、アヘンは確実に修兵の肉体を蝕んでいたのである。

一九六五年五月　ロンチェン

ベトナム戦争が泥沼に突入していった一九六五年、ロンチェン基地に新しい施設が作られることになった。避難民のための施設、という説明だけで、ブンが訓練していた新兵たちがその作業に狩り出された。

ブンたちは作業現場で、外壁を支える細い鉄線の支柱に沿って、脆いレンガを積み、セメントで固める作業をしていた。そんな時の突然の雷雨であった。ブンたちは作業現場から少し離れた倉庫の軒先に移動して雨を避けた。

激しい雨に遮られた風景の遠くから、ぼんやりと人の隊列が見えた。彼らは頼りない足取りで、まるで老人たちが過去のおぼろげな記憶を辿って徘徊しているように見えた。

ブンがその様子に目を凝らしていると、

「廃人たちだよ」と警備の兵士が吐き捨てるように言った。

「廃人？」

「ああ、アヘン中毒者さ」

「アヘン……」

「パテト・ラオと北ベトナムがモン族たちを堕落させるため、アヘンの栽培と吸引を奨励した。その犠牲者たちさ」

「どこから?」

「知らんね。あちこちからまだ軽い奴らが集められている。北ベトナムの悪行を知らしめるためのプロパガンダに使うため集めてきた、という噂だ」

施設の前では数十人の「廃人」が生気のない焦点の定まらない瞳で倒れこむように座り込んで、周囲を見ていた。

ブンが建物に近づくと警備の兵士がライフルで威嚇してきた。

「いや……、この連中はどこから?」

兵士はあからさまに煩わしいという口元を作った。

「さてね、いずれにせよ北のほうだろ。あそこら辺にいるのはベトナム国境近くからだ」

「ベトナム国境近く……」

「入ってもいいか?」兵士は周囲を見回して顎をしゃくった。

ブンは俯いたままのアヘン中毒者たちを一人ひとり見て廻った。

その時、濃い髭をはやした一人の男にブンの目は引きつけられた。ラオス人は総じて髭が薄い。モン族も同じだった。しかし、その男の風貌はモン族には見えなかった。

すっかりこけた頬、白髪が混じったささくれたった頭髪、そして見覚えのある筋の通った高い鼻……。

「……シュウ!」

その男は修兵だったのだ。

修兵は顔を上げ、虚ろな目を精一杯開いた。

「ブンか……？」

「やっぱりシュウか！　良かった！　生きていたんだな！」

狂喜するブンを修兵は抑えるように肩をすくめた。

「ざまもないよ。北ベトナムの連中に村ごとアヘン漬けにされてしまった。バー・コン村は……もう、跡形もなく、村ごと焼かれてしまったよ」

ブンの目が幽冥に沈んだ。

「他のモン族の村も同じだ。焼き討ちに遭ったり、土地を没収されたりして、皆、ここに避難してきている。サーオと子供たちは？　無事か？」

修兵は周囲に目配りをしてブンの肩を握った。

「サーオと子供たちは無事だ」

ブンは眼がしらを押さえて何度も頷いた。

「そうか、よかったよ。それで、今、どこにいる？」

修兵は定期的に襲ってくるアヘンの禁断症状に身体が震え、汗が滲んだ。

「サーオたちとはビア山近くまでは一緒だった。ただ、途中で別々になって、俺はこんなざまだ。ただ、間違いなく彼らは生きている。多分、ビア山の裾野のどこかの村だろう。俺が別れ際に、ブンはロンチェン基地にいるはずだ、と伝えた。だから、きっとお前を探しにくる」

「そうか……。しかし、パテト・ラオに協力した村からの移動だから、簡単には収容施設から出してもらえないだろうな」

ロンチェン基地には早朝、深夜を問わず、絶え間なくおびただしい数の航空機が離着陸していた。攻撃用ヘリコプターに混じって、多くの大型の輸送機も飛来していた。その度に大量の軍事物資がロンチェンに運び込まれ、空になった輸送機には麻の袋に入ったアヘンの原材料が積み込まれた。この年になると中距離の爆撃機が頻繁に離着陸を繰り返すようになった。すべて、ベトナムとラオス国境に沿って一直線に南下するホー・チ・ミン・ルートを爆撃するためである。

その空爆撃の一部は当然ラオス側にも及び、ラオスの基地からラオス領土に空爆撃が行われるという、通常戦争では考えられない蛮行が日常化していたのである。

ベトナム戦争特需で、ロンチェン基地の少し下った辺りはちょっとした地方都市の賑わいであった。モン族の店に交じって華僑の商人たちが店を構え、中には最新の電化製品を売る店もあって、近隣の県都を凌駕する賑わいであった。町のあちこちに大型の発電機がうなりをあげ、潤沢な電力を町の隅々まで供給していた。

駐留する米国軍属やバン・パオの高級幹部用のクラブやダンスホールには、英語のできるタイ人の売春婦が遠くタイの米軍基地から直接、航空機で集められてきた。基地を見渡せる丘の上には、一戸建ての〈ラオス王朝風〉コテージが建てられ、米軍用の宿舎兼売春宿として利用された。ベトナム戦争が激化すればするほど、ロンチェンは栄えたのである。

「ブン、面会だ」

雨期のさなか、湿ったどんよりとした大気が一帯を覆う、そんな日の昼下がりだった。

ブンは午前中の新兵の訓練を終え、修兵が収容されている施設で一日一回配給される苦いラオコーヒーを一緒に飲んでいた。

「面会？」

二人は顔を見合わせ、同じ期待で息を飲んだ。

ブンは飛び跳ねるように立ちあがると、基地のゲートに向かって走った。

下り坂を曲がるとゲートが見える。そこでブンは一度立ち止まり、期待が裏切られないよう自分の〈ピー〉に祈った。

ゲートの陰には背の低い、黒いモン族の帽子をかぶった女が二人の子供の手を握って立っていた。

ブンは感謝の呪文を唱えた後、再び走った。

「ブン！」

サーオは頬を真っ赤にしてブンに手を振った。

「随分待ったぞ。何でこんなに時間がかかったのだ！」

サーオはただ首を大きく振るだけで返事をしない。

「子供たちか？　大きくなったなぁ」

二人の子供はきょとんとしてブンを見つめていた。

「お父さんよ」

「もう六年も会っていないんだ。忘れてしまったんだな」

そう言ってブンは末の女の子を抱いた。

「おお、重くなった」

ささやかな家族の笑い声が響いた。

「俺はパテト・ラオの兵士だったから、基地から自由に出ることが許されない」

ブンがサーオにそう切り出すと、サーオは納得した風に頷いた。

「私たちもパテト・ラオの村から来た、というだけで監視されてきたの。だから、あなたに逢うのにこんなに時間がかかってしまった」

「そうか、辛い思いはしなかったのか？」

「それは……、口では言えないほど」

サーオは両手で顔を覆った。


ベトナム戦争さなかのロンチェン周辺には、四種類のモン族が全く異なった環境下で住んでいたという。

いつも贅沢なものを食べて、米国製の高級酒を好きなだけ飲み、ヨーロッパからの輸入たばこを吹かしながらロンチェンを闊歩しているバン・パオ軍の兵士とその家族。これが高級モン族だ。次が王国に忠誠をつくしてきた選ばれしモン族たち。彼らはロンチェンでも特別居心地の良い住居に住み、贅沢な食事が配給されていた。この、二種類のモン族は、戦況が悪化した時には米軍によって優先的に救出されることを約束されていた。

しかし、これらのモン族たちはロンチェンに住むわずかな人たちであり、多くは下から二番目に位置するモン族たちである。彼らは王国にもパテト・ラオにも加担しなかった〈普通〉のモン族たちであり、ここにいるモン族の七割にものぼる。彼らはロンチェンやビア山周辺に強制的に避難させられ、戦いになると、真っ先に前線に立たされる。

そして、最下層のモン族。その数は一割にも満たないが、彼らは常に監視され、自由を奪われ、差別されたモン族たちである。つまり四番目のモン族がブンや妻のサーオたちパテト・ラオに協力してきたモン族たちである。そして戦いになれば人間の楯となって真っ先に殺される運命にあった。サーオと子供たちはそんなキャンプから逃げてきたのだ。それもじきに追っ手が捕まえに来る。

ブンは落ち着きなく周囲を一瞥して、

「ここを脱出して、タイに逃げよう」と言った。

サーオはそれを覚悟していたようだった。

「いつ？」

「今晩」

「いいわ」

「よし、決まった。ここを下った所にお寺がある。正面に大きな獅子の像があるからすぐ分かる。お前たちはそこで待っていろ」

「分かったわ」

「子供たちに食べさせるものはあるか？」

「ええ、数日だったら何とかなるわ」

「よし、シュウも連れてゆく」

サーオは驚いた表情をあからさまにブンにむけた。

「シュウがここに？」

「ああ、アヘン中毒者の収容施設にいる」

サーオは子供たちを抱きかかえ「シュウおじさん、ここにいるわよ」と周囲に憚《はばか》ることなく大声で泣いた。

血のつながりを越えたブン家族と修兵との深い絆を確認するようにサーオは号泣し続けた。ブンはその光景をみていて、自分の人生にとって修兵という日本人の存在がどれだけ大きく、素晴らしいものだったのかを痛感した。バン・パオの軍隊に拉致されて以来、修兵が自分の妻と子供たちを命がけで守ってきたのだ。

『シュウを救う。どんなことをしても彼の命を守る』

ブンはそう心に決めた。


ロンチェン基地は日が暮れても、闇に閉ざされることはなかった。次々飛来する航空機のために基地周辺は煌々と灯りがともされ、その周辺はまるで悪魔たちの祝祭《カーニバル》のような賑わいが途絶えることはなかった。日が落ちたあとのロンチェン基地はひと時の歓楽に陶酔する「選ばれしモン族」たちと米軍関係者が町に繰り出し、警備はひどく希薄となる。ブンは修兵をアヘン中毒者施設から連れ出すと、正面ゲートの脇を抜け、いとも簡単に基地から脱出した。そして、サーオと合流すると、ブンはプロの眼力で一台のトラックを見つけた。そのトラックはひどく旧式だが、鍵を使わなくてもちょっと細工するだけで簡単にエンジンがかかった。

「さて、長い旅だが、このポンコツで行けるとこまで行くか……」

一九六一年五月　シェン・クワン

ラン・サク村はポーンサワンとサム・ヌアを結ぶ国道沿いにあって、車両の往来がその時々の政情を反映していた。パテト・ラオと王国軍が統合された数年前は王国軍の車両が頻繁にサム・ヌア方面を目指していた。そして、昨年あたりから、王国軍兵を乗せたおびただしい車両が逆にポーンサワンに敗退していくのが目立つようになっていた。

そして、この年に入って、車両は複雑な政情を反映しながら村の前を通り過ぎていくようになった。王国軍は負傷者や白い布で包まれた遺体をポーンサワン方面に運び、パテト・ラオの車両は武器や兵士を積んでサム・ヌア方面に駆け抜けていった。とりあえず、パテト・ラオと王国軍の連立は維持されていたから、国道で戦闘が起きるようなことはなかったが、両者の力関係はもはや歴然としていたのだ。

三月に入ると、王国軍の車両は姿を消した。村人の間でパテト・ラオがポーンサワンの州都、シェン・クワンを解放した、という噂がひろまった。

「シゲル、シェン・クワンが解放されてバスが出るらしい」

ラン・サク村の新しい長老になったブーミーはそう茂に伝えた。

村の人たちは茂が日本に帰ることをうすうす気が付いていたからだった。サランにビエンチャンまで送ってもらう手はずになっていたが、サランはここ数ヵ月姿を見せなかった。しかたなく、茂はしばらく戦闘で中断していた定期バスの再開を待っていたのだった。


五月十日。バスは午前十時頃にラン・サク村の前で止まった。

村人全員が村の入口で茂を見送った。

茂は不思議な気持ちだった。年が明けて帰国する決心をしてからというもの、逆に何かが自分をここに引きとめようとしているように思えた。しかし、その正体を考えているうちに当日を迎えてしまった。ここ数日、いろいろな家族が茂の送別会をしてくれた。茂の幸せのための〈バシー〉も盛大に行われた。茂が面倒をみてきた女、子供たちは決して茂から離れようとしなかった。それだけにこの村を離れることは辛かったが、これ以上留まることもまた考えられないことだった。ある達成感が茂にはあったからだ。少なくとも、あの惨劇の村で彼らを置き去りにしないで、ここで自立できるまで面倒をみた。そんな自負が茂に大きな勇気を与えた。

勇気の結果の先に〈帰国〉があったのである。

帰国を考えると、それもまた、辛いものであった。

サキは他の男と住んでいるかもしれない。いや、熊本には戻らずに東京へ帰ろう。兄貴の所に戻ってもう一度仕事をみつけよう。茂はそう心に決めた。

茂が帰国後の様々な情景を思い浮かべ、夢想しているうちに、バスは山を降りてシェン・クワンの郊外に入った。広々とした田園風景が茂には懐かしかった。四年前、ここでバスを乗り換えて、サム・ヌア方面に向かったのだった。

見覚えのある白い建物は王立民族劇場だ。近くに市場がある。茂は目を凝らした。市場からビエンチャン行きのバスが出ているはずだったからだ。しかし、市場があった場所には難民があふれ、その周囲をパテト・ラオの兵士が治安維持にあたっていた。バスは一度、市場に近づこうとしたが、難民の波に押し返され、街の中心から離れた所で停車した。

「市場が閉鎖されたらしい。ビエンチャンへのバスは新しくできた飛行場の近くから出るはずだ」

バスの運転手が客に向かって大声で叫んだ。

バスは再び動き出し、市街に入った。パテト・ラオのソ連製の戦車や装甲車、トラックが道路を封鎖していて、バスはその手前を迂回して、丘の方へ向かった。悪路を進むと、再び検問があり、バスの乗客は全員そこで下ろされた。

茂がパスポートを見せると、検問の兵士は訝しげな顔を作った。

「ニープン（日本人）……？　ジャール平原への観光客か？」

「ビエンチャンで仕事をしている。ビエンチャンに戻るところだ」

兵士が目を剥いた。

「ここから先の国道は戦闘で閉鎖されている。ビエンチャン行きのバスはしばらく出ない。どこか宿舎を探して待機しろ」

茂の危惧は的中した。そう簡単にビエンチャンに戻れるはずはない。茂は中国人が経営するゲストハウスを見つけ、取り敢えずはそこに荷を置いた。

ベッドに横になり、目を閉じると様々な日本の情景が浮かんだ。

熊本城、繁華街の飲み屋街、横浜、バー〈芥子坊主〉、英弘の義姉の怒った顔、見たこともないサキの子供の泣き声……、サキの尖った乳首……。

そんな時、夢遊していた茂を叩き起すようなものすごい爆音が頭をかすめた。

それは、航空機のエンジン音だった。

窓から大型の輸送機がシェン・クワンの飛行場に向かって着陸するのが見えた。

着陸した航空機は迷彩色に塗られ、国籍を示すものが何もなかった。

茂が目撃したこの国籍を消した輸送機こそ、これからラオスで起きる様々な苦難を象徴するものであった。


一九六一年の初頭にクーデターを起こしたコン・レ大尉率いる反乱軍は、プーマ首相を擁立し、パテト・ラオを主体とするネーオ・ラオ・ハクサート（ラオス愛国戦線）も取り込んで、いわゆる中立派と左派が組んだ新政府を樹立した。彼らはビエンチャンを放棄し、ジャール平原の町、カンカイを新政府の拠点とした。

この地域を軍事的に支配していたのは北部ラオス地域を中心に解放区を拡大していたパテト・ラオであった。共産勢力とプーマ政権が組むことは、結果として米軍の苛立ちを助長し、米軍の介入がエスカレートすることとなった。しかし、米国の後ろ盾で樹立したブン・ウム殿下を首班とするビエンチャン政府も国民の支持が得られず、このままではラオスの〈ベトナム化〉が現実味を帯びてきたことに王国派の政治家たちが気付きはじめた。そこで王国派は、極右の政治家たちを説得し、一時撤退していた国際監視団による調停の再開を依頼した。調停のテーブルに乗るのはラオス愛国戦線とプーマ政権、そして、米国の傀儡であるブン・ウム政権の三派であった。

それが一九六一年の五月のことである。依頼を受けた国際監視団は直ちに調停会議をジャール平原で開催することを決定した。

ちょうど茂がシェン・クワンに着いた五月十二日、国際監視団もシェン・クワン空港に到着し、そのままジャール平原での調停会議に臨んだのであった。国籍を消した飛行機に乗っていたのは、国際監視団の委員たちとビエンチャン政府・右派の代表たちであった。

翌、五月十三日、地元のラジオが〈三派代表が調停文書に署名、平和が回復〉と報じると町は騒然となった。中にはパテト・ラオの旗を振るものもいたが、多くは王国の国旗を振って市内の小さな道が、それまで息を潜めていた人波で溢れた。

五月十五日の夜明け前。茂はゲストハウスのオーナーに叩き起こされた。

「バスが出るらしい。いま、友人から情報が入った。定期便ではないが、誰かが、お金を出してトラックをドライバー付きで雇ったらしい」

茂は荷物をまとめてゲストハウスを飛び出した。

東の空が白み始め、湿った大気が雨季の訪れを暗示していた。

客は茂を除いて全員、華僑たちで、わずかな荷物の他に丈夫そうな小ぶりのバックを抱えていた。

『ドルとゴールド、そして宝石か……』茂は、ここ数年、アジアで起きている無意味な戦いにこの連中がどれだけ関わり、混乱に乗じて金もうけしているのかと思うと、反吐を吐きたい気分になった。

アジアに、いや世界中に華僑はいる。彼らは世代が替わり、そこに土着すると自らを華人と名乗る。彼らは誰よりもその土地の変化に敏感だった。少しでも政情が不安になるといとも簡単にその土地を捨てた。彼らが信じているのはドルのキャッシュと換金可能な貴金属であり、決して、現地の通貨を貯めたりはしない。彼らは徹底的な拝金主義者であり、多少とも心を許すのは自分自身の家族、そして状況に応じて中国の同じ出身地の仲間だけである。

午前五時過ぎ、荷台に座席を固定し、簡易な屋根で覆ったトラックは十数人の〈特別客〉を乗せ南に向かった。西に向かう七号線の橋が全て破壊されているためだという。メコン川沿いのパークサンから国道十三号線を西へビエンチャンに向かうコースをドライバーは手書きの地図で示した。ただし、その道は険しい山岳道でそれにひどく遠回りだった。しかし、他に選択肢はない。

シェン・クワンの市街を抜けると、ジャール平原に続く広い道路に出る。そこにはおびただしい軍用車列が道路を塞いでいた。

「すごいな……」

今、まさに内戦という巨大な渦に巻き込まれつつある現実に茂は思わず唸った。

四年前とは、兵士の服装も軍用車の質も量も一変していた。どこかから巨大な資金が投入され、国家間、あるいはイデオロギーの代理戦争としてこの戦いが起きている……。

しばらくして道は険しい山道に入った。深い山々の斜面を切り開いた赤土の道は、轍《わだち》がクレバスのように口を開き、そのわずかな隙間をトラックは息を切らして進んだ。数時間を経て、山の傾斜は穏やかになり、道幅が広がり、小さな集落が続くようになった。そこから状況は一変した。

まるで黒く澱んだ積乱雲が近づくように数え切れないほどの人の波がシェン・クワンに向かって移動しているのだ。

「何だ、この行列は！」ドライバーが叫んだ。

「北の方から逃げてきた難民だろう」仕切っていた華僑の男が答えた。

難民の波は、見渡せる山を二つ越えても途切れることはなかった。

その時であった。上空を数機の爆撃機が越えていった。

「どこの爆撃機だろう？」

「あれは米国の爆撃機だな。ベトナム国境辺りに一発ぶちこむつもりだ」

「このままでは、今日中にパークサンは無理ね」と女たち。

仕切っていた華僑の男がドライバーの腰を叩いた。

「ひき殺してもいいから前進しよう」

茂を乗せたトラックは、難民の列の僅かな隙間を、クラクションを鳴らし続けながら進んだ。難民は全てモン族だった。その数、数千、いやそれ以上に膨らんでいるように見えた。

数時間をかけて難民の列を抜けると、道が平坦になった。

「やれやれ、ここまでくれば、あとはビア山の麓を越えて一気に南下する」

ドライバーは少し安堵した表情を作ってハンドルを持ち直した。

一時間程走ってトラックが急停車した。気が付くと周囲は爆破されたばかりのジープや装甲車などが転がり、車両から漏れ出した油の臭いが充満していた。戦場の臭いだった。

〈Ｐａ《パ》Ｄａｎｇ《ダン》〉という文字が剥げかかった標識に辛うじて行き先を示していた。

道路は鉄条網や竹の柵で封鎖されており、右手はおびただしい軍用車で埋まっていた。

軍用車列の周辺に兵士の姿はない。

「障害物を取り払って直進だ！」

華僑の仲介人がそうどなった。

ドライバーが躊躇していると、右手の奥で強烈な爆発音が轟いた。

「おいおい、停戦しているんじゃないのか！」

一発目の爆音からしばらく静寂が続いた。

「停戦を祝って空砲を撃ったんじゃないか」

「そうね……、きっとそうだわ」

しかし、そんな呑気な会話は次の瞬間に飛び散った。

ズズズーンと大地を抉るような爆音に続いて、機関銃の甲高い連続音が響いた。

「停戦が破られたんだ。パ・ドンで戦闘が起きた！」

　ドライバーはそう叫ぶと慌てて車に乗った。

「早くしろ、巻き込まれるぞ」

「どっちに行くんだ！」

「戻るに決まっているだろう！」

「いや、待て。落ち着け。ここは強行突破だ。お前が嫌ならここから歩いて帰れ。おれが運転するから」

　仕切っていた華僑の男はドライバーを威嚇した。

「分かったよ……」

　ドライバーは車が通れるスペースを作ると、一気にそこを越えた。後方では途切れることなく爆音が轟いていた。

　初めて経験する銃撃戦が目の前で繰り広げられ、茂は耳を塞ぎ、なす術もなく、トラックの荷台にへたり込んだ。

――これが戦争なんだ！

　架空の空間で眺める戦争はあの火薬が燃える匂いもなく、銃弾が飛び交う尖った殺戮の音もない。今、正に茂の目の前で繰り広げられている破壊の光景は死の鬼胎を伴っていた。

　道は轍が強くなり、タイヤが空回りした。立ち往生しているところへ、突然、緑色のヘルメットに迷彩服で身を固めたバン・パオ将軍の軍隊が道路に飛び出してきて、一斉に自動小銃を構えた。

次の瞬間、無数の小太鼓と金属を同時に激しく叩いたような攻撃的な音が耳元で裂けた。兵士たちのヘルメットが自動小銃の反動に揺れる。

巨大な蚊音のような甲高い金属音がトラックの荷台の金属板で破裂し、鈍い音がして撥ね、トラックは呼応するように横に揺れた。

まず、ドライバーが真っ先にトラックを放棄して飛び降りた。華僑たちもそれに続いた。ドライバーはトラックの下に身を潜めたが、華僑たちは一塊《かたまり》になって地べたを這ってバン・パオの土嚢を積んだ陣地を目指し始めた。その上を容赦なく銃弾が飛ぶ。

華僑の一人が「王様の味方だ！」と手を振った。そして一斉に立ち上がると陣地めがけて走り出した。華僑たちは、パテト・ラオの銃弾の格好の標的となった。腹を撃たれ、噴き出る臓物を押さえながら前かがみに倒れこむ者。胸や腰を射抜かれ膝を折ったまま動かなくなる者。頭から首にかけて連射され、頭が半分ぶら下がった状態で蹲《うずくま》っている者。様々な死に方が茂の眼の前で繰り広げられた。

ドライバーが茂を見つけると「あんたは逃げないのか？」と聞いてきた。

「ああ、これじゃ、どうすることも出来ない。どっちみち助からないよ」

茂は実際、覚悟を決めていた。そもそも、シェン・クワンを無理して出たのが誤算だったのだ。

その時、逃げまどう鳥の喚声に茂は初めて銃声が止んでいることに気が付いた。

「終わったのか？」

「おお、パテト・ラオの軍隊が引き上げているぞ。バン・パオが勝ったんだ」

ドライバーが驚嘆の声を上げた。

茂の隣に隠れていたドライバーが小躍りしながら、荷台から顔を出した瞬間、至近の銃弾がドライバーの頭を貫通した。目を射抜かれたドライバーの頭部が一瞬横を向いたように回転すると、そのままの姿勢で、まるで麻袋を落としたように茂の足もとに崩れた。

茂の体が激しく震えた。ただ、じっと荷台の隅にぴたりと体を寄せ、雨季を予感させる鉛色の雲が足早に通り過ぎる様子を見ていた。雲は風になびいて二つに分裂したり、先が結合したりしながら刻々と姿を変えていた。

激しい銃撃戦の硝煙が時折、低い雲の間に割り込んで、強い火薬の臭いを噴霧した。

茂はラオスの四年間を自分自身でどう総括したらよいものか、と考えた。

こんな所で戦闘に巻き込まれて死んでしまうことが自分の人生なのか……。

「こんな所で死んでしまうわけには……」

そう思った瞬間、猛烈な恐怖が茂を襲った。

逃げなくては、と立ち上がった瞬間だった。

「おい！」

数名のバン・パオの兵士が茂を銃で威嚇していた。

「……私は、日本人だ」

「日本人だと？」

「そうだ。ここ数年、モン族をずっと助けてきた。撃たないでくれ」

精一杯の言い訳だった。恐怖が命乞いになっていた。

兵士は殺気立った表情を少しだけ緩めて茂を陣地に連行した。

陣地では、いましがたパテト・ラオに射殺された華僑たちの持ち物がバン・パオの兵士によって物色されていた。

「これはすごいぞ！　ドルの束と宝石の山だ」

兵士たちは血のこびり付いた現金や宝石、装飾品を机に並べて乱舞していた。

茂が陣地に入ると、数名の兵士が茂を取り囲んだ。

「日本人で、モン族を助けたのだと？」

一人の兵士が訝しげに茂を見た。

「なぜ、シェン・クワンから逃げてきた？」

「ビエンチャンに戻るためだ。私は技術者で、これから日本に帰国するつもりだ」

兵士たちはたった今の戦闘でひどく興奮していた。

「ビエンチャンに戻る？　大笑いだ。この先、国道沿いはずっと戦闘地域だ。むしろ、よくここまで来たよ。まあ、他のお客様は全員死んだがね。我々に大金と宝石まで残してくれて、フン、華僑の豚どもめ」

そう言って唾を吐いた。茂がラオスに来てはじめて見る暴力的で粗野な男たちだった。

兵士たちは、煙草を吹かし、米国産のウイスキーをラッパ飲みしていた。中には檳榔樹の葉を噛みながら真っ赤な唾を吐くものもいて、それぞれがそれぞれの最大限の悪態をついた。

しかし、ある上級将校が入ってきた瞬間、雰囲気が一変した。

全員が起立し、煙草を吸っていたものは床に捨て、ウイスキーを飲んでいたものは吐き出した。

「誰だ、こいつは？」

「日本人です。今の戦闘につっこんできたトラックに乗っていた乗客です」

「何しにきた？」

茂は品格のある口元の将校に好感を持った。この男なら話を聴いてもらえると思った。

その将校は自分の名をバン・フー中尉と名乗った。

茂があらためてその将校を見た。

――フー……。ヨンと同じ苗字だ。

「何か……？」

「いや、よく知っているモン族の友人と同じ苗字なので。彼の名はヨンと言います。確か、お父さんはサム・ヌアの副市長で……」

「プーコン？」

「ええ、確か。ご存知なのですか？」

「私の父ですよ。ヨンは兄です」

ヨン・フーの弟、バン・フーとの出逢いは、茂にとって奇跡でもあったが、同時に地獄への第一歩でもあった。丁度その頃、宮本率いるパテト・ラオの大隊もシェン・クワンを迂回して、パ・ドンの前衛でバン・パオのモン族部隊と対峙していた。

バン・パオ軍は追い詰められ、唯一撤退路を確保していた南に向かって退散し始めた。バン・パオの本隊が撤退を完了した頃、バン・フーは追尾をかわすため、パ・ドンに近い国道側に展開していた。

茂はバン・フーの運転する軍用トラックに乗せられていた。

焼夷弾で焼け焦げた民家から立ち上る煙が風景を遮り、その先にある暴力的な恐怖に茂は慄いていた。その時、唐突にバン・フーが話しかけてきた。

「俺はずっとアメリカにいた。親戚を頼って、子供の頃からだ。親父とお袋がベトミンに処刑されたと聞いて、この腐った国に舞い戻った。そして、アメリカで世話になったモン族の知人に誘われてバン・パオ将軍の軍隊に入ったんだ。アカどもを殲滅するために俺は徹底的に米軍式の特殊軍事訓練を受けた」

また遠くで轟く砲弾の音が地響きのように轟いた。

「怖いのか？」

「ああ、たまらない。何でラオスの戦争に何の関わりもない俺がこんな目に遭うんだ」

「確かにあんたには関係ないな。モン族を助けていた、と聞いたが何をしていたんだ？」

『あんたたちに襲われた村の犠牲者を助けたんだよ！』と大声で怒鳴ろうとしたが、そんな勇気はなかった。

数メートル先で大きな破裂音が聞こえた。さすがのバン・フーも首を竦《すく》めた。

再び大きな爆音がして、今度は数台前のトラックが轟音と共に跳ね飛ばされた。

バン・フーはそれに呼応するように叫んだ。

「全員トラックを降りて、応戦せよ！」

バン・フーは茂の首を押しつけるように休耕田のブッシュに逃げ込んだ。

「囲まれてしまったな。ここでしばらく様子をみよう」

バン・フーは茂を座らせると、自分の背後に聳える山を見た。

山々はまるでライオンの鬣《たてがみ》のように神々しく天に向かって幾重にも重なっていた。その中央にひときわ鋭い円錐頂が見えた。山裾は深い灰色の森林が覆い、やや淡い緑に色を変えながら繁茂した木々が頂まで澱みなく続いていた。

「あそこまで帰らなければ……」

バン・フーはそう一言呟くと、目を険しくした。バン・フーは部下たちを集め、体勢を整えた。

トラックの大きなタイヤの陰に茂は身を潜めた。身体が硬直して、氷のように冷えてきたのが分かった。これが戦場なのだ……。

その時、バン・フーはもう一度自分に言い聞かせるように「あの山に帰らねば」と言った。茂はバン・フーの目線を追って「随分、大きな山だな」と訊ねた。

「ビア山だ。俺たちモン族の聖地だ」

「ビア山?」

「ああ、これからラオスの全てのモン族はあそこに集結して、アカどもと戦う」

バン・フーは自動小銃を右腕に巻くように構えた。ブッシュの奥でおびただしい数の車列が近づいてきた。それに呼応するようにバン・フーの兵士たちが硝煙に烟る中を進んだ。

数分して、強烈な銃撃音が轟き、それは明らかに異なる二つの方向に向かって発射されていた。遠ざかってゆく、音の低い破裂音がバン・フーの兵士たちが撃つ音だ。一方、乾いた摩擦音を発し徐々に攻撃的な高音で近づいてくるのが、パテト・ラオ側の銃撃音である。茂はそんな音の違いを恐怖の中で本能的に聞き分けていた。高音を発しながら近づく音があれば、地べたに這った。

　それでも茂はパニックに陥っていた。茂の頭上で、耳の至近で、そして目の前で飛び交うその音を聞くたびに膝や手、腰が震え、心臓が撥ね、身体は硬直し、小便さえ漏らしていた。思わず「母さん、助けて！」と叫んだ。自分自身では制御出来ない、動物の生き残りたいという本能が命乞いの悲鳴となった。

　硝煙の中を泳ぐバン・フーの姿が見えた。腰を低くしたまま、左右に揺れながら小銃を連射していた。今は彼にすがるしかない。立ち上がろうとした瞬間、一発の銃弾が茂の右の耳元で裂けた。再び腰が抜け地べたに倒れこんだところへバン・フーが茂を抱きかかえた。

「よし、敵は一度引いた。この間に退避するぞ」

　茂を助手席に押し込むと、バン・フーはアクセルを一気に踏み込んだ。タイヤが大地と激しく擦れ合い、その轟音と共に猛烈な埃が周囲を一瞬山火事の煤のように視界を遮った。

　闇の中で、バン・フーの中隊のトラックが一斉にエンジンを吹かし、マフラーから漏出したガソリンが激しく火花を散らした。その風景は二つに分裂したモン族を象徴するかのようで、晦冥に突き落とされた二つの憎しみがぶつかり合い、弾けた閃光になった。

　視界が開けてくると前方に逃亡するバン・パオの兵士たちの後ろ姿が見えた。

　その時、再び激しい銃撃戦がはじまり、バン・パオの兵士たちがバタバタと倒れていった。

バン・フーのトラックはその屍を躊躇することなく踏みつけ、跳ね飛ばしながらも前進した。

茂は硝煙に霞む中に蠢くパテト・ラオの兵士たちの影を見た。

彼らの民族服に身を包んだ姿が懐かしく思えた。

確か……、宮本たちも同じ格好をしていたはずだった。

茂はビエン・サイでのパテト・ラオ兵士たちとの懐かしい同居生活を思い出していた。パテト・ラオの兵士は皆優しく、親切で、そして何より勇敢だった。

しかし、かつて茂を保護してくれたパテト・ラオ兵士がいま、茂に向かって銃を構えているのだ。

埃と硝煙が立ち込める中、茂は全ての風景や音が澱み、感覚器官が急速に麻痺してゆくのが分かった。恐怖からかも知れなかった。あるいは気がつかないうちにどこかを撃たれたのかも知れなかった。

朦朧とする意識の中で、パテト・ラオの兵士たちがバン・フーのトラックに向かって突撃してくるのが分かった。

その中に見覚えのある眼鏡をかけた男がいた。その男は老けていて、若い兵士たちをなだめるように突撃を制止していた。

「藤田さん？」

眼鏡の男の横には顔と耳が半分削げた異相の髭面の男がじっとこっちを見ていた。

「宮本隊長！」

茂は手を振った。

　力の限り振った。

　その時、一瞬だが、パテト・ラオからの激しい銃撃が止まった。

　その一瞬は永遠とも思える静謐で平穏な時間だった。

　その場にいた全ての兵士たちがこの一瞬の静寂に呆然としていた。

「追わなくて良いのですか？」

　足立が宮本に近づいた。

「隊長、一気に叩きますか？　自分の中隊は準備が完了していますが」

「いや、ここまでにしよう。一応、停戦協定もあるし」

　足立が大きく頷いた。

「それより、いま目の前を逃げて行った敵のトラック……」

　藤田が探るように宮本を見た。

「トラックの助手席から手を大きく振っている奴がいましたね？」

　宮本はゴクリと生唾を飲み込むと藤田を見た。

「お前も見たのか？」

「山口さん、でしょ？」

　弛んだ頬を震わせるように宮本は大きく首を横に振った。

「いいや、違うだろう。いや、絶対、違うさ。なぜ、バン・パオのトラックに山口さんが乗ってなきゃいけないんだ。幻影だよ。俺たちもついに幻を見るようになってしまった」

「いや!」

藤田が珍しく語気を荒めた。

「隊長、あれは幻ではありません。私も確かに視力が落ちたが、間違いなく山口さんです」

「そう思うのか?」

「はい!」

「確かに、お前が見たものと俺が見たものが同じとすれば……」

足立が宮本の前に立った。

「隊長、実は私も見ました。手を大きく振っている男は間違いなく山口さんでした」

「バン・パオの軍隊に拉致された、とでも言うのか?」

「ええ、恐らく……」

「どこへ連れて行かれると思う?」

「ロンチェン、あるいはビア山……」

宮本の目が険しくなった。

「モン族が集結しているという、あそこだな」

宮本は眼前に聳える山々を指さした。

宮本が指さした方向には、水田に横たわる水牛のように明確な黒い輪郭をもったビア山の山塊が見えた。そこに向かって敗走するバン・パオの車列の轟音が狼の遠吠えのように響いた。それが幾重にも重なると、ビア山にぶつかり、反響し、苦しみもがく木霊《こだま》となって宮本たちを襲った。

ビア山塊に集結しているモン族たちの悲鳴のように聞こえた。

「お前たち、本当に山口さんを助けに行きたいのか？」

宮本の言葉に藤田も山本も、そして足立も大きく頷いた。

「わかった。俺たちの最後の戦場はあそこだ。バン・パオ将軍とやらを殺《や》り、山口さんを救出するまで……、お前ら死ぬなよ！」

二〇〇六年十一月　東京

司は茂からと思われる手紙二十七通全てをコピーし、日付、内容別に切り取り、一覧表を作った。

出だしの「T　OB．F　S．」とその後に続く日付を表す2、3、4の数字は基本的に全ての手紙に共通していた。さらに一九五八年の二通と一九五九年の一通には横浜の意味の「YK」やヘロインの「H」あるいは重量を現す数字が記載されていた。つまり、その三通は明らかにラオスからヘロインが送られていたことになる。ところが、一九五九年からの手紙にはその部分が無くなっているのだ。例えば「T　OB．F　S．2．4．2．2．3．6．4．6SGR．W　I　N　L　A　N　G．S　A　K　V」と言った調子である。最後の手紙である一九七八年のはもっと短く「2．5．2．7．3．9．4．9．SGR．D　i」とだけ書かれていた。一九七〇年代の手紙は概ね似たような文面で「SGR」という文字が必ず記載されていた。

司は模造紙に切り貼りしながら、この手紙の意味を考えていた。

――ヘロインを運んだのは三回……。LANG．SAK Vが一九五九年と一九六〇年の二回か。一九六一年五月は？

司は一九六一年五月のだけが他の手紙とやや異なっているのに気がついた。

「SGR TO XK LeV IN LANG．SAK V Bt Nt ArV VTE」

さらに一九六二年の手紙には「SGR WiT BP ArM TO BIA MuT」とあった。

それ以降は「CW SerO」とか「MoG MiG」や「MoG Kil a LT」などの文字が散見された。一九七五年の手紙には「VTE FrE」、一九七七年では「BIA MuT FiT」などがあった。

司は再度、高校時代の同級生だった和智芳郎に電話した。

ちょうど二ヵ月前に、茂からの最初の手紙の判読に協力してもらった。

「ああ、いいよ。ただ、仕事中だと何だから、四ツ谷に知っている店があるので、そこで一杯飲みながら見せてもらうよ。そうだ、割勘だぜ。特殊法人とはいえ民間人との接触にはうるさいんだ」

三日後、四ツ谷駅から新宿寄りの一角の繁華街に和智が指定した店があった。

静かな雰囲気の個室のある和食専門店だった。

「彼は覚えているよね。暗号分析の専門家。山岸君だ」

三十代後半の眼鏡を掛けた小柄な男を司は良く覚えていた。司は日付別に手紙をそのままコピーして張り付けた資料と、項目別に分けたものを和智と山岸に渡した。

「なるほど……」

和智は運ばれてきた生ビールを美味しそうに飲みながらその資料に目を通していた。

山岸はすぐに胸のポケットから蛍光ペンを取り出し、盛んに資料にマークを付け始めた。

司と和智が世間話をしている最中も山岸は資料から目を離さなかった。

「どうだい、山岸君。少し休んで一杯飲んだら？」

和智が話しかけると山岸は「はあ、もう少しです」と答えた。

前菜が終わって刺身が運ばれてきた頃、山岸は大きく溜息を吐いてビールに手を伸ばした。

「分かったか？」

「ええ……、まあ」

山岸は曖昧に答えた。

司の肩辺りが緊張で強張った。

「まず、SGRは想像通り山口茂氏のSIGERUの縮小文字です。ここに出てくるVTEもVIENTIANつまりラオスの首都で、航空会社が使うあれです。一九五九年の二通目以降、文中に〈SGR〉が盛んに出てくるところから、恐らく山口さん本人ではなく、誰かが代筆したか、あるいは全く違った人が書いていることになります」

「と言う事は、一九五九年の二通目以降は山口さんが関わっていない？」

「いえ……、関わっているかどうかは分かりませんが、ただ、これらの手紙は山口さんの動向を報告しているようです」

「動向？」

「多分、例えばこの一九六一年の手紙ですが、山口茂さんがＬＡＮＧ．ＳＡＫ村からＸＫという所に行った。しかし、ＶＴＥには行っていない、と読めます。この手紙の特徴は、事前に取り決めた暗号文字以外の言葉は最初の文字を大文字、そしてそれに続く文字を小文字にして区切りの良い文字のつなぎを再度大文字にしているようです。例えば出立《しゅったつ》の〝ｌｅａｖｅ〟は〝ＬｅＶ〟のようにですね。そして、接続詞などは頭を大文字、意味を表す部分を小文字にしています。〝Ｂｕｔ〟は〝Ｂｔ〟あるいは〝Ｎｏｔ〟を〝Ｎｔ〟と言った具合です」

司は腰を伸ばして山岸の持っている資料を指さした。

「それでは、この〝ＭｏＧ　ＭｉＧ〟と言うのは？　えーと、ほら、一九六六年とか、他の年にもありますね」

山岸はしばらく資料を見て何度か小さく頷いた。

「榊さん、この間、モン族がどうのこうの、とおっしゃっていましたね」

山岸の質問に司は目を大きく見開いた。

「ええ、この山口さんは恐らくモン族と深く関わっていたと……」

山岸は和智を見てニタと笑った。

「分かりました。なるほど。これはですね、〝Ｍｏｎｇ　Ｍｉｇｒａｔｉｏｎ〟と読めますね。つまりモン族、移動……。ついでに、このCWはCivil　WarつまりS内戦でSerOはSerious、内戦が激化、ということでしょう」

一九七八年十月　横浜

〈伝説の麻薬ブローカー、東京で逮捕〉

英弘はこの夕刊記事の見出しに思わず息を飲んだ。

英弘は、急に冷え込んだ十月の週末、東京での会議の帰路でこの夕刊記事を読んだのだ。

〈十月二十一日土曜日・東京発。伝説の麻薬ブローカーとして警察が長い間マークしていた飲食店経営、佐竹光（50）を潜伏先の東京都新宿区の容疑者知人宅で麻薬及び向精神薬取締法違反で逮捕した。佐竹は芸能人や富裕層を顧客に、手広く麻薬を売買し、その本性を現さない巧みな手口から業界筋では伝説の麻薬ブローカーと呼ばれていた。今回の逮捕で麻薬Gメンの執念が実った形になった〉

新聞記事を一気に読み終えた英弘は自宅には戻らずに、その足でヨンのアパートに向かった。

「大変なことになった！」

「どうしました？」

ヨンは驚いて英弘を見た。

「サタケ……！　ああ、アヘンを買ってくれた」

「佐竹が仕入れ元のリストを持っていたら我々も危ない。特にヨンは外国人だから目立つ」

「……、どうしたら？」

「ヨン。一度、ラオスに戻れ。茂のこともあるし」

ヨンは少し口元が緩んだ。

『故郷に帰れる……』という期待かもしれなかった。ただ、ヨンの目はすぐに沈んだ。

「でも、ビザが切れていて」

「ああ、それなら大丈夫だ。在留期間の延長手続きはしているのだろう？」

「いえ……、最近は……」

「していないのか！」

「ええ、ここ数年……」

英弘は『しまった』と思った。佐竹が仕入れ先を警察に白状すれば外国人は真っ先に取り調べられる。のこのこ入国管理事務所などに行ったら思う壺だ。しかし、日本にいてはもっと危険だ。

英弘はすぐに知り合いの行政書士に連絡を取った。

「二、三年のオーバーステイで、逮捕歴とか風俗や暴力団と関係していなければ、合法的に帰国して、再来日も可能です」

そう行政書士は答えた。

「いいですか、そのための必要要件を言いますよ。メモしてください。まず、速やかに帰国する意思をもって自ら入国管理官事務所に出頭したこと。二番目。不法滞在以外の退去強制事由に該当しないこと。三番目。入国後窃盗罪など、所定の罪により懲役又は禁固に処せられたことがないこと。四番目。過去に退去強制歴等のないこと。最後が、速やかに出国することが確実に見込まれる、ということです。どうですか？」

「ああ、すべて該当しています」

「では、山口さん。まず、今までの職歴あるいは教育を受けたならばそれを証明するようなものを持って入国管理事務所に出頭させてください。そうそう、帰国の航空券を買えるだけの銀行や郵便局の通帳の残高証明もあったほうが良いですよ」

英弘はすぐに圭子に連絡をして、翌日曜日、一日を掛けてヨンの荷物の整理や帰国に必要な書類を作った。

「随分、急ね」

圭子は訝しげな目を二人に向けた。

英弘は「とにかく、すぐにラオスに戻さなくてはいけない急用ができた」とだけ答えた。万が一にもヨンが警察につかまり、自分たちも共犯となると、いくら北川医師という恩師からの依頼とはいえ、平穏な人生がめちゃくちゃになる。英弘は「そうでなくても最愛の弟を失ったんだ」という思いがあった。「これ以上、平凡な日常を乱して欲しくない」というのが英弘の本音だった。

1978年10月　横浜

翌十月二十三日月曜日、ヨンは一人で入国管理事務所の横浜支局に出向いた。

ヨンを担当した管理官は、うんざりした表情でヨンを呼んだ。

ヨンが流暢な日本語で話し始めると管理官は少し安堵してヨンを見た。

「えーと、ラオスで仕事をしている日本人のお医者さんを支援するNGOで働くため来日、ですか」

「ええ……」

「ずっと、在留延長していたのに、ここ数年、してなかったのね。どうして？」

「うっかり、です」

「それが一番困るんだよね。それにしても日本は長いねえ。もう、二十年近い」

管理官はヨンが出した書類に目を通しながら抑揚のない発音でヨンに接した。それは、故意に外国人に嫌がらせをしているようでさえあった。

隣の受付では別の管理官が、全く日本語を話せないアジア人にどなるように詰問していた。

「だから、理由を言え、て言っているの！『リ・ユ・ウ！』『ワ・ケ！』」

ヨンはここには何度も来たことがある。日本人は総じて親切だが、ここだけはまるで邪悪な性格の日本人だけを集めたのではないか、と疑いたくなるほど不親切で傲慢だった。日本に住む外国人に最も嫌悪されている場所ではないか、とヨンは本気でそう思っていた。

「ちょっと調べてくる」

ヨンに対応していた管理官は席を外し、十分ほどして戻ってきた。

「えーとね。一応、書類は整っているし、前科もなしと。預金通帳にも帰国に足りる残高があるし、まあ、特例だけどね、本来はオーバーステイはね、立派な犯罪だから我々が告訴して、裁判になって、まあ、普通は懲役になるのね。でもね、ここだけの話だけど、大抵は執行猶予がついて、罰金を払って強制送還となるわけ。ただ、あんたの場合、自分から出頭して帰国を希望しているわけだし、国で定める強制送還の理由はないし、逮捕歴もなし。まあ、そんな場合は告訴を特例免除して、いいですか、特例で告訴を免除して速やかに帰国して頂く、ということになるわけです」

管理官はわざと『特例』を強調してヨンに恩を売るような口調で言った。しかし、そのような権限が一介の管理官にある訳がない。『通例』に従っただけなのだ。

それでもヨンが深々と頭を下げて「有難うございます」と言うと管理官は満更ではない表情を作って頷いた。

「ところで、いつ頃、帰国するの？」

「できれば明日にでも。許可が頂ければ、これから旅行社に行って航空券を買います」

「それは良いね。そうして下さい。これから更新申請を受理するための手続きに入りますんでね。ちょっと待っていてね」

管理官はそう言うと「十分くらいだから」と指を立てて席を立った。

ヨンは部屋の隅の壁にもたれながら、この二十年を回顧していた。

最初の数年は夢中だった。真剣に茂の救出を考えていた。しかし、一年、二年と時間が経過するたびにラオスが遠くなっていくのを感じていた。日本は暮らしやすく、平和で穏やかだった。なにも内戦の続くラオスに戻らないでも、こちらで結婚して家族を持ちたい、永住したいと考えたこともあった。しかし、そんなことを漠然と考えているうちにすっかり歳をとってしまっていた。ラオスだったら平均寿命をすでに超える歳になっていたのだ。

「今から帰って何が出来るのだろう？」

ヨンはそんな不安が身体全体にじわじわと沁み込むのを感じていた。

「ヨン・フーさん」

ヨンは管理官の声に我に返った。

「お待たせ。これが在留資格認定書更新を受理したという証明書ね。ただし書きがあって期限は一週間以内だよ。一週間以内に国外に出ないと出国の際、てこずるからね。それから、あんたの場合、再入国は許可されるから心配ありません。まあ、まじめにやっていたらしいからね」

その管理官は珍しくヨンに笑顔で対応した。


バンコクからビエンチャンまでは飛行機が飛んではいるが、便数が恐ろしく少ない。

「一日も早く」という英弘の指令に従って、開港したばかりの成田空港から香港経由のバンコク便を購入した。その日の夕方に出発で、これが今からでも搭乗できる唯一の便だった。

「そうか、今日の便だな。午後、休みを取って車で送ろう。新しい国際空港は遠いから」

英弘は電話口でそう答えた。

ヨンが二十年住んでいた事務所を兼ねたアパートはすっかり片付いていて、数日後には契約を解除して引き払う手はずになっていた。

英弘とヨンは千葉県宮野木まで国道を走り、そこからは開通したばかりの東関東自動車道に乗り、成田空港をめざした。

「再来日は問題ないそうだから、情報を集めて、そうだな、少なくとも一年以内には戻ってきてくれ」

英弘は「とにかく茂の消息を調べてくれ。生きていなかったら墓でもいいから」と付け加えた。

新しい成田空港は開港時の妨害事件で警戒が厳しく、英弘は出国フロアーの手前までしか見送ることが出来なかった。ただ、しばらくしたらまた会える、という気軽さから「じゃ、気をつけて。手紙か電話を頼むぞ」と簡単な言葉を交換しただけで二人は別れた。

ヨンも同じ気持ちだった。状況をみて、また戻ろう。今度は永住が前提だ、と思った。

1978年10月　横浜

ヨンが出国審査の順番を待っていたちょうどその頃、成田空港の出国ロビーに小さな人だかりが出来ていた。

それは、空港職員と成田空港警察署員そして警視庁の麻薬捜査班の刑事たちであった。

「ここではお客様の邪魔ですから事務所の方へ」

空港職員が困った顔で対応していた。

「時間がないんだ。ホシが逃げてしまう」

「ですから、ここではいかんとも。事務所で対応します」

警視庁の麻薬捜査班の刑事たちは時計を見ながら天を仰いだ。

「これからラオス方面に出る便で、ラオス人の搭乗は？」

空港職員が時計を見た。

「ご存知の通り、搭乗者リストでは国籍までは分かりません」

「出入国審査で分かるだろう！」

「それは私どもとは管轄が違います。成田の出入国管理事務所で聞いて頂かないと」

「そんな時間はないんだよ」

刑事が怒鳴った。

「ラオスだったらどう行く？」

「普通はバンコク経由では？　でも、今からはバンコクへの直行便はありません。香港経由か……」

「香港経由？　乗客リストでバンコクまで乗り継ぐ客は分かるか？」

「搭乗リストでは分かりませんが、コンピューターには最終目的地が記載されているはずです。預けた荷物の関係もありますので」

「ここで分かるのか？」

「いえ、ここでは。各航空会社に行かなくては」

刑事はあからさまに悔しい口元を作った。

「くそ、時間がない。飛行機を遅らせることは出来るか？」

「捜査令状か逮捕状は？」

刑事たちは黙った。一人の刑事が「任意だ。任意聴取だよ」と吐き捨てるように言った。

「それでは、無理です。飛行機の定期便というのは時間通りの運用が最優先なのです。少しでも遅れたりするとお客さんにも迷惑がかかりますし、なにより大変な費用がかかりますので」

「どこかを経由してバンコクに行く便は幾つありますか？」

別の刑事が聞く。

「ええ、これからだと、直ぐに出るのがキャセイで、香港を経由して同じキャセイに乗り継いでバンコクに行けます。後は、中華航空の台北経由ですが、これは乗り継ぎが明日です。台北一泊ですね。他は……」

「そうなるとキャセイだな。一組はキャセイの事務所に行って搭乗者リストからバンコクに行く客を調べてくれ。もう一組はキャセイと中華の登場ゲートに直接行って、水際でみつけろ」

午後五時三十分、キャセイ・パシフィックの搭乗ゲートが開いた。

「お子様連れの方、介護が必要な方からの優先搭乗を開始します」

搭乗を待つ客たちが一斉に立ち上がった。

「ファースト・クラス、ビジネス・クラスの方はこちらからどうぞ」

カウンターの女性スタッフがもう一つのゲートを開けた。

数名の客が慣れた足取りでゲートを通り過ぎた。ヨンがゲートの近くに寄ると航空会社の職員がヨンに声を掛けた。

「ああ、お客様は割引の団体チケットではありませんね。こちらからどうぞ」

その頃から流行し始めていた団体割引チケットと通常のエコノミー料金を払った客とは席

やサービスで若干の差をつけていた。ヨンは割引のないチケットだったのでファースト・クラス、ビジネス・クラスのゲートに案内したのだった。

ヨンは軽く会釈して機中に入った。その直後、数名の刑事が搭乗ゲートに息を切らせて入ってきた。

刑事はカウンターのスタッフに「もう、何人くらい搭乗しましたか？」と聞いた。

「さあ、三分の一くらいでしょうか」

「客の国籍は分かるか？」

「ここでは、ちょっと。もう、搭乗が始まっていますので。何か急なことでも？」

「ある事件の参考人を探している。ラオス人だ」

その時、カウンターの主任らしき中国系の男が寄ってきて事情を聞いた。

「麻薬関係の参考人が搭乗している可能性……、ですか。捜査令状かなにか？」

刑事が躊躇していると、「一応、規則で、搭乗を開始しますと、捜査令状や日本国政府からの特別の指示がない限り、許可のない方々の機内立ち入りは固く禁じられています。それに……」

スタッフの一人に連絡が入り「お客様全員の搭乗が確認されましたので、航空機のドアーを閉めたそうです」と刑事に伝えた。

「くそ！　手遅れだったな」

その時刑事に無線が入った。

「バンコクまで乗り継ぐ客は八十名で、ラオス人は一人。名前は……。ええ、主任、ただ、もう手遅れです。飛行機は出てしまいます」

一九七八年十月　ビエンチャン

ヨン・フーはバンコク経由で夜中にビエンチャンに到着した。空港に一歩足を踏み入れると、追われるようにラオスを出国した二十年前と全て一変していた。それは二十年の歳月による変貌ではなかった。明らかに「社会」が変わっていたのだ。

ホー・チ・ミンの肖像があちこちに飾られてあり、その下に新生ベトナムとラオスの国旗が十字を切るように掲げてある。

――つまり、王国から共産国家になっていたのだ。

〈マルクス・レーニン主義万歳〉

この、ロシア革命六十周年を祝う大型の看板がイミグレーションの上にまるで周囲を圧する存在感で入国を待つ人たちを睨む。それは共産主義を象徴する赤を背景に、レーニンが右手で下襟を握り、横向きに未来を見つめている。レーニンの左上に一九一七、そして右側に一九七七とある。つまり、去年がその六十周年で、それだけを見ていると、ここは完全にベトナムであり、ヨンの記憶にあるビエンチャンの面影はなかった。

入国管理官もベトナムの軍服を着用し、険しい顔をしていた。ヨンはパスポートの期限が切れていたことから入国管理で手間取ったが、北川医師支援会の身分保証書や日本での仕事を書いた英文の資料を示すと三十分ほどで放免となった。

そして最後に係官はヨンにこう言った。

「みんなこの国を捨てるのに、お前は良く戻ってきたな」


ビエンチャンは夜中だった。

沈んだ風景は二十年前と変わっていなかった。

薄暗い灯に浮かぶ灰色に沈んだ街並み。

車の途絶えたメイン・ストリート。ラオス文化の象徴だった王国を捨て、共産主義国家として独立を果したラオスだが、この政権交代の後遺症は深刻だった。それは朽ちた建物や穴だらけの道路だけではなかった。

空港の外に出るとその異様さは際立っていた。おびただしい数の兵士たちが機関銃を構えて周囲を威圧していたのだ。その兵士たちの群れが空港から市内までの幹線道路に百メートル間隔くらいで連なっていた。庶民の足であったトクトクも、もちろんタクシーもない。ヨンは警備の兵士たちの脇をすり抜けるように歩いて市街に入った。独立前は夜中までレストランやクラブ、外国人向けのバーで賑わっていた一角も、人通りもなく店もすべて閉じていた。薄明かりに浮かんだ一軒のゲストハウスを見つけ、ドアーを開けた。

「一泊五ドルだが……」

眠たそうに眼をこすりながら、ゲストハウスの主人はヨンを迎えた。

フロントの鍵棚に全ての鍵が残っているところから他に客はいないようだった。

『貧乏くさい国になった……』ヨンの呟きが黴臭い人気のないロビーの中に溶けた。

翌朝。

ヨンは北川の診療所に向かった。学生時代に通いなれていた道は時折軍用車が通り過ぎる程度で、ヨンが記憶している朝の喧騒はなかった。

マーケットに近づいて初めてこの国で何が起きているのかを嫌でもヨンは悟らされた。あの賑やかで、多くの野菜や肉、日用品で溢れていたマーケットが閉鎖されていたのだ。マーケット正面から少し右手にはいつもモン族たちが森でとれた野鳥や野獣、キノコなどを売る一角があったが、そこにもモン族たちの姿はない。あの喧騒と雑踏はどこに行ったのだろう？

「ヨンか！　ヨンだな」

北川はヨンを見て唸るように叫んだ。

北川はすでに七十歳近くになっており、腰が少し曲がり、すっかり老けて見えた。

「ヨンは幾つになった？」

北川はヨンの腕を握ってそう聞いてきた。

「来年……、五十です」

「そうか……、お互い老けたな」

「先生は？」

「六十過ぎてからは数えていないが、まだ七十にはなっていないはずだ」と笑った。

「それにしても、良く帰ってきたな」

北川は眼を潤ませヨンの顔を両手で何度もなでた。

そして、「ひどい事になってしまった」と肩がわななないた。

「ああ、茂君はまだ見つからないよ。英弘君は元気かね？　いや、いろいろ聞きたいことが山ほどある」

北川は看護婦に「今日は診療所を閉める。どうせ、患者はこないだろう」と命じた。

北川は少し背中を丸めて、ゆっくりとした足取りで歩き始めた。

「随分、ビエンチャンも変わりましたね」

ヨンがそう北川に話しかけると、北川は家鴨《あひる》のように顎を突き出して答えた。

「ああ、独立して三年がたった。ただ、私たちが望んでいた国とは全く違う。人が人を信じなくなったよ。あの穏やかなラオスはもうない」

北川はメコン川沿いの堤防の上のベンチにヨンを案内した。

ヨンにとって久しぶりに見るメコン川だったが、対岸のタイは何事もなかったように緑濃い大地が拡がっていた。

ベンチに座ると、北川が盛んに指を気にしている。

「先生、指をどうかしましたか？」

「これか？　爪を剥がしてしまった。化膿して、だいぶ良くなったが、今や抗生剤も手に入らないし、痛みがとれない」北川は包帯を巻いた右指を見せた。

「どうなさったのですか？」

北川は肩を落とした。

「サマキーさ。集団労働」

「集団労働？」

北川は、右指をかばいながらこれまでの経緯を語り始めた……。


三年前……。

一九七五年四月十八日、北川は在ビエンチャン日本大使館に呼び出された。

「緊急安全情報交換会」

日本大使館の呼び出し状の表紙にはガリ版刷りでそう書かれていた。裏表紙には「在ラオス邦人の安全に関し、緊急の情報を伝達し、今後の対応を検討する」とだけ記載されていた。

大使館の一階にある大会議室には、ラオスに滞在する日本人十数名がすでに集合していた。その中には北川が懇意にしている者も少なくなかった。国際協力事業団の職員、ジェトロ関係の駐在員、農業の専門家など、日本人会の常連も含まれていたし、北川の患者もいた。

大使館の谷盛規大使が、分厚い書類を両手に抱えて会議室に入ってきた。

「ああ、皆さん、急な集合で恐縮です。昨日、十七日、プノンペンがクメール・ルージュの手におちました」

あまりの唐突な谷大使の言葉に、集まっていた日本人たちが思わず声をあげた。

「まだ詳しい情報が我々のところに入ってきませんが、プノンペンは大混乱のようです」

谷は空咳をして、書類を広げた。

「実は、サイゴンも時間の問題です。日本国大使館としては、ビエンチャンも近々に共産勢力におちると見ています。従って安全のため、皆さんの本邦への一刻も早い帰国を強く、勧告いたします」

ざわめきが沈黙に変わった頃、北川が落ち着いた口調で谷に訊ねた。

「もし、ラオスの政権が変わったとして、我々ここに住んでいる日本人に何か危害が及ぶことがあるのですか？」

谷大使は北川を眩しそうに見た。

「私たちには分かりません。ただ、日本は米国と同盟関係にありますから、少なくとも友好国とは思わないでしょう」

谷の持っていた書類が少し震えた。

「未確認ですが、プノンペンでは、今日になって市民全員が強制的に市外に退避させられているそうです。また米国籍の外国人やベトナム人を中心に次々に逮捕され、処刑されているという噂も入っています。いずれにせよ、大変な混乱状況でプノンペンの日本大使館も安全ではなくなっています」

国際協力事業団の職員が続けた。

「カンボジアのポル・ポトはベトナムと敵対しています。ポル・ポトはむしろ中国共産党の影響が強く、文化大革命のカンボジア版を実行しようとしているようです。ですから、今後、プノンペンから正確な情報は入りにくくなるものかと」

ラオスで貿易関係の会社を経営している男が手を挙げた。

「それは、どういう意味ですか？」

「ソ連と中国の代理戦争が始まるかもしれない、という意味です」

この一言が集まった日本人たちに決定的な恐怖を与えた。

「また、戦争か……」皆、そんな気持ちだった。

「ビエンチャンの空港はすでに華僑を中心に大混乱で、定期便の航空券はもう取れません。メコン川をノンカーイに渉って、陸路、ウドンターニーに移動した方が間違いないかと」

大使館の書記官が当面の避難方法を伝えると、一人、二人と大使館に集まっていた日本人たちは会議の終了を待たずに退室し始めた。

「ここは一時撤退ですな」

「命がけで商売する所じゃないしな」

そんな声が囁かれるまま散会となった。

「北川先生はどうされますか？」

谷大使は会議室で座ったままの北川の肩を叩いた。

「ええ、私は、もうここの人間ですから、避難しろと言われても……」

「そうですよね。先生はこっちの国籍もあるし。でも、民間の方は良いですよ。皆さん、もう帰国の準備に入った。我々外交官は逃げられません」

谷はそう言って苦々しく笑った。

〈四月三十日、米国帝国主義からベトナムが解放された〉

このニュースは大々的にテレビなどでも放映された。ビエンチャン市民はこのニュースに一見平静を装っていたが、長く王朝の統治に慣れ親しんできた市民にとって、共産主義による統治には言い知れぬ不安があった。経済的に余裕のある華僑を中心とした市民は、さっさとビエンチャンを棄て、隣国、タイに亡命していった。また、王国に与した役人、警察官、軍関係者もまず家族をタイに移し、自らもその機会を狙っていた。

北川を常に追い回していた秘密警察の責任者、セーンもそんな一人であった。彼は戦況が不利と見るや、まず、家族をコンケーンの親戚を頼って亡命させた。そして、ベトナムが解放されたその日、セーンは自ら警察車両を運転してビエンチャンから数キロ離れた人気のない小さな波止場からタイに亡命する手はずになっていた。

四月三十日午後九時、メコン川が大きく西に湾曲する場所は、深いブッシュに囲まれていて見つかり難い。そこにセーンは車に積んであったゴム製のボートを運び、暗闇に乗じて対岸に渡る計画であった。

セーンがブッシュに入ろうとしたその時、私服の数人の男がセーンを取り囲んだ。

一人の男が前に出て懐中電灯を当てた。セーンは自分と同じ臭気を発するその男に、今、立たされている状況がすぐに理解できた。

「秘密警察のセーン部長だな？」

セーンは黙秘を決めた。

「黙っていればいいさ。あんたら秘密警察に拷問され殺された我々の同士の魂がお前を最悪の方法で殺してやる！」
その男はそう言うと「基地に連行しろ」と部下に命じた。

一九七五年五月十三日、ビエンチャンを防衛していた王国軍は、武器を捨て、パテト・ラオの先遣隊の入城を許した。そして王国軍の幹部は身柄を拘束され、北部ラオスの再教育キャンプに送られることとなった。これが実質的な王国政府の終焉であった。翌週の五月二十一日、米国政府を代表していたＵＳＡＩＤ（米国援助局）のアメリカ代理大使が米国へ帰還、直ちに両国は国交を断絶した。名実ともにラオスは共産勢力の手に落ちたのであった。

それから七ヵ月後の一九七五年十二月、王制は廃止された。そして、一九七七年三月、シーサワン・ワッタナー国王とその皇太子は身柄を拘束された。

ビエン・サイには、国王や皇太子以外にも、旧政権の中枢にいた政治家や政府高官たちも多数連行された。その中に混じって、右腕を切り落とされた秘密警察の部長、セーンの姿もあった。

1978年10月　ビエンチャン

「一九七五年八月二十三日、月曜日だった」
北川は唸るような声でそう続けた。
「朝から暑かった。ビエンチャンの町から市民たちの喧騒が消え、パテト・ラオの兵士しか見当たらなくなった頃だ……」

五月に米国がラオスを去った後、北川の診療所では患者が激減した。いつもなら、定期的に薬を取りに来る患者や急患でごったがえしていた。ところが、ここ数日、パタッと患者が来なくなったのだ。この異変は町の至る所でも見られた。商売をやっている華僑の店は閉められ、マーケットも閉鎖された。ビエンチャンの物流が途絶えたのだ。

ビエンチャンの市民はこの町で何かが起きそうなことを直感し、お金のある者は対岸のタイに逃れ、そうでない人たちは家に籠った。八月二十三日早朝、突然、ビエンチャンの町中で宣伝車に乗せた巨大なスピーカーががなった。

「直ちに全市民はタートルアン広場に集まること！」

北川の家の壁が震えるほどの大音響だった。それが市民たちの不安を煽った。妻のソニータが北川の腕を抱きかかえて震えていた。

「とにかく現状を良く把握して、それから次を考えようじゃないか」

北川はそうソニータを説得して外に出た。

『ラオス人民解放軍』と名前を変えたパテト・ラオのおびただしい数の軍用車列がタートルアン広場に向かう道路に現れ、北川たちの前をゆっくりと通り過ぎた。ベトナム軍の制服を着た兵士たちが勝ち誇ったように市民たちを見下していた。中には六筒の中国製のロケット弾を積んだ装甲車もあった。乗っているのは皆、女性兵士だった。その周りを子供たちが珍しそうに取り囲んだ。

その時、北川の耳元でシャッターを切る音が聞こえた。北川は思わずその方向を凝視すると、精悍な骨格をもった三十歳くらいの日本人男性が盛んに女性兵士たちの写真を撮っている。

「取材ですか？」

北川の日本語に驚いたようにその男は振り返った。

「ええ、ずっとラオスの戦争を追いかけています。でも、驚きましたね、こんな所に日本人がいるとは」

「私は、こちらに帰化した医者です」

「もしかして、ピリア先生？」

「ええ」

「ラオスで一番有名な日本人のお医者さんだ。こんな所でお会いできるとは。でも、ラオスはこれからが大変ですよ」

その日本人は竹内と名乗った。ラオスに最後まで居残り、モン族迫害の真実の報道を続けた竹内正右その人である。


タートルアン広場に市民たちが集められ、集会が開始されたのは日が暮れてずいぶん時間がたってからだった。その前に、集まってきた市民全員が解放軍兵士から民族、職業、住所、王国との関わりなどを尋問され、グループ別に分けられた。北川夫妻はビエンチャンで有名な医師であり、皆からも尊敬されていたので、別の担当者が北川に接した。

「ピリア先生を我々解放軍は歓迎します」とその係官は北川に握手を求めてきた。

「今後は新生ラオスのため、是非、一緒に働いて欲しい」

北川の引き攣った顔がサーチライトに浮かび上がった。

「先生には今後もここで普段通り仕事をして下さい。必要な医薬品は我々の軍のものを拠出します。それから、我が軍の有能な衛生兵を助手として派遣します」

北川はそれが監視目的であることは分かっていた。しかし、別段、パテト・ラオに敵対する理由はない。むしろ、腐敗した旧政権に嫌悪していたくらいだったから、この係官の申し出は嬉しかった。王室に近い妻のソニータもひどい迫害を受けなくても済むかもしれない。このタートルアンの集会は、旧政権の残党の炙り出しと政権交代の宣言が目的だった。軍備を誇示しつつも、市民の敵ではないことをことさらにアピールした。


そして、十二月五日の「ラオス人民民主共和国」樹立宣言の日を迎えた。それまでのビエンチャンは比較的穏やかだったが、徐々にだが、日常生活に変化が表れて来た。

まず、早朝の風物詩だった僧侶たちの托鉢が「資本主義的」だとして禁止された。マーケットも市民たちのささやかな屋台での食事も町から消えた。

旧政府の役人や警察官が次々に「自己批判」のためのキャンプに送られたとか、王族たちが亡命先で暗殺された、など様々な情報が市民たちの間で囁かれてはいたが、診療所に戻った北川はどうすることもできない。北川の診療所も王族からの寄付がなくなり、また、きちっと医療費を支払ってくれる患者が激減した。それに代わって、元々医療費など払う気持ちもない地方から流入してきた難民のような患者が増え、運営がいよいよ難しくなっていった。

その後、いくら申し出てもパテト・ラオから約束された医薬品の提供もなく、監視目的で派遣された柄の悪い衛生兵が『禁煙』の診療所で我がもの顔に煙草を吹かし北川を苛立たせた。

独立宣言後は、あらゆるメディアからの情報が完璧なまでに途絶えた。市民たちの唯一の娯楽であったラジオは、共産党のプロパガンダとベトナムやロシアの音楽を流し続けた。人々は嫌悪しつつもラジオから時折流れる海外のニュース番組に耳を傾けた。特にごく近い隣国のタイからしばしばラオスの国情を紹介する放送が流れた。ビエンチャンの人たちはタイ北部の「イーサン訛り」を解することができるので、ラオス国民の象徴だったシーサワン・ワッタナー国王とその皇太子がルアンプラバーンに幽閉されたことも、その後ビエン・サイに送られた事も知っていた。国王は自ら亡命を拒み、ラオス国内に留まったという報は、国王が無事に亡命してほしいと願っていた市民たちを絶望させた。そして、北川が懇意にしていたラオスを代表する知識人、例えばラオス国立大学医学部の教授や著名な作家、芸術家なども行方不明になった。

翌年になると、ラオスの経済は完全に破たんし、六月には新政権が新貨幣の発行を発表、偽札の横行を防ぐため、旧紙幣の流通の停止と破棄を命じた。ビエンチャンでは中央銀行に保管されていた旧紙幣の焼却処分される様子が報道され、市民はいよいよ不安のどん底に突き落とされていったのである。

一九七七年の四月に入ると、政府は突然ビエンチャン郊外での運河造りを発表、市民に労働を強いた。サマキー、つまり強制労働の始まりである。それは旧政府への協力者、非協力者関係なく、子供から大人まで、大量の市民が動員された。

「私は、一九七八年八月、突然、軍からビエンチャン郊外のクオンという所に行くよう命じられた」

北川は遠く見ながらヨンにそう言った。

「クオン？」

「そう、私も聞いたことのない地名だった。そこに運河建設の本部があった。私は『診療所はどうする？』と思わず聞いたよ。すると、ここはこの衛生兵が取り仕切る。お前はそこで医療奉仕活動をしろ、と言われた。唐突で、本当に驚いたよ」

「奥さまは？」

「ああ、一緒に連れてこられた。女房はお嬢様だから、肉体労働の経験もないし大変だったよ。しかし、そんな我儘が通用する雰囲気ではなかった」

「大変でしたね……」

北川は軽く頷き右手を見た。

「その時の怪我ですか？」

ヨンがそう北川に訊ねると、北川はもう一度頷いた。

「ひどい所だった。何千人という市民が駆りだされ、泥まみれになって硬い石を掘り出し、土を削っていた。旧政権が残した大量の重機がいくらでもあるのに、わざわざそれを使わずに、市民に重労働を強いた。これが我々のユートピアだ、と言わんばかりにね。しかし、実際は地獄だったよ」

北川は右指を何度か振るような仕草をした。

「小さな小屋が私の職場だった。粗末な机には本当にわずかな医薬品しかなかった。次々に過労と栄養失調で市民たちが運ばれてきたが、治療する薬も栄養剤も点滴の道具さえなかった。汚れた水を与えれば、今度は消化器をやられてもっと深刻なことになる。本当に医者としてこんな辛い思いをしたことはなかったな」

北川は少し目を潤ませてぼそっと言った。

「本当に、悔しかったよ……」


北川は、メコン川添いにある、古いロシアが作ったというホテルにヨンを誘った。

「学生時代に何回もこの前を通りましたが、入ったのは初めてです」

ヨンは広々としたロビーを眺めながら感嘆の声をあげた。

「社会主義になって、飲んだり喰ったりが大変になった。まあ、健康的と言えばそうも言えるが。今までが不健康だったからなあ」

北川はロビー横のバーカウンターにヨンを案内した。

資本主義的として昼間はアルコール類を出さないが、夜になると新政権の軍幹部や役人がここでどんちゃん騒ぎをしている風景がよく目撃されていた。このホテルはソ連や東欧など共産圏からの外国人専用だが、昼間だけは北川のような顔の知られた民間人の出入りが許されていた。

「ここは静かで、邪魔されない。まだ昼前だから、党のお偉方も来ないだろう。さて、まず山口茂君の事だな」

ヨンの顔が曇った。

「茂君は行方不明のままだ。十七、八年前にサランという男が茂君の手紙を携えてサム・ヌアからやってきた。君たちから寄付してもらったお金の一部を渡したが、ちゃんと渡ったかどうか……。ただ、少なくともその時は生きていたはずだ」

「正確にはいつ頃ですか？」

「そう、確か……、一九五九年の十一月頃」

「それでは、シゲルさんがラオスに来てから……」

「ああ、三年目、ということになる」

「その間、何をしていたのでしょう。ヒデヒロさんとの約束ではサム・ヌアに行ってすぐにビエンチャンに戻るはずでしたが」

「そこだよ。私が知りたいのは何故、茂君がこっちに来て、私を訪ねることなくサム・ヌアに行ったのか。あんな危ないところへ何をしに行ったのかね？」

ヨンは困った。まさか、麻薬の買い付けに行ったなど言えるわけがなかった。

「それにしても、まずは私の所へ相談に来るだろう」

北川はそう言って、運ばれてきたコーヒーをすすった。

一九六二年三月　ビア山

一九六一年五月のパ・ドンの戦いの後、再び停戦協定が結ばれ、宮本が率いる大隊は一度シェン・クワンに戻り、膨れ上がった難民やジャール平原の治安維持にあたっていた。一方、勢力を取り戻したバン・パオ将軍のモン族特殊部隊は、同じ年の八月、十月と大規模な攻勢をシェン・クワンとその周辺にしかけてきて、宮本の大隊は身動きができない状態になっていた。

しかしその後、北ベトナム軍の大規模な介入で、一九六一年末、バン・パオの軍隊をビア山付近まで追いつめた。パテト・ラオと北ベトナム連合軍は、北部ラオス完全制圧までもう一歩というところまできていたのだ。そんな戦況を確認した宮本は大隊長を辞し、当初の目的であるバン・パオ将軍の抹殺を実行すべく、子飼いの優秀なパテト・ラオの部下数人を加えた小隊を新たに組織した。もちろん、その目的の中に茂の救出もあった。

翌一九六二年の一月、宮本たちはシェン・クワンからパテト・ラオが制圧している国道をトラックで抜け、バン・パオの支配地域では農道を徒歩で進んだ。途中、遺棄され荒れ果てた幾多のモン族たちの村を越え、米国の空爆で破壊された少数民族の村では放置された死骸を荼毘に付した。

ビア山の麓に近づくと、一帯は深いジャングルとなり、林道を大きく迂回しなければロンチェンにもビア山の入口にも着くことはできない。しかし、この林道は完全にバン・パオの軍隊の支配下にあった。

そんな時、斥候が一人の農民を連れて戻ってきた。近くに住むラオ族の青年だった。彼はいつも山に入って野獣や野鳥を捕っているという。

「ああ、ビア山の中腹に出る道を知っている。ただ、ひどい獣道で毒蛇や毒虫、それに……、蛭がうじゃうじゃいるけどね」

その青年は欠けた前歯を見せて笑った。

「どうする？」宮本は藤田を見た。

「他に方法はないでしょ？」

宮本は頷き、その青年に託すことにした。

ジャングルの中は想像を絶していた。道は泥濘《ぬかるみ》、熱帯ジャングル特有の魚網のような小枝がいたるところで垂れ下がり行く手を塞いだ。ラオ族の青年は器用に鉈でそれらを切り拓きながら道を作った。川のようになった窪地では、蛭が剥き出しの足首や腿にこびり付き血を吸った。その度に、血を吸ってパンパンに太った蛭をマッチで焼き取った。昼間の行軍で蛇に出会うことは少ないが、巨大な蜘蛛や毒虫が顔や首筋を這った。坂道になると岩肌に繁茂した苔に足を滑らせ、人の身の丈を超える巨木の根が道を塞いでいた。夜はさらに悲惨だった。大きな岩の窪みは湿っていて、滲んだ汗が霧氷のようになって身体を冷やした。時折、暗闇から獣の咆哮が闖入者を威嚇し、わずかな月の光に蠢く蛇の影が揺らいだ。

「隊長、いろいろな所で野営しましたが、ここは凄まじいですね」

藤田が宮本の肩をゆするように言った。

「俺たちの終焉の場所には相応しいかもな」

「寂しいこと言わないでくださいよ」

結局三日を掛けて、宮本隊はバン・パオの軍隊とモン族が集結しているビア山の中腹に辿り着いた。ビア山は標高が二千メートルを超えるラオスで最も高い山だが、独立峰ではなく、幾多の山塊を率いている。南側は比較的開けた田園地帯で、そこから北に向かってまるで猛獣が爪を立てるように兇暴な表情を作ってせり上がっている。南側から見ると幾重にも重なった頂の連なりの中にひときわ堂々としたビア山の山頂を見ることができる。しかし、宮本が歩いてきた北側からだと、ビア山の肩の部分が見えるだけで、魔性の本体は窺い知れない。

ビア山の山頂につながる尾根まで登ると、ジャングルから抜け出し、黒に近い濃密なジャングルが眼下に拡がるようになる。そこからは灌木が繁茂する緩やかな古道となる。この道はビア山の西側からの山道と合流し、古くからモン族たちの聖地への参道として巡礼者によって土砂が踏み固められ、その歴史と信仰の深さが分かる。

古道の両側には古代の祠や巡礼者が旅の安全を願って石を積み重ねたケルンが延々と続く。厳しい上り坂を超えると、覆いかぶさるようなビア山の鞍部にぶつかる。そこにはひときわ歴史を感じさせる大きな祠が無数のケルンを従え建っている。モン族の象徴である黒の帯状の旗がたなびき、上座部《小乗》仏教とモン族のシャーマニズムが混淆した聖像が祠の中に潜んでいた。

そこでビア山の山頂に向かう登山道と、バン・パオの軍隊と避難してきたモン族が立てこもる麓に下る参道とに分かれる。

そして……、この山を東にたどるとロンチェンに至る。


ロンチェン……。


ベトナムやラオスの呪われた厭《いと》わしい戦いを象徴するこの地名は、最も古い土壌と地形を残す「太古の渓谷」の一角にあった。

深い山岳に囲まれた渓谷はごく限られたわずかな少数民族が住むだけの、外界との接触を絶った「忘れられた谷」でもあった。

一九六〇年、この谷の穏やかで静謐な悠久な時間が、一人の米国人の手でいとも簡単に破られた。その米国人は地図と測量機器を持って山間のわずかな窪地を歩いていた。モン族の専門家で航空基地設計技師、ポップ・ブエル、その男である。

ロンチェン基地の存在は、ラオス政府や米国政府はもちろん、パテト・ラオも北ベトナムさえも公式には認めてこなかった。きわめて周到な非合法の山岳空軍秘密基地が、〈エアー・アメリカ〉という米国の民間航空会社とCIAによって設営されたのだ。

建前は……、ラオスの共産化阻止と北ベトナムへの攻撃である。しかし、本音はもっとずる賢く、著しく道徳を欠いた商取引であったかもしれない。

麻薬の輸送と売買……。

そして、歴史に埋没しようとしているもう一つの事実。

それは、ロンチェンを理想郷として集まってきたモン族の終焉の地として……。


誰にも知られることなく、バン・パオ将軍率いるモン族特殊部隊と「モン救援作戦」という偽善を弄して全国から集められた、どの勢力にも与しなかったごく平凡なモン族がこの基地の設営に携わり、若者たちは軍人に仕立てられていった。

タイや南ベトナムの米軍基地から国籍を消した輸送機が公然と飛来し、大量の軍備資材に混ざってスパイや軍人をここで降ろした。そして空になった輸送機はアヘンの原材料の入った大きな麻袋を貨物室一杯に積み込んで戻っていった。

ロンチェンに基地ができると、周囲の雰囲気は一変した。滑走路に隣接した比較的平坦な一角には商店が並び、その周辺には避難してきたモン族たちが次々に定住するようになった。また、滑走路の南側から西に向かってCIAとバン・パオ将軍が指導する広大な軍事訓練施設が建設された。そこに全国からモン族の若者たちが半ば拉致された状態で集められ、兵士に仕立てられていった。

大型ヘリコプターが着陸する度にみすぼらしい格好をした若者たちが次々に降りてくる。「モン族狩り」でラオス各地から集められた若者たちだ。なかには十歳を少し超えたくらいの子供も含まれていた。

彼らは、一度、タイのウドンターニーの米軍軍事基地で訓練を受けた後、ここに連れてこられた。町外れの鉄条網で囲まれた「洗脳」を目的とした「新兵訓練施設」に入れられる。「忠誠」を誓うまでここから出ることはできない。

この施設にブンがいた。

ブンは「不適応モン族」として半ば勾留状態になって一年が過ぎていた。ブンはパテト・ラオに属していた一級の軍人だったので、タイで訓練を受けることなくここに直接連れてこられたのだ。

逃げようと思えば逃げられないことはなかったが、陸の孤島である上に、空路ヘリコプターで連れてこられたので、ここがどこなのかも見当がつかなかった。

ここに送られてきたモン族の若者たちも最初のうちは反抗していたが、半年もすれば、同じモン族の親近感で、徐々に訓練にも積極的に参加するようになっていた。

ブンはロンチェンに連れてこられて一年を契機に、初めて軍事訓練の教官として若者たちに接するようになった。

家族から強制的に離別させられた憤りと恐怖は計り知れないものがあったが、それでも若者たちは健気だった。そんな様子にブンは死なない方法を教えようと思った。

「正確な状況判断と逃げる勇気、そして何より自分に対して強くなること」

ブンの長い間の兵士としての経験から得た知識を、そう教えようと思った。

それから数ヵ月後、訓練所の副所長がブンに話しかけてきた。

「ビア山にまた大量の避難民が集まって来ている。これからトラックで食糧を届けに行くが、お前にも援護を頼みたい。初仕事だな」

「ビア山？」

「そうだ。俺たちモン族の聖地だ。ここから東へ五十キロ程だが、悪路で半日は掛かる。ビア山には宿泊施設が沢山あるので、今日はそこに泊まって、明日戻ってきてくれ」

トラック十台が用意され、一台にはブンたち援護隊二十名程が乗った。他のトラックにはエアー・アメリカから供与された大量の食糧が積まれていた。援護隊の隊長はモン特殊部隊の古参の兵士で、ブンとは何故かウマがあった。

午前十時頃にロンチェンを出発したが、町を出るとたんに悪路となった。

ロンチェンからビア山まで悪路の中六時間を掛け、ビア山塊を遠くに眺められる谷に到着した。橋が破壊されていて、川の浅瀬を渡らなくてはいけないが、トラックは慣れた動きで難なく川を渡る。すると、道幅が急に広くなりその先に蠢く巨大な黒い塊が見えた。

それは、避難してきたモン族たちであった。

ビア山の山頂に続く参道周辺には、上座部《小乗》仏教の寺院に混じって、モン族が独自に信仰する精霊たちの祠が並ぶ。そして、その周辺には、数十軒の茅葺きの粗末な避難民たちの宿舎が軒を連ねていた。

茅葺きの屋根は崩れ、壁も看板も落ちかかり、柱は空襲で焦げてはいたが、参道に沿って立ち並ぶ宿場に往年の門前町としての賑わいが偲ばれる光景であった。

バン・フーの小隊はビア山の参道近くの上座部《小乗》仏教寺院の一角にキャンプを張っていた。

〈ワット・ゲーオ〉。「宝石の寺」という名のその寺は、数年前まで多くの僧侶を配していたが、度重なるベトナム軍の空爆で廃墟となっていた。

　空爆で焼け焦げた仏塔の横には、柱だけ残った本堂があり、屋根にビニールシートが張り渡され、兵士たちが雨露をしのいでいた。その中にヨン・フーの弟で、モン特殊部隊の幹部将校であるバン・フーがいた。

「どうだ、ロンチェンは？」

　バン・フーの質問に援護隊の隊長は答えた。

「ああ、毎日何十機という輸送機が飛んでくる。食料や武器を満載してな。ロンチェンには有り余るほどの食料と、ほら、アメリカ産のウイスキー、チーズや干し肉まで何でもある。凄いぞ、アメリカは。これからどれだけ避難民が来ても食わすことが出来るさ。今日も山ほど食料を運んできた」

　バン・フーは鼻で笑った。

「ほう、しかし、いつまで続くんだ、そんな景気の良いことが」

「お前はアメリカ帰りのくせにアメリカの本当の凄さを知らないのか？　いいか、あっという間に飛行場を作って、大型銃器を運び込み……、そりゃ、狩猟銃や山刀で戦っているアカどもとは桁が違うよ」

　バン・フーは溜息をついて、援護隊の隊長を見た。

「じゃ、何で俺たちが命からがらここまで逃げてこなくてはならなかったんだ？　石器時代の武器をかついだパテト・ラオに散々な目に遭ったんだぞ！」

援護隊の隊長はバン・フーの剣幕に腰を引いた。

「ところで彼は？」

バン・フーは顎でブンを指した。

「ああ、元パテト・ラオのモン族兵士さ。優秀な斥候だったらしい。詳しいことは知らないが、ここに来てもう一年以上になる。今は、軍事訓練の教官をさせている」

バン・フーはブンの精悍な姿に惹かれた。何か精神の糧を持った気高さをブンに感じたのだ。一体何がそうさせているのだろう、とバン・フーは思った。


午後八時、宮本たちは暗闇に紛れてビア山の登山口の参道にいた。

雲に遮られた満月がスーッと姿を現したとき、その光に反射するように数台のトラックが宮本たちの前を横切った。

「隊長、あれですよ。間違いありません。ほら、ＢＰ六九九とあるでしょう。その横の穴。あいつは俺が空けたんです」

藤田は宮本の腕を握りながら一台のトラックを指差した。

「山口さんが乗せられていたというトラックか？」

「ええ……」

「ということは……、この辺りにいる？」

宮本たちは寺の背後に回り、警備の手薄な門から境内を探った。

「この寺には相当数のバン・パオの兵士がいるようです」

山本がそう報告した。

「さて、山口さんがどこにいるかだな」

「兵士たちはあの本堂の中で雑魚寝しています。将校たちはたぶん、横の茶色のテント、警備は手薄で正面の門に二名だけです。しかも、寝ずの番ではなさそうです」

「あの、コンクリートの建物の前に歩哨がいるが……」

「ええ、そうですね。何であそこだけ？」

藤田が腰を折るようにしてそこを凝視した。

「人がいます。蝋燭の火が見えます。ほら横の小さな窓から」

「ここの親分か？」

「そうは思えません」

「自分が確かめます」

最年少の山本が暗がりの中を建物に向かった。

小さな窓はちょうど山本の眼の位置にあり、内部が覗けた。

果たして、建物の中では茂が横になっていたのだ。山本は両手で大きな円を作って宮本に合図を送ると、宮本は「接触せよ」と回答した。

その時であった。境内の樹木が激しく音を立てた。宮本たちの動きを察知した警備隊が宮本たちを取り囲んでいたのだ。

「しまった。取り囲まれた」

「ここは敵を攪乱しましょう。まず、我々が山門の方に敵を誘導する。その間に足立が山口さんを救出する。そして、山を駆け上がって、最初の祠からジャングルに逃げ込む」

藤田の発案に宮本がすぐに呼応した。

「よし、足立はここに隠れて機会を見て山口さんを救出するんだ。いいな！」

「ご命令ですか！」

足立が叫んだ。

「ああ、これは命令だ！　お前と山口さんは必ず帰還を果たせ！」

「分かりました。ご無事で……」

宮本と藤田、そして山本の三人は岩陰に隠れ銃を構えた。

宮本は「いよいよ最後の戦いだな」と藤田と山本を交互に見た。

「ええ、最後までご一緒に」

藤田の覚悟が沈んだ声になった。

「隊長のお供ができて幸せでした」

山本も潤んだ目で宮本を見た。

宮本はごくりと唾を飲み込むと、二人に敬礼した。

「世話になった……」

それからワット・ゲーオの境内では数十分に及ぶ激しい銃撃戦が続いた。

しばらくして銃撃が止んだ。バン・パオの兵士が岩陰に近寄ると、そこには三名の元日本兵の屍体があった。

藤田　要、元日本帝国陸軍少尉、享年四十六
山本五郎、同軍曹、享年四十五
そして、
宮本作治、元日本帝国陸軍大尉、享年四十八

一九七五年五月　ロンチェン

一九七五年五月十四日、米国によって造られた秘密基地、ロンチェンの屈辱の歴史が終焉を迎えようとしていた。ロンチェン基地で働くモン特殊攻撃部隊の兵士とその家族が住む通称〈プー・カン〉という一角は大混乱に陥っていた。三千人近くに膨れ上がった住民が米軍からの最後のヘリコプターを待っていたのだ。その中に、モン特殊攻撃部隊を率いるバン・パオ将軍の悲痛な顔があった。

「諸君、聞いて欲しい」

ざわめく群集の前でバン・パオ将軍はそう切り出した。

「私はここを去るが、心はいつも一緒だ。いいか、共産主義者どもを信用してはならない。武器はこれからも必要となる。私たちの戦争はまだ終わっていない。私たちの聖地、ビア山

に移り、そこで抵抗運動を続ける。それまで、絶対に武器を放棄するな！」

バン・パオ将軍の唇が小刻みに震えた。大型ヘリコプターに乗り込んだバン・パオは「また会おう……」と手を振った。その言葉もヘリコプターの羽音に打ち消された。

それから数時間後、ロンチェン基地はベトナム軍とパテト・ラオに包囲された。それでも取り残された住民たちを救うべく国籍を消したＣ一三〇大型輸送機が何度も着陸を試みるが、激しい銃撃に遭い、着陸を断念した。結局、プー・カンに残された住民のほとんどが殺害され、記録によると、難民として無事にタイ側に避難できたのはわずか数百名だったという。


ベトナム戦争当時、ベトナムを直接攻撃していた戦闘機、爆撃機の多くがここロンチェン基地から飛び立っていた。歴史の闇に潜んだ、この米国によって非合法に作られた秘密空軍基地を米国はもちろん、北ベトナム政府もラオスの王国政府もパテト・ラオでさえも、認めようとはしなかった。

ロンチェン基地にはサイゴンに大量の麻薬を移送するというもう一つの顔があった。膨れ上がる多額の軍事費捻出のため不法に取引された麻薬は「堕落」という強烈な副作用を伴った。快楽と幻覚に溺れた南ベトナム政府軍と米軍は戦意を失い民衆の心は離れた。皮肉にも、ラオス領土内に非合法に作った空軍基地が南ベトナムの自滅に手を貸したのである。

ラオス王国政府はさらに不本意な立場に立たされていた。北ベトナムは南ベトナムへの物資補給経路であるホー・チ・ミン・ルートを勝手にベトナムとラオスの国境をまたぐように建設したのだ。もちろん、ラオス政府の了解などない。この屈辱的な北ベトナムの戦略のため、米軍の空爆によってラオス側に大量の爆弾が落とされ、多くの自国民が犠牲になった。その爆弾もラオス国内のロンチェン秘密基地で積み込まれたのだ。

ロンチェン基地の陥落は同時に、理想郷を掲げた共産勢力に新たな重い課題を投げかけた。民族の融和、平等と自由を謳ったパテト・ラオにとって、反共の御旗の下、多くの一般市民をも犠牲にしたバン・パオ将軍が率いたモン族をどう扱うか？

このテーマの矛先は、まず戦犯であるバン・パオ将軍とその配下に向けられた。パテト・ラオの広報を担うパテト・ラオ通信は「モン族の未来」という社説で「バン・パオ将軍に協力したモン族の軍属、民間人全てを抹殺すべきである」とジェノサイドを肯定する記事を載せた。

さらにラオ族やタイ族といったラオスを構成する主要民族の中心となるグループである〈学生同盟〉がこの社説の支持を表明したことで、パテト・ラオ支配地域ではモン族掃討がパテト・ラオの『意思』として認知されていった。もちろん、一部のパテト・ラオ指導者には否定的な意見も少なくなかったが、バン・パオ将軍の協力者に限り、という但し書きが、その少数意見を葬った。

その『但し書き』も次第に拡大解釈され、ロンチェン基地周辺およびビア山に立てこもるモン族、そしてロンチェンからタイに逃れようとしたおびただしい一般のモン族までが、「合法的」なジェノサイドの対象者となり、その結果は悲惨なものとなった。パテト・ラオの正規軍はジェノサイドに直接手を下すことを敢えて避けてきたが、民兵や学生組織がタイに逃れようとした何万のモン族たちを移動の途中で待ち伏せし無差別に殺戮したのだ。また、森に逃れた別のモン族避難民たちは食料も水もない中で病死、あるいは飢え死にした。一方、ベトナム政府が人道支援というプロパガンダのために用意したモン族の難民キャンプでは、表向きの役割が終わると一切の支援を停止し、その結果、体力の無い老人、子供を中心に無《む》辜《こ》の人たちが飢餓や感染症のためになす術もなく死んでいった。

民兵による、モン族女性に対する強姦事件も少なくなかったという。難民キャンプに押し入り、女だけを拉致し、強姦した挙句殺害し、川に遺棄する、と言った悲惨な事件が相次いだ。さすがにパテト・ラオも放送や新聞などを通じて『モン族難民に対する非情な行動は慎むべき』という警告文を発表したが、実際は黙過していた。

幾多の難関を越え、運よくタイ国境のメコン川にたどり着いたモン族難民たちを待ち受けていたのは、国境周辺に集合していた『自主防衛隊』と名乗る少数民族学生同盟の民兵たちであった。彼らは『真の共産革命の実現を』というスローガンを掲げ『米国帝国主義に加担した悪魔たち』に対して残忍の限りを尽くし迫害を加えた。あるモン族難民の家族は、メコン川の支流に架かる橋の上から民兵たちに突き落とされ、うずくまっているところに橋の上からガソリンをかけられた。そして民兵たちは彼らに火を放ち、生きたまま焼き殺したのだった。また、あるモン族難民の一団は、体力のある男だけが川の中州に集められ銃殺された。それでも逃げ切ってメコン川を泳いで渡ろうとして、川の深みに足をとられ水死した者も数知れないという。

一九七七年二月　ビア山

一九七五年に陥落したロンチェン基地は、その後、南北を統一したベトナム軍とソ連軍の軍事顧問団の情報基地となっていた。そこを拠点に、ゲリラ化したモン族特殊部隊が立てこもるビア山とその周辺に対する執拗な掃討作戦が始まり、すでに数年が経過していた。

一九七七年二月、ベトナム軍が主体となり、ラオス新政府軍、そしてソ連軍事顧問団はモン族に対する掃討作戦を大きく方向転換する。それは、ベトナム戦争の最中米国が北ベトナムやラオスを爆撃したのに匹敵する無差別殺戮でもあった。

ビア山周辺に立てこもるモン族の内、避難民としてここに連れてこられた民間人はすでに多くがタイのモン族難民キャンプに向かって大移動を開始していた。しかし、ラオス新政府は一九七五年に起きたモン族に対するジェノサイドが世に知られることを恐れ、大量のモン族がタイに避難することを阻止した。それが結果としてモン族民間人に対する殺戮、という形で再び顕在化したのである。

敢えて一部のモン族たちがビア山に残ったのは、バン・パオ将軍に対する忠誠というよりは、移動中に殺されることを恐れての判断だった。

そんな一つの集団をバン・フーが率いていた。

彼らはビア山塊で最も大きなバン・ファという村にいた。ここはビア山塊のジャングル奥地を開拓した所で、空からは発見されにくい。幾つかの拠点となる集落を作って、ベトナム軍やパテト・ラオからの攻撃に臨機応変に集落間を移動しながら、敵を攪乱していた。

ビア山に立てこもったモン族たちにもそれなりの戦略があった。まず、ロンチェン陥落前にロンチェン基地から運び出した大量の食料が残っていたことも、このような長期にわたって抵抗できた所以でもあった。また、ほとんど手つかずのビア山のすそ野に拡がるジャングルを開拓し、食糧を自給し、ある種の解放区を作り、モン族たちによる自活した生活を営みたい、というささやかな夢もあった。また、外からの情報が途絶えていたビア山のモン族たちには、こちらから攻撃を仕掛けない限り、その内パテト・ラオもあきらめるだろう、という楽観論も囁かれていた。ビア山に残留したバン・パオ将軍配下の兵士の多くは、米軍の救出機に乗れなかった下級兵士である。しかし、彼らのバン・パオ将軍に対する忠誠心は篤く、そう遠くない将来、必ずバン・パオ将軍が米軍機を引き連れて助けに来てくれる、と信じて疑わなかった。

しかし、ビア山に立てこもるモン族たちにとって着々と進行している『モン族掃討作戦』はそんなに呑気なものではなかった。

長距離砲による砲撃は止む気配がなかったし、パテト・ラオの「決死隊」と称する歩兵部隊がジャングルに突入し、しばしばモン族が立てこもる集落が焼き討ちにあったりした。空からの攻撃も定期的に行われていたが、確かに戦況は膠着状態が続いていた。

ところが一九七七年の二月に入って、パテト・ラオの戦略本部に一通の電信が飛び込んだ。それはパテト・ラオの意向を無視したものだった。『三日以内に、ベトナム空軍はビア山南東の第八区から十一区までのジャングル地帯にナパーム弾による絨毯爆撃を行うことを決定した。この作戦は南東から西側に向かって継続的に実施する』というものであった。

このベトナム軍によるビア山への戦略の大きな転換は、戦況を一変させた。

無差別殺戮である。

ナパーム弾により、ジャングルは燃えつくされ、樹冠に隠れていたゲリラたちの集落や基地が丸裸になった。そこに間髪を入れずソ連製M8大型ヘリコプターが容赦なく機銃掃射を見舞ったのだ。米国がベトナムで行使し世界中から非難された無差別攻撃を、今度はベトナムがモン族に行った。

隠れ場所を失ったモン族たちは逃げまどい、ナパーム弾の直撃を受けた者は跡形もなく焼け焦げ、そこへ機銃掃射が追い打ちをかけた。老人も子供もない。乳児を抱いた母親も、母親の手を握る子供たちも、足を引きずる病人も区別なく、容赦ない無差別殺戮がビア山周辺のジャングルで展開されたのだ。


茂は辛うじてナパーム弾から逃れ、わずかに残った森林に身を隠していた。大きな岩の窪みは、同じように避難してきたモン族たちで溢れていた。

茂は栄養失調からくる慢性的な下痢とマラリアの後遺症の貧血から意識が朦朧としていた。バン・フーはそんな茂から離れることなく、常に傍らについていた。

「申し訳ないことをした……」

最近のバン・フーはいつもそんな言葉を口にするようになっていた。

「貴方には関係のない戦いだったのに」

次々に運び込まれるナパーム弾で黒焦げになった遺体や砲弾で裂けた肉片を掻き集めながら茂にそう呟いた。

茂は風船が少しずつ萎んでゆくように自分の生命が衰退してゆくのが良く分かった。もう、十何年も、監視されながらビア山の周辺を逃げ回り、常におびただしい死体と一緒に過ごした。硝煙と腐敗した死体の臭いと、逃げまどうモン族たちの肉体から発せられる耐えがたい体臭と汚物の臭いと共に茂は自分の人生を考えた。

『ちょっとした青臭い人道主義が自分の人生をここまで狂わせた。あそこでモン族たちの迫害に接しなければ、無事にビエンチャンに戻れ、そして橋脚工事が終われば、日本に戻って……』

地獄絵図と夢想が折り重なるように茂の惚けた脳髄に浮かんだ。

その時、茂は、森の奥でサキがはだけた浴衣姿でじっと茂を見つめているような幻影を見た。

サキは少し口元に笑顔を作って右手で手招きをする所作をした。手招きした方向からおかっぱ頭の女の子がはにかみながら出てきて、サキの右手を握った。サキはその女の子の目線に合わせるように膝を折ると、茂の方を指さした。

『お父さんよ』

茂にはサキの口元からそう読めた。

『お父さん？』

『圭子のお父さんはラオスにいるのよ』

『ラオスって？』

『お母さんも行ったことのない、遠い国よ』

『お父さんは帰ってこないの？』

『……』


茂は涙が止まらなかった。わずか一通の悪意ある手紙でサキを疑った自分が悲しかった。自暴自棄になってモン族の部落に残った。自分はもっと自己中心的で人助けなど興味がない人間だったはずだった。サキに裏切られたという思い込みが自分を偽りの聖人にしてしまったのか？　いまは、そんなことより無性にサキに会いたかった。そして、会ったことのない圭子という娘もこの手で抱きしめたかった。

生き続けたいと痛烈に願った。


茂は空ろな目で「どうしたら、助かる？」とバン・フーに聞いた。

バン・フーは茂を見て微かに首を横に振った。

「難民になってタイを目指す……？」

茂がそう言うとバン・フーの目が少し光った。

「そうだな。ここで殺されるのを待つか、国道で待ち伏せに遭って殺されるかの差はあるが、ここまで追い詰められたら、逃げられるだけ逃げた方が、多少は希望があるかもしれない」

茂は初めてバン・フーの弱音を聞いた気がした。

「歩けるか？」

バン・フーは茂の腰に手を当てた。

「ああ……、多分」

「ここに残ったモン族は約三〇〇人。長距離を歩けそうなのがその半分だ。年寄り、病人は置いてゆくしかないな」

「……」

茂は、自分ではもうどうすることも出来ないことを悟っていた。確かに多くの老人や病人は立つことすら出来ない。彼らを遺棄するしかないのだ。

「すぐに出発するのか？」

バン・フーは分からないほどに頷くと、村の中に入って拡声器を持ち上げた。

「バン・ファの村民諸君。我々はここから出て、タイの難民キャンプを目指す。これは命令ではない。動ける者は私たちについてきて欲しい」

バン・フーの声が焼け焦げた村の中に空虚に響いた。

茂は手ごろな木の枝を杖代わりにして立ち上がった。

ナパーム弾で焼畑の痕のように焼け焦げた道をバン・ファの村人たちが麓に向かって下り始めた。

バン・フーは数キロで県道に出られる所まで来て、初めてヘリコプターの音に気がついた。

周囲には姿を隠す森が無い。

バン・フーは用意した大きな白い布を広げた。民間人である印の白旗である。

ヘリコプターは攻撃することなく茂たちの上空を何回か旋回した。

そして、花火が炸裂するような尖った音が上空で轟いた。それは明らかに銃声のそれとは異なっていた。すると、バン・フーの掲げた白い布が黄色に染まった。バン・フーは黄色い粉のようなものを布から叩き落とすと自分の口を覆った。しかし、事情を理解できない茂は上空を呆然と眺めていた。すると、一人二人と激しく咳き込みはじめ、ある者は腹を押さえながら嘔吐した。

茂はまず目がかすみ、呼吸が苦しくなった。いくら咳をしてもその症状は治まらなかった。その内、意識が朦朧としてきて、立っていることが辛くなった。茂は無性に横になりたくなり膝を折り曲げると、視覚を喪失してきて思わず両手で大地を探った。

「シゲル！」バン・フーが茂を抱きかかえた。

「息をするな！　これは生物兵器だ。逃げよう」

そう言ってバン・フーは近くのブッシュに茂を運んだ。

茂はどうでもよかった。それより、最近経験したことのないほど安楽な感覚だった。身体中のすべての力が弛緩し、まるで上質な真綿の上で横たわっているような快感だった。

「寝かせてくれ……」

茂がそう言うと「だめだ！　眠るな！」とバン・フーが叫んだ。

『眠るな？　何で寝てはいけないんだ？』

一九七八年十月　パークサン

ビア山に留まったモン族たちは共産連合軍との激しい攻撃に曝されていた。戦いは圧倒的に共産連合軍が優勢で、バン・パオの軍隊の残党たちと民間人たちは徐々にビア山を放棄し、難民としてタイの国境を流れるメコン川を目指さざるを得なくなった。

北川はそんな戦況を報じるタイの新聞に見入って顔を曇らせ、眉間に皺を寄せた。

「とにかくひどい状況だ。政権が交代して三年もたつのに一部のモン族はまだビア山に立てこもり、抵抗運動を続けている。ビア山から逃げ出した連中も、途中で次々に殺されているらしい」

北川の横には、うなだれるヨンの姿があった。

ヨンは北川を慮るような口調で訊ねた。

「パークサンにモン族の難民が集まっているというのは本当ですか？」

「ああ、そういう噂だが、新政府は一切の情報を流さない。時々タイのラジオが伝えるくらいだ」

ヨンは少し強い口調になった。

「北川先生、パークサンに行ってみたいのですが」

「パークサンへ？」

「ええ、難民キャンプに行けば、シゲルさんについて何か情報が得られるかも知れないと思うのです」

「そうだな……。しかし、まだ治安がなぁ。特に国道十三号線は」

「それは覚悟の上です」

「ただ、お前もモン族だし、一人では危険だ。私が付いて行ってあげたいが、診療所もあるし、それに体力が心配だ。そうだ、私の知り合いに新政府に顔の効くのがいる。彼と相談してみよう」


翌日、軍用車が北川の診療所に横付けされた。

降りてきたのは二人。一人が北川医師の古くからの友人でシェンコンといった。

もう一人は北川の知らない男だった。顔つきからしてベトナム人に見える。

「パークサンには大変な数のモン族の難民がいます。対岸のタイ政府が難民の受け入れを停止したため、パークサンで足止めになっています。食料もないし、大混乱です」

シェンコンは隣にいる男を気遣いながら、やるせない顔で北川を見た。

「新政府は……、要するに見せたくないのですよ。モン族のことは封印しておきたい。ただ、難民の中に日本人がいるとなると国際問題です。人権問題にもなります」

その時、シェンコンの隣にいた男が口を開いた。訛りのあるラオ語だった。

「情報が漏洩しないことを条件に許可しても良いと思うが」

北川は訝しげな表情を作った。

「あなたは？」

「カオキ大尉。ベトナム軍の情報士官です」

シェンコンが申し訳なさそうに俯いて呟いた。

「私は今、彼の部下ですから」

北川はずっとこの新政府がまるでベトナムの傀儡のごとく機能していることに嫌悪していた。何事もベトナムの顔色をうかがわなくてはならない。これではフランス統治時代と何も変わらないじゃないか！

王族もことごとく国外追放され、自由と友愛を尊んできたラオスの穏やかな風土が日増しに失われてゆくことに、北川は絶望感がつのる思いを禁じ得なかった。


国道十三号線は、南はベトナムの国境、ヴィン・カーンから北は中国の国境の町、ボーテンまで続く、ラオスを南北に貫く交通の大動脈である。国道十三号線はフランス統治時代からこの内戦を通して常に戦いの中にあった。

パークサンはビエンチャンからメコン川沿いに南東へ百五十キロほど、この国道十三号線沿いにあった。

道は舗装されていたが、内戦時代の米軍による空爆であちこちに穴があき、橋もことごとく破壊されていた。しかし、一九七五年の独立以降はベトナムやソ連によって大掛かりな復旧工事が行われていた。

パークサンに近づくと、状況の異様さが伝わってきた。パークサン近郊からすでに政府軍が厳戒態勢を敷き、通過する全ての車両、乗用車はもちろん、牛車、馬車、自転車からバイクに至るまで厳重な検問を行っていた。

パークサンの市街は田舎町とは思えない商店街とレストラン、それに宿泊施設が立ち並んでいる。それは、まだ内戦が終結していない一九七〇年代半ばに、日本を初めとする先進諸国のダム建設の拠点として栄えていたからである。

シェンコンが運転する車は軍関係の別ゲートから通過した。その先は車両一台が辛うじて通れるスペースを残して装甲車や軍のトラックで埋め尽くされていた。

その先に黒い集団がうごめいている。メコン川を覆うその黒い巨大な集団はモン族の難民たちであり、彼らの体臭と排泄物で一帯は強烈な悪臭が漂っていた。子供そして老人が中心で、皆、ひどく痩せ、やつれて見えた。

衣服は綻び、汗と泥で真黒になっていた。気の遠くなるような長く過酷な避難生活が偲ばれた。今は正規の政府軍となったパテト・ラオの兵士がメコン川の川縁に沿ってライフルを構え、難民たちを威嚇する。

赤十字やNGOが提供したわずかな食料が一日に一回振る舞われたが、それでも毎日、老人や子供を中心に何十人となく息を引き取った。

放置された遺体は腐乱し、排泄物に混じって耐え難い強烈な悪臭を発していたのだ。

「ひどい臭いだな」

カオキが鼻を摘んで薄ら笑いを浮かべた。

捕虜にしたバン・パオの敗残兵の中には幹部が数人いて、近々に処刑する段取りだと、パテト・ラオの将校がシェンコンに耳打ちした。

「その内の一人はバン・パオの側近だったらしい。どうします？」

「そいつらなら、いろいろ情報を持っているかもしれないな」

パテト・ラオの将校は大きく頷いた。

町の入口には大きなバリケードが築かれていた。

そのバリケードの手前に「The War Crimies Camp（戦犯収容所）」があった。

バン・パオ配下の軍人は戦犯として、民間人とは別に扱われていた。しかしバン・パオ軍の多くの兵士は民間人に姿を変えていて、見分けることは難しかった。

それでも、バン・パオの兵士に恨みを持つモン族は少なくなく、密告によってすでに数百人のバン・パオ軍の兵士が捕らえられていた。

竹を編んで組み立てた急拵《ごしら》えの「刑務所」は屋根も無く、木陰で雨を避けるしかない粗末なものだった。

バン・パオ軍の将校の施設はその一角にあって、二重の竹柵で囲われていた。

収容されている将校の姿からは勇敢で残虐なバン・パオのモン特殊部隊の面影はなく、貧相で見る影も無かった。

そんななかで、一人だけ鋭い眼光を絶やさない男がいた。

カオキがまず、中に入り、バン・パオの将校たちを並ばせた。癖のあるラオス語で叫んだ。

「お前たちの処刑の日がもうすぐ決まる。戦犯として裁かれるのだ」

バン・パオの将校たちは沈んだ目をカオキに向けただけで俯いていた。しかし、その眼光の鋭い将校だけがカオキから目を逸らすことはなかった。

ヨンの目が突然厳しくなった。

何度か瞬きをして、今度は光を放つほどに鋭い目でその将校を見つめた。

ヨンは少し震えた声でその将校に声を掛けた。

「バン……か？」

「あっ！」

その将校はヨンを見て息を呑んだ。

彼こそヨンの弟、バン・フーであったのだ。

ヨンはバン・フーに近寄ろうとした。しかし、バン・フーはそれを拒否した。

「だめだ。来ないでくれ！」

カオキがバン・フーに近づき、にやけた口元で話しかけた。

「何だ。お前はヨンの弟なのか？　お前からいろいろな情報が欲しいと思っていたところだ。我々はバン・パオの将校全員を戦犯として処刑することに決定した。が、事と次第では減刑もありうる。どうなるかはすべて俺に任されている」

バン・フーはカオキを一瞥すると「不名誉な助命など、誰が！」と言い捨てた。

「まあ、いい。じっくり、久しぶりの再会を味わわせたいところだが、そうはいかない。俺たちはある国際問題に直面している。ビエンチャンに有名な日本人のお医者さんがいてな、その先生の知り合いの日本人がビア山の攻防に巻き込まれたらしい。お前の兄さんがその調査にわざわざこんな汚い所に来たんだ。お前のような立場だと、その辺の情報に詳しいだろう？」

バン・フーの目が沈み、悲嘆に澱んだ。

「日本人て……ヤマグチ？」

「ああ、そうだ！　ヤマグチ・シゲルだ。知っているのか？」

バン・フーは首を大きく振った。そして、肩を震わせ、頭を掻《か》き毟《むし》った。

「まさに黄色い粉だった。雨のように降り注いだ。俺は直ぐに布で鼻と口を覆ったので、目はちかちかして痛かったが、その粉を吸わずにすんだ。しかし、他の連中は呼吸困難を起こしてばたばたと倒れた。全員だ。ヤマグチも倒れた。直ぐに安全な場所に運んだが……」

「だめだったのか？」

バン・フーは大きく息を吸い込むと、膝を落として、両手で顔を覆った。

このビア山の攻防で使用されたという『黄色い粉』は、未だに真実が明らかにされていない。めまい、吐き気、吐血など激しい症状を起こして死に至る。これはソ連製の『黄色い雨』と呼ばれる生物化学兵器とされている。ラオスでも多くのモン族がこの毒ガスの犠牲になったとされているが、ソ連はもちろん、米国も他のいかなる関係諸国もこの事実を認めていない。

一九八〇年一月　ビエンチャン

北川は一日の診療が終わり、いつものように診療録に患者の記録を記載していると、診療所の入口の物音に気がついた。

北川が診療録をしまい、待合室に向かうと、入口にうずくまる人の影を見つけた。

「急患ですか？」

北川がラオス語で声を掛けると、その影がのそっと立ち上がり、無精髭と長く伸びた白髪のわずかな隙間から老人の澱んだ目が光った。

すると、絞り出すような濁声の日本語が返ってきた。

「北川先生……、お久しぶりです。宮本隊の足立です」

「足立さん！」

足立は精一杯背を伸ばし、北川に向かって敬礼した。

「宮本隊は自分を除いて全員戦死しました。恥ずかしながら、自分だけが生き延び……」

足立はそこまで言うと崩れるように号泣した。

「一九六二年頃です。自分たちはバン・パオの暗殺と山口さんの救出のためビア山に向かい、山口さんを見つけ出したのです。しかし、救出直前に警備隊と交戦となり、隊長も、藤田少尉も山本君も……」

足立は茂の救出を試みたが、激しい抵抗に遭って撤退を余儀なくされた。足立も逃走中、ボーリカムサイ県のバン・タセという村付近で病に倒れ、村人に保護されたという。バン・タセ村で数年間、病に伏せたが、病が回復した一九六五年頃に、足立をずっと面倒をみてきた戦争未亡人と結婚し、バン・タセ村で第二の人生を歩み始めていたのだった。

「その頃が自分の歩んだ人生の中で最も幸福だったかも知れません……」

足立は北川にそう言って遠くをみつめた。


一九七五年十二月、六〇〇年続いたラオス王制が廃止され、共産勢力による共和制へ移行した。国名も現在のラオス人民民主共和国となった。

このニュースは足立の住む村にも伝えられたが、ボーリカムサイ県の山岳地帯の村では、長く王国時代の伝統が守られラオス王族に対する忠誠心が強い地域であった。バン・タセ村は温厚なラオ族で構成されていたが、村人の敬虔な仏教徒としての施しの気風につけ込んで、新政府樹立後も多くのバン・パオ軍や王国軍の敗残兵がこの村の周辺に集まり、キャンプを張り抵抗運動を続けていた。

そのような背景もあって、新政府はこの地域を反政府的勢力の本拠地になることを恐れ、掃討の機会を狙っていたのであった。

バン・タセ村近郊で起きた最初の大きな衝突は一九七八年の十一月、ビア山から避難してきたバン・パオ軍兵士と民間モン族五〇〇名余りが新政府軍によって殺害された事件であった。

遺棄された死体からの感染病を恐れた政府軍は、バン・タセの住民を狩り出し、村の外れの休耕地で死体の処理に従事させた。これこそがバン・タセ村が直接、モン族との抗争に巻き込まれた最初の事例であった。その後、一九七九年の初頭には、村に逃げ込んだバン・パオ軍兵士を匿ったとして、長老や村長が裁判も無く銃殺された。この事件では、ラオ族のパテト・ラオ幹部による猛烈な抗議で「不幸な偶発事故」として一応の決着をみた。

しかし、その後もバン・タセ村周辺の村々では「モン族狩り」が続いた。特に、その年の春、大量のバン・パオ軍の敗残兵と民間モン族が足立の住む村に逃げ込み、村人が政府軍の攻撃に巻き込まれる、という悲惨な事件が起きたのである。


「信じられない光景でした。数え切れないほどのモン族が村に入ってきて水を飲ませてくれと懇願する。村人は報復を恐れてそれを断ると、バン・パオの兵士が銃で恫喝する。するとまるでその状況を確認したかのように攻撃ヘリが村を襲いました。無差別でした。バン・パオの兵士は民間モン族をおいて森に逃げました。残されたモン族も自分たちも逃げ場がありません。自分は、何とか村人を森に逃がそうと必死でした。妻は子供たちをつれて村の公民館に逃げました。そこはコンクリートで出来ていて、頑丈と思われました。自分も妻の後を追いました。公民館まであと数メートルという所で、自分の背後から迫るヘリコプターが急に上昇しました。その激しい風圧で自分は地面に叩きつけられました。前を見ると、上昇するヘリコプターから一筋の煙が公民館に向かって飛んでゆくのが見えたのです。自分は思わず耳を塞ぎました。爆弾は公民館の屋根を突き破りボン、という鈍い音が聞こえました。

次の瞬間、公民館がグラリと揺れたかと思うと、一瞬のうちに……風船が破裂するようにあっという間に粉々に崩れたのです。そして、激しい火災が起きました。自分は焼け爛れた公民館のドアーを手ぬぐいに包んで開けました。そこは……、火の海で……、何十人という子供や女たちが炎の中で踊るように焼かれていました」


足立はそこまで北川に一気に話すと顔を覆って激しく肩を震わせた。

「地獄です。何の罪も無い、子供や女たちが、私の妻も……」

北川が足立の肩を抱いた。それしか成す術がなかったのである。

「自分はこの後、身元の判別も出来ない焼け焦げた遺体や銃弾に倒れた人たちを荼毘に付すのにひと月掛かりました。毎日、森に入って枯れ木を集め、石灰をかぶせた遺体を掘り出しては焼くのです。一つの遺体を焼くのに半日は掛かります。毎日、毎日、自分は祈りました。仏様でもいい、彼らが信じているピーでも良い。とにかく祈りました。自分は北陸の生まれですから『南無阿弥陀仏』をずっと唱えていました。何人目の遺体だったでしょうか。僅かに動いたような気がしたので、石灰を取り除きました。身体は完全に焼け焦げて木炭のようでしたが、顔を覆って堅くなった手を動かすと……、焼けずに残った妻の顔が見えました。自分は妻が呼んだのだと思い、思わず妻の顔を撫でました。すると、皮膚がぼろっ、と剥げ落ち、目が落ちてしまいました。初めて自分は妻が死んだことを悟りました。死んでしまうと、人は醜く朽ち果て、私たちに永遠に語りかけることが無いことを知りました。自分は初めて絶望、というものを知り、死のうかと思いました。妻や宮本隊長たちのところに行こうと思ったのです」

一九七八年三月　ロンチェン

共産勢力が政権を握ってから、ロンチェン基地周辺は政府の直接管理下に入り、ジャーナリストはもちろん、いかなる民間人も立ち入りが禁止された。政府、軍関係者さえも特別な許可証がなければロンチェンに近づくことさえもできなかった。

ロンチェンが陥落した一九七五年以降、新政府軍、そしてベトナム軍、ソ連の軍事顧問団がロンチェンに駐留し、ビア山に立て籠るモン族掃討作戦を展開していた。この掃討作戦は異常なほど秘密裏に行われ、新政府軍の幹部のごく一部しかその実態を知らされていなかった。モン族掃討作戦が一応の終息をみた後、この作戦に関わる全ての記録は実態の分からない「誰か」によって完璧なまでに抹消された。これが、未だにロンチェンの「その後」が一向に明らかにならない大きな理由でもある。

ロンチェン陥落時に逃げ損なったモン族のうち、バン・パオ軍の幹部は〈再教育〉という名目で中国国境付近の収容所に収監され、その多くは裁判もなく処刑されたという。また、下級兵士や一般のモン族はタイに向かって移動したが、無事にタイに避難できた者はほとんどいなかった。

サランはここ十数年、茂を追って、ついにロンチェンにたどりついた。いつものように幾つもの偽装身分証明書を駆使して、あらゆる場所に潜伏し、茂の情報を集めていた。

内戦の激化と共に茂の行方は完全に途絶えていたが、一九七五年の新政権の樹立以来、わずかな糸口が見えてきていた。

「黄色い雨にやられたモンの犠牲者たちをソ連の病理医が解剖していた。その犠牲者の中に、日本人がいたらしい」

サランはそんな噂を聞きつけて、ここに来ていたのだ。

サランは偽造の「許可証」をちらつかせ、ロンチェン基地に入った。

「遺体の一部を本国で詳しく調べるため、まだ、安置所に保管しているはずだ」

ロンチェンの警備兵がサランに安置所の方向を指差して「日本人には何の罪も無いのに、気の毒なことだ。彼を引きずりまわしていたモン族の将校は、難民に紛れてパークサンの方に逃げたらしい」とも話した。

ソ連の情報施設の一角に遺体安置所はあった。

サランが「ラオス人民軍情報官」という偽の身分証明書を見せると担当の係官は訝しげな表情でサランを見た。

「情報官がどんな用件で？」

「外務省からの依頼だ。行方不明の日本人を探している」

「遺体の引き取り、ですか？」

サランは首を振った。

「いや、確認だけだ。外務省としては国際問題になる前に事故に巻き込まれたかどうかの事実確認が欲しい」

「なるほど。ただ、今は、上司がいません。許可が出せません」

「上司とは、ソ連の？」

「そうですが？」

「お前は我がラオス人民政府を何と心得ているのだ。私たちは独立したのだ。どの国からも干渉は受けない。お前はソ連に、昔の王国のように国を売るのか！」とサランは怒鳴った。

係官はサランのあまりの剣幕に後ずさりした。

「分かりましたよ。ただ、私が許可を出したことは内密にしてください。あくまで情報官殿の裁量ということで。ソ連はこの件にはうるさいんですよ」

「分かっている。お前には迷惑をかけない」

外では、大型の真新しい冷房室外機が音を立てて唸っていた。遺体安置所は冷房が効いていて、寒いくらいだった。

「お探しの日本人の遺体はあそこです」

四段の遺体収容棚にはびっちりと「黄色い雨」で犠牲になった遺体が黒いビニール袋に包まれ安置されていた。

「この丈夫なビニールは米国製です。さすがに良く出来ています。ソ連製は直ぐに破ける」

係官はビニールのホックを外して顔の部分を開いた。

少し口を開け、木炭のように焦げた茂の顔がそこにあった。

『シゲル……』

立ちすくむサランを見て係官は恐る恐る「お知り合いで？」と聞いてきた。

「いや、もちろん知らないよ。ただ、日本人には間違いないようだ。手間を取らせたな」

宿舎に戻ったサランは目頭を押さえて激しく嗚咽した。

「……、あんないい人が。俺たち、糞のようなモン族のために……」


「T　O B．F S．S G R　D i　A t　L O G　C E G」

そこまで書くと、サランはタイプを打つ手を止めた。

サランは書きかけた手紙を破き、再びタイプに向かった。

「ロンチェンは消そう。あまりに……、悲しい」

「T　O B．F S．S G R　D i……（サランから親愛なるお兄様。シゲルは死にました）」


その後、サランはビエンチャンの北川を訪ね、茂の死を伝えた。北川からそれを聞いたヨンはすぐに、英弘に国際電話を入れた。

「そうか……、分かった」

英弘はヨンからの国際電話を受けながら、ラオスからの最後の手紙を開いた。

「ああ、良く分かったよ。このD i という意味が……。去年のことか」

ヨンが電話口で嗚咽しているのが英弘にも聞こえた。

「いまさら、悲しんでもしょうがない。覚悟していたことだ。残念だが」

そう言って英弘は電話を切った。

肩から腰に掛けてひどい脱力感を英弘は感じていた。

午後九時を過ぎていた。

英弘は圭子のアパートに電話を入れた。

「ヨンさんから電話があったの！　元気でしたか？」

電話口のいつもの溌剌とした圭子の声に、英弘は辛かった。

「ああ、ヨンもいろいろ調べてくれて……」

「どうしたの？」

「いや、圭子のお父さんのことが分かった」

圭子は黙った。そして、

「いつ頃？」と押し殺した声で聞いた。

「最後のラオスからの手紙、覚えているか？」

「ええ……、確か去年の」

「そうだ……、その手紙の意味が分かった」

英弘は電話の向こう側ですすり泣く圭子が不憫であった。

「つまり、茂は死んだ、という文面だが、逆に去年までは、生きていたことになる」

「去年まで！」

圭子は初めて叔父の英弘に憎しみを感じた。救出する時間は十分にあったのではないか。何故、この時期まで放置したのか！

そんな思いが圭子の口調を尖らせた。

「叔父様、何故……、どうして今まで助けることが出来なかったの？　行方不明になって二十年間も放置したの？」

「放置したわけではないよ、圭子。ラオスはずっと内戦で、どうすることも出来なかった……」

「そうね、でも……、もう、いいわ」

圭子はそう言って電話を切った。その晩、何度も電話が鳴ったが、圭子は受話器を取ることはなかった。

二〇〇六年十一月　東京

東京はしばらく暖かい日が続いていたが、急に木枯らしのような冷たい風が吹いて、司の家の庭木を揺らした。

「もう、十一月か。寒いわけだ」

司は居間で届いたばかりの夕刊を読みながら妻の良子の背中にそう話しかけた。

良子は食器を洗う手を止めて振り返った。

「そういえば、どうなの、自分史の仕上がりは？」良子はそう言うと、濡れた手を拭きながら司の横に腰かけた。

「そうだなぁ。ここ半年、随分、いろいろなことを考えさせられたよ」

良子は庭の木々が激しく揺れる様を見ながら頷いた。

「そうね、あなたはここのところ、何かに取り憑かれたようだったわ」

「そう、見えたか？」

司は立ち上がり、庭に面した窓のカーテンを閉めた。

夕刻の鳥が寒さに凍えた声で鳴いた。

「どうだ、久しぶりに外食でもしようか？」

「そうね。私も何か美味しいものを食べたかったところ。お母さんも呼ぶ？」

司は遠ざかる鳥の鳴き声を追いながら、つい最近、心に決めたことを反復した。

「いや、お袋とは別の機会に飯でも御馳走するよ。今日は二人でいいだろう。池袋に旨い店を知っている。予約をしておこう」


池袋西口からすぐの〈N〉という割烹は、六人くらいしか入れないカウンターだけの小さな店で、予約しか受けない。料理も板前である店の主人が一人で作っていて、その日のお任せしか出さないというこだわりの店であった。

司は現役時代に、大事な顧客の接待でこの店を何度か使ったことがあったが、圭子とは来たことがなかった。何より、圭子との残渣がないことが、良子をここに連れてきた大きな理由でもあった。

「榊さん、今日は平目と少し早いけど寒ブリの初ものが入りました」

店の主人はそう言うと、ビールを司と良子に勧めた。

「女房だ」司が良子を店の主人に紹介すると、

「どうも、初めまして。榊さんにはいつもひいきにして頂いて」と愛想の良い笑顔で答えた。

「こんな素敵な店、私などは連れてきてくれないのよ」

良子も嫌みで返した。

この店には主人がこだわる日本酒一種類しか置いていない。やや甘口の純米吟醸酒は常温で、吟醸酒は熱燗と決められている。

司にとってこうして良子と二人で飲むのは本当に久しぶりであった。良子が美味しそうに日本酒を飲む姿を司は穏やかな気持ちで見ていた。

「足立、という人と会った」

「え？」

司は心に決めていたことをこう切り出した。

「どなたですか？　足立さんて」

良子の訝しげな質問に司は冷酒を一気にあおって「ああ」と曖昧に答えた。

「足立さんは、僕の親父の戦友だ」

「あなたのお父様の戦友？」

「厳密に言うと、親父は軍人ではなかったから、同僚、かな」

「まあ、それでは随分お歳では？」

「そうだな、八十歳の半ばくらい」

「お元気なの？」

「車椅子だが、頭は冴えているようだ。埼玉県にある老人ホームにいる」

良子は何かを悟ったように頷いた。

「あなたの自分史の成果ね」

「そうとも言えるね。苦労して見つけた」

この会話の間にも幾つかの料理が運ばれ、店の主人は司と良子の会話を邪魔しないよう遠慮がちに料理の説明をした。

「これが、薄味に仕上げた豚の角煮です。ウチの名物」

良子は料理の味に感嘆の声を上げながら、司の次の言葉を待っていた。

予約の客が入ってきて、店は急に騒がしくなった。

「今度、その足立さんという人に会いに行かないか？」

良子は思わず司を見た。

「私がその方に会いに、ですか？」

「そうだ。君も一度会ったほうが良い。できればお袋も一緒にね」

良子は空いた司のぐい飲みに酒を注いだ。

「何か……、あるようですね」

司は大きく頷き「ああ、大いにね」とだけ答えた。

食事を終え、司と良子が家に戻ると、長男の修と長女の久美子が二人を待っていた。良子は驚いて「どうしたの、突然！　本当に珍しい。二人そろって来るなんて。ひとこと言ってくれれば、食事を用意して待っていたのに！」

修と久美子は逆に驚いた顔をして良子を見た。

「なに言ってるんだよ。用があるから仕事が終わったら来てくれって言われたんで、無理して来たんだ」

口を尖らす修に良子は「誰に？」と聞いた。

「俺が連絡したんだ」

司が三人の会話に割って入った。

「あなたが？　どうかしたの？」

司はソファーに深く座ると修を見た。

「修、どうだ、ウイスキーでも付き合ってくれないか？」

司にとって何年かぶりに会う長男であった。だんだん自分に似てきたのがこそばゆい気がした。

修は外資系の商社に勤めているはずだったが、司は会社の名前すら知らない。修にとっては、一流メーカーを専務まで勤め上げた父親が眩しかったのだろう。ひと時、家庭を顧みない父親に抵抗したこともあったが、自分が商社マンとして勤め始めると、司の事情が理解できるようになったらしい。そんな畏敬の眼差しが司には良く分かった。

2006年11月　東京

「お兄ちゃん、付き合ってあげなさいよ。私たち、ウイスキーのつまみを用意するわ。そうそう、お母さん、ビールある？　私も一杯頂きたいわ」

久美子は察知したように朗らかな声をあげて良子と一緒に厨房に消えた。

司は心地よく酔いがまわってくるのが分かった。自分の目の前で、妻と二人の子供がにぎやかにお酒を飲み、会話をしている風景が再びやってくることなど、司には想像することもできなかった。しかし、自分のある決心で、家族がこうも心を通い合えるものか、と思った。皆、実はこの時を待っていたのかも知れない。俺のひとことを待っていたのかも知れない、と司は思ったのだ。

——俺が圭子とのトラウマで心を閉ざしていたのかも知れない。

司は心の中で何度もそう反復した。

——自分史の旅、のお陰か……


「ところで、お父さん、私たちを呼んだわけをそろそろ話してよ」

久美子がアルコールで上気した顔で司に聞いてきた。

「そうだ、肝心なことを忘れていた」

修も加わった。

良子は覗き込むような目で司を見た。

「そうだな。すっかり良い気持ちになって、大事なことを忘れるところだったよ」

司は苦笑いを作って皆を見た。

見つめる三人の視線が司には痛かった。

「頼みがあるんだ。明日は日曜日だが、お前たち、いろいろ忙しいだろうなぁ」

修と久美子は顔を見合わせて首を傾げた。

「私は、取材原稿を書かなくてはいけないけど……」と出版社に勤めている久美子が口ごもった。

「俺は空いているよ」修は威張ったような口調で答えた。

「久美子は無理か？」

「ううん、大丈夫よ。もう、ほとんど出来ているし、それより何？」

「良子、さっき言った足立さんに、皆で会いに行かないか」

良子は司がなにを言いたいのかを察知して頷いた。

「足立さんって、だれ？」

久美子の質問に良子はなだめるような口調で、

「久美子、修、ここはお父さんの気持ちを汲んで黙ってついてゆきましょう。今晩は泊まれるのでしょう？」

2006年11月　東京

「足立さん、大勢で面会よ」

老人ホームの職員の声がエントランスで大きく響いた。

老人たちは雑談を止め、入口を注視した。

司、妻の良子、そして司の母、幸子、その後ろには司の二人の子供が立っていた。

足立はメガネを掛け直し、車イスのひじ掛けを強く握った。

施設のスタッフが気を効かせて奥の客間に足立を移した。

「ここでしたら、静かですし」

スタッフは司たちをそこに案内した。

「足立さん、おかげんはどうですか？」

司がそう慮ると足立はすこしおどおどした様子で司たちを見た。

「私の女房、良子、と言います。これが息子の修、それに娘の久美子です」

「おうおう」と足立は何度も頷いた。

「それから……」

司は手招きするように幸子を前に導くと「私の母、幸子です。榊修兵の妻です」

足立は口元をおさえ、幸子を暫く見つめた。そして、顔をくしゃくしゃにして鼻水を啜った。

幸子が一歩前に出て、足立の手を握った。

「……主人がお世話になりまして」

足立は滂沱《ぼうだ》する涙を拭くこともなく司たちを見た。


その日の晩、司はじっとソファーに座って動こうともしなかった。

圭子の残影が水辺の藻のように浮いては沈んで見えた。

そして、司の深いため息と共に、その残影がスーッと消えたのが分かった。

司は圭子の死をきっかけに圭子の父、茂や自分の父、修兵を探す自分史の旅に出た。それは、圭子への思いからか、失ったものへの哀惜か分からなかったが、それさえも、その思い出さえも消え去ろうとしていた。

圭子という一つの存在を失って、いままで失っていたもう一つの存在が浮揚した。

それは、妻の良子であり、家族であり、そしてもう一人、失っていたと思っていた父、修兵であった。


良子が司の好きなテキーラを運んできた。

「少し、飲みましょうか」

「懐かしいな。メキシコに出張したときにたくさん仕入れてきたやつだな。まだ、残っていたのか」

「ええ、最後の一本よ。あなたはストレートで氷と水をチェイサーでしたね。私は水で割るわ」

良子はそう言って器用にテキーラの封を開けた。アルコール度の強い香ばしい香りが二人の間に漂った。

「本当に、いろいろあったわねぇ」

以前の司なら良子の『いろいろ』の意味を圭子と重ね、会話が閉塞したが、もう、それもなかった。素直に「そうだな」と答えられた自分が嬉しかった。

「それじゃ、お疲れ様でした」

良子がグラスを司に向けると、司は良子の肩を抱いた。良子は一瞬ピクリと肩を震わせたが、そのまま司に身を委ねた。

一九八〇年二月　ビエンチャン

在ラオス日本大使館の湯谷智也一等書記官は、いつものようにフェルトの山高帽を深く被って北川医師の診療所を訪れた。湯谷が長い間イギリスで教育を受けたことを知らなければ、日中は三十度を超えるビエンチャン市街で山高帽を被る彼の姿にたいていの人は違和感を覚える。

湯谷は北川を見ると、まるで往年のチャップリンを連想させるような仕草で山高帽を右手であげた。湯谷は丁寧に山高帽を窓際の棚に置くと、ハンカチを出して埃を払った。

「北川先生、足立さんは、如何ですか？」

湯谷はそう切り出しながらやはりイギリス製の黒い鞄から資料を取り出した。

「よほどのショックだったのでしょう。うなされてばかりです。ヨン君が付いていてくれています」

「そうですか。この件は、本国でも大騒ぎです。数年前に横井さんや小野田さんが南方で見つかった時も大変でしたが、まさか、戦後三十五年もたって、それも私の赴任地、このラオスでみつかるなんてね」

湯谷の投げやりな言い方や、足立を逃亡した日本兵のように扱われることに北川は不満を感じたが、敢えて反論はせずに湯谷の話の続きを待った。

「さてと、足立さんの帰国に関してですが」

湯谷がやっと本題に入ったのを確認して、北川はメモを取り出した。

「まず帰国後の受け入れ先として足立さんのご家族を調べましたが、どうも戦時中の混乱で、親族が見つからないのです」

「確か、北陸のどこかだと」

「ええ、石川県です。七尾だと聞いています。和倉温泉のある」

「もう、こっちが長いので地名を忘れました」

湯谷は大きく頷いて笑った。

「本省から厚生省援護局に問い合わせたところ、確かに足立さんは戦没者名簿に載っているそうです。その流れから石川県庁に調査を依頼して、ご遺族を特定しました。その結果がこれです」

湯谷は報告書のコピーを北川に渡した。

「足立さんのご両親は戦後すぐに七尾を出ていますね。羽咋とか輪島などを転々として、最後は能登半島の突先、狼煙に引っ越しています。料理の心得があったようで、小さな旅館や食堂で働いていたようです。この報告書によると一九六〇年頃に父親が、三年くらいして母親が亡くなっていますね」

「足立さんに兄弟は？」

「男ばかり五人ですが、全員、戦死しています」

「それはひどい……」

「足立さんの両親の兄弟とか親族も探してみたのですが、どうも戦時中に家族離散したようで、どうにも見つからないのです」

湯谷は北川を覗き込むように言った。

「帰国しても、受け入れ先がない、という事ですか？」

北川はふっと英弘の顔が浮かんだ。しかし、それを打ち消すように大きく首を振った。

――まさか、これ以上は迷惑を掛けられない。

「そのような場合は、どうなるのですか？」

「ええ、そうですね。一応、本人の希望があれば帰国は叶うと思いますが、ただ幾つか問題があります」

「まだ、問題が？」

「ええ、そうなんです。もし、足立さん本人が日本軍の命令によってラオスに残留したのであれば、それなりの手続きが必要かと」

「手続き？」

北川は少し苛立ってきた。なぜ、日本政府はこんな苦労を重ねた年老いた元日本兵に対して、手厚い保護と慰労の言葉を掛けられないのか。北川の苛立ちを察知したように湯谷は役人独特な事務口調に変えて、続けた。

「我々はあくまで外交上のルールや前例に従って当該国と交渉しなくてはなりません。元日本軍陸軍少尉で、フィリピンのミンダナオ島に残留した小野田さんの前例を踏襲して足立さんを帰国させる方法を考えています」

「それは、どういう意味ですか？」

「ええ、小野田さんの場合、実際、終戦後にも住民の物品を奪い、殺傷して生活していまして、フィリピンでは山賊と恐れられていました。当然、フィリピン刑法の処罰対象になります。しかし、小野田さん側にも言い分があって、要するに軍の任務解除の命令を受けとっていない。ですから終戦も知らないし、彼自身は命令に従って、戦闘行為を継続した、というのが彼の主張なのです。そこで日本の外務省とフィリピン政府が交渉を重ねた結果、フィリピン政府から刑罰対象者である小野田さんの恩赦を獲得し帰国を叶えた、という経緯があるのです」

それが外務省の手柄と言わんばかりに湯谷は得意げに話を続けた。

「小野田さんの投降はマスコミで大きく取り上げられました。マルコス大統領も出席し、小野田さんは軍刀と銃器を差しだし、武装解除しました」

「そのニュースはこちらでも見ました」

「はい、小野田さんが武装解除の決心をしたのが、終戦時、小野田さんの上官だった谷口さんという方からの一通の命令書だったのです。参考にその時の武装解除命令書のコピーもお持ちしました」

〈一　大命ニ依リ尚武集団ハスヘテノ作戦行動ヲ解除サル。
二　参謀部別班ハ尚武作命甲第2003号ニ依リ全任ヲ解除サル。

三　参謀部別班所属ノ各部隊及ヒ関係者ハ直ニ戦闘及ヒ工作ヲ停止シ夫々最寄ノ上級指揮官ノ指揮下ニ入ルヘシ。已ムヲ得サル場合ハ直接米軍又ハ比軍ト連絡ヲトリ其指示ニ従フヘシ。
第十四方面軍参謀部別班班長　〈谷口義美〉

「これはあくまで小野田元陸軍少尉の事例ですが、外務省としても厚生省も恐らく、足立さんが残留軍人としてラオスの内戦に参加していたとなると、いろいろこの国の法律に抵触する行為をしていた可能性を否定できないのです。殺人とか、窃盗、それに麻薬……。ですから、まず、日本軍の命令で残留し、命令に従って行動していたとすればですよ、逆にこういった命令書で任務を解除して、この小野田さんの前例を根拠にラオス政府と日本政府が交渉し、例えば特別恩赦などの措置を講じて過去の犯罪を清算することも可能だと思うのですね。ただ、そうなると手続きには時間が掛かりますが」

「過去の犯罪の清算……」

北川は天を仰いだ。

『あの戦争は何だったのだろう？　ある日突然召集され、外地に連れてこられ、そして命がけの戦い。命令書一つで三十五年もここに留まり、ゲリラ戦を生き抜き、やっと帰れるかと思ったら、両親も兄弟も親戚もいない天涯孤独。その上、犯罪者扱いされ、国家間のメンツに翻弄させられる……』

それから三週間後、北川は湯谷から大使館に来るよう連絡を受けた。

すぐに北川が大使館を訪ねると、湯谷は明らかに不満げな顔を北川に向けて、一通の書類を手渡した。それはラオス語と英語で書かれてあり、北川には両方の意味が解せた。

「日本国大使館から査問があった元日本帝国陸軍上等兵・足立一馬氏についての回答および我が国の対応」とあった。

報告書はラオス最高裁判所所長名であった。

「本件に関し、関係する省庁と詳細に精査したところ、足立氏は我が国の独立運動に寄与したパテト・ラオ軍の宮本隊に所属した優秀な軍人であり、一貫して独立運動に奉職した我が国の恩人の一人である。不幸な事に独立時の抗争、混乱に巻き込まれ、行方不明となっていたが、この度無事を確認されたことから、我が国としては足立氏に独立栄誉勲章を授与することに決した。同時に、速やかな帰国が実現するよう日本国政府に嘆願するものである。なお、勲章授与式は……」

北川は思わず目頭を押さえた。

そんな様子を苦々しく眺めていた湯谷は「そう言う事です。早急にパスポートを発行して、帰国手続きに入ります」と言った。


北川は家に戻り、真っ先にこの栄誉を足立に話した。足立は一瞬驚いた顔を見せたが、

「私は受け取れません。とんでもない事です」と答えた。

「どうして？　名誉なことだろう」

「自分は……、宮本隊長を助けられなかった。藤田さんも山本君も、妻さえも助けることの

できなかったこんな弱虫が貰えるわけもありません」

するると、北川の妻、ソニータが珍しく会話に加わった。

「足立さん、あなたの気持ちは痛いほど分かるけど、宮本隊長や藤田さん、それに戦死した多くの同僚の代理として受け取ったら？」

その言葉に足立の肩がビクリと反応し「そうですね」と答えた。

ソニータは続けた。

「実は、私が通っている教会の支部が東京にもあって、良かったら足立さんの面倒をみたいと言ってくれているのだけど」

北川は驚いてソニータを見た。

「お前、いつの間に？」

「私はキリスト教徒で夫は仏教徒、多分、足立さんも仏教徒で抵抗はあるかもしれないけど、でも、困っている人を助けたい気持ちは皆、一緒よ」

北川は妻に一本取られた気持ちだった。でも、この湧き出る喜びは何なのだろう、と思った。ラオス政府の足立に対する対応、妻の心遣い、この世はまだ捨てたものではないな、と思うと滴り落ちる涙が止まらなかった。


北川と足立、そしてヨン・フーと北川の妻、ソニータは日本大使の招待でビエンチャンの日本大使館を訪ねた。足立が突然、北川の診療所に姿を現してから二ヵ月が経過していた。

「ささやかだが、大使主催の足立氏の帰国祝賀の昼食会と日本国政府からの帰国慰労一時金をお渡ししたい」という湯谷智也一等書記官からの要請に応えたものだった。

午前十一時、四人は大使館から迎えの黒塗りの高級車二台に分乗して大使館に向かった。いつものように入口での厳しい身体検査もなく、大使館員数名が入口で四人を迎えた。まず大使執務室で大使を表敬した後、隣接した応接室に移り、立食の昼食となった。

武田大使は終始にこやかに足立らと接し、戦争で苦労したこと、ラオス政府から独立栄誉勲章が授与されたことなどを祝福した。そして、日本政府は心から足立の帰国を歓迎し、些少だが、帰国後の生活の足しにと帰国慰労一時金を昼食会の最後に大使から直接手渡してお開きとなった。

「ここまで、お膳立てするのは大変でした。大使も忙しい方ですからね」

湯谷は北川の肩越しにそう言って北川のワインで少し上気した顔を見た。

「これで足立さんも晴れて帰国できます」

北川はそう答えて湯谷を無視するように先を歩いた。

「ああ、北川先生。まだ、足立さんの帰国の手続きが終わっていません。下の事務所でパスポートをお渡ししますので、足立さんと一緒に来てください」

「パスポート?」

「ええ」

「パスポートが必要なのですか?」

「当然です。一回限りのパスポートですが、帰国には必要です。それに……」

「それに?」

湯谷は足立がヨンたちと話し込んでいるのを確認して「日本政府も今回の帰国は大袈裟にしたくないのですよ」と喉の奥で隠すように言った。

「どういう意味ですか？」

北川は湯谷のいつもの人を小馬鹿にしたような言い方に腹がたった。それにたった今、大使が足立の帰国を日本政府は心から歓迎する、と言ったばかりではないか、そんな憤りがあった。

湯谷は北川の正面に回り込むように立って恫喝にも似た目つきで北川をにらんだ。

「先生が考えているほど外交というのは単純ではありません。日本は米国と同盟関係にあります。ベトナム戦争にしたって日本政府は最後までこの戦争を支持した。ベトナムやラオスの共産化に反対したのですよ。それをですよ、旧日本軍の命令で残留した日本兵がラオスの共産政府の独立に手を貸したなど公になったら……、それこそシャレにもならないじゃないですか！」

湯谷はそう言い放つと、すこし照れた表情を作った。

「すみません、興奮してしまいました。ジェントルマンらしくない」

「看過できない発言ですね。日本政府は二枚舌でこの問題に対応している、という事ですか？」

北川の反論に湯谷は軽く首を横に振った。

「そうではありません。この件の担当は私ですから、つまり、あまり大袈裟にしてほしくない、と申し上げたかっただけです」

北川は湯谷をそれ以上追及する気持ちが急激に萎えたのが分かった。要するに、足立の件が日本で大騒ぎになると、どんな火の粉が自分に降りかかってくるかが怖かっただけなのだ。小賢しい小役人をこれ以上相手にしても仕方ない、そんな気持ちだった。

湯谷は事務所で足立にパスポートと帰国のための航空券を渡した。

「経由地であるバンコクまでは、本公館の担当者が付き添わせて頂きます。バンコクで足立さんが日本への便に乗られるのを確認するまで見送らせて頂きます。日本に到着しましたら、到着ゲートに本庁の担当者がお待ちしています。一応、入国の手続きはとって頂きますが、他のお客様とは別のゲートになります。そこから身元保証人のお宅まで送るか、もし、身元保証の方が来てくださっていれば、そこで足立さんをお渡しします」

「間違いなく、私たちの支援者が成田空港に迎えに来てくれるはずだわ！」

ソニータがそう言い放つと、湯谷は「そうだと、結構ですね」と苦笑いを作った。

診療所に戻ると、看護婦が慌てて北川の所に寄ってきた。

「どうした？」

「いえ、朝から変な男が先生に会わせろって」

その時、ヨンが北川の腕を握った。北川がヨンを見ると、ヨンの目の先に一人の男が立っていた。

「外で待っていて、と何度も言ったのですが。ここで待たせてくれと聞かないのです」

看護婦の尖った声を北川は制止し、その男を凝視した。

ヨンが一歩前に出た。

男は静止したまま、強い眼光だけを煌めかしていた。

「ブンだな！」

男は両手で顔を覆った。

「今朝の新聞を読んで、いてもたってもいられなくなり」

ブンはくしゃくしゃになった新聞をヨンに差し出した。

〈ラオス独立に貢献した元日本兵に独立栄誉勲章を授与。帰国の途へ〉

新聞の一面にはそんな見出しが躍っていた。

「ブン君、榊君はどうなった？」

北川は、ブンにそう質した。

「俺とシュウは故郷の村に戻って、シュウが村の復興を助けてくれた。キタガワ先生が支援金を持って村を訪ねてくれたのもその頃です」

「そう、その頃だった」

「その後、戦況の悪化で俺はバン・パオ軍に拉致され、軍人として働かされた。シュウも」

「榊君も？」

「ええ、シュウは北ベトナムの堕落戦略でアヘン中毒となり、ロンチェン基地に収容されたんだ……」

二〇〇六年十一月　入間市

「ラオス北部のサム・ヌアというところで、一九五三年頃ですか、モン族に対する大粛清がありました。ちょうど、ディエン・ビエン・フーの戦いの一年前です」

　足立は司たちを前にそう話し始めた。

「両親がその粛清で処刑され、本人も逮捕されそうになったヨン・フーというモン族の若者を我々の部隊が保護しました。その教育係として面倒をみたのが榊君でした」

　足立はそこまで話すと、急に咳き込み、一度大きな深呼吸をして息を整えた。辛そうな喘鳴が室に響いた。

「妻を戦争で亡くしてから、興奮するといつもこうなるのです。何かにとり憑かれているのでしょう。戦争に行って、人を殺めたことのある人間は皆、こうなるようです」

　足立はそう言うと、車椅子の背に深くもたれ、しばらく目を閉じた。眼の周りに深い皺を作り、何かを一所懸命思い出しているようでもあった。

「そう……、ディエン・ビエン・フーの戦いが終わって、当初の目的であるフランス軍をラオスから追い出したことを確認して、宮本隊長は榊君に帰国するよう命じました。私たちはてっきり榊君は無事に帰国を果たせたものと信じていました」

　足立は、一通の封筒を出した。

「自分が帰国する時、ヨン・フーが私にこれを託しました」

封筒は長い悲惨な歴史が染み込んだように赤茶けていた。

足立は、肩をすぼめるようにしてこう言った。

「ああ、これで俺の最後の仕事が終わった。じきに宮本隊長のところへ行って、それから……、女房とも会える」

手紙には稚拙なカタカナでこう書かれていた。

〈アダチサン、ブンガ、ワタシタチノトコロヘ、キマシタ。タイノ、モンゾクナンミンキャンプニイルソウデス。ニホンニモドッタラ、ナントカ、サカキ　シュウヘイサンノカゾクヲサガシテ、ワタシノトコロヘレンラクシテクダサイ〉

足立は司を射るように見て強い口調でそう言った。

「ヨン・フーという男と連絡が取れれば、榊君の居所が分かるはずだ。ヨンとは連絡がつく。いつか貴方が私を見つけてくれるものと信じていました」

「そ、その、ブンとはどなたですか？」

司は唐突な足立の話に戸惑いながら訊ねた。

「ブンは我々の部隊にいたモン族の兵士です。榊君とは親友の間柄でした。ブンの出身の村は内戦で破壊され、榊君は帰国せずにブンの村の再建に協力したのです」

「父が、モン族の村の再建、をですか……？」

二〇〇七年一月　ビエンチャン

ビエンチャンのワッタイ国際空港を出ると、ホテルのボーイが「Ｗｅｌｃｏｍｅ Ｍｒ．Ｔｓｕｋａｓａ Ｓａｋａｋｉ」というボードを盛んに司の方に向けた。

司が軽く手をあげるとボーイは満面の笑みを浮かべて寄ってきた。

「予約はランシャン・ホテルですね？」

「ええ、よろしく」

「他にお連れは？」

司の後ろに司の母、幸子と妻の良子が立っていた。

「全員お揃いで？」

三人はホテルのリムジンでメコン川沿いのロシアが作ったという大型ホテルであるランシャン・ホテルに向かった。

メコン川沿いに立ち並ぶレストランやバーの喧騒をみて、良子が「随分、都会ね」と言った。

ホテルに着くと、ロビーに座っていた老人が立ち上がった。もう、八十歳を超えたように見えるその老人は、少し引きずるような足取りで司に近づいてきた。

「サカキ……さん？」

達者な日本語だった。

「ええ……、貴方がヨン・フーさんですか？」

老人は目を潤ませ、司の手を握った。そして、何度も何度も頷いた。

到着した日の夕食会でヨンは、茂や英弘、あるいは圭子のことを話題にすることはなかった。それどころか、ヨンは日本でのことも一切話そうとはしなかった。〈麻薬〉に関わったという負い目がヨンを寡黙にしていたのだろうと司は慮った。

ただ、一度だけ、ヨンはこう語った。

「サカキさんには本当にお世話になりました。日本の文化もたくさん教わりました。例えば……、『水に流す』。嫌なことは川の水に流してしまえ、という意味だと教わりました。でも、水に流せないこともたくさんあります」

ヨンは感極まって声を詰まらせた。


『水に流せないこと』

ヨンにとってそれは榊修兵を無事に日本に帰還させることだった。そのためには帰国が決まった足立を介して修兵の居場所を修兵の親族に伝えなければならない。

そう思い立ったヨンは英弘に国際電話を入れた。

電話口に出た英弘は「もう、そんなことできないよ。これ以上、俺は関われない。元日本兵と会え、と言われても……」と落ち込んだ口調で答えたという。

「それに、最近は圭子からも連絡がない。茂が死んだことが分かってから、全く連絡が来なくなった。俺たちも悪かったんだ。結局、俺たちも逃げていたんだよ」

「圭子さんとは、連絡ができないのですか？」

「そうだ。電話番号も変えたらしい。だから、たまに会社に電話をしてみるのだが、忙しいと言って取り合ってくれない」

　ヨンは天を仰いだ。自分が愛した日本が、音を立てて自分の前から崩れ落ちるのが分かった。


　翌日の早朝、司は一人散歩に出た。一帯は濃い朝靄に包まれていた。時折、市場に出かける荷台に野菜を山積みにしたバイクが、靄の陰の中を通り過ぎていったが、他に蠢く人影はなかった。

　メコン川に沿って司はゆっくりと歩いた。最近出来たという高層ホテルが靄の中に淡く輪郭が見えるところまで来ると、そこは小さな広場になっていて、忙しく朝市の準備に取り掛かる人たちの一群があった。

　道路を挟んだ反対側には大きな病院があって、もうすでに開院を待つ患者たちの列が出来ていた。行列の脇には、彼らを当て込んだ麺屋台が美味しそうな湯気を立てている。

——平和なもんだな。

　司はそう独白すると宿泊しているホテルの方向へ歩を変えた。すると、司の目線の先に、杖をつきながらゆっくりと歩いてくる老人の姿があった。

——ヨンさん？

司が足早に近づくと、その老人は足を止めて杖を振った。

ヨンは昨晩とは違う、何かから開放されたような笑顔だった。

「ヨンさんは随分朝がお早いのですね」

「年寄りですからね。ホテルに立ち寄ったら、散歩に出たらしいと、ボーイに言われ、多分、この辺を歩いているのだろうと。サカキさん、ちょっとこの辺を歩きましょうか？」

「私は結構ですが、足が辛くありませんか？」

ヨンは少しはにかんだ笑顔を作った。

「それでは、そこのベンチにでも座りましょう」

ビエンチャン市内中心部のメコン川沿いには、雨季の冠水を防ぐため、道路より一段高い所に丘のような堤防が築かれている。だから道路を歩いていると堤防が邪魔をしてメコン川全体を見ることができないが、堤防の上に立つと悠久と流れるメコン川と対岸のタイが良く見渡せる。堤防の高さは二メートルくらいだが、幅が数メートルあってほぼ平らなため、散歩道やちょっとした子供向けの遊具などが置いてあり、市民の憩いの場ともなっている。メコン川を見渡すのに適当な場所には必ず清潔なベンチが設置してある。時折、地元のボランティアがベンチを清掃しているのだ。

ヨンはそんな見晴らしの良い一角に司を誘った。

三十年も前、この風景を北川医師と一緒に眺めたのをヨンは思い出した。父親のように慕っていた北川も、もう死んで十年がたつ。ヨンは隣に座っている司を見て、ラオスで育った二十数年、日本で過ごした二十年、そしてラオスに戻って今日までの三十年をやっと総括できると思った。

「対岸がタイ。ここから見えるのはノンカーイという町のはずれです」

ヨンは朝靄が晴れて、緑が鮮やかに映える対岸を指差した。

「ノンカーイはここからずっと左、ここからは見えませんが、オーストラリアが作ってくれたタイとラオスを結ぶ友好橋のタイ側の町です。それから……」

ヨンは対岸の右手を指し示した。

「あそこに白い建物が見えますね。多分、何かの倉庫でしょう。あの辺からタイ側に真直ぐ入って行くと、ナム・コーイに繋がる国道に出ます」

「ナム・コーイ？」

ヨンは司の質問を待っていたように頷くと、杖にすがるように立ち上がり「モン族の難民キャンプです」と言った。

「モン族の？」

「ええ……。そこに、サカキさんのお父様がいます」

二〇〇五年十二月　ナム・コーイ（ノンカーイ近郊）

寺田由美は完成したばかりのナム・コーイ・モン族難民キャンプの医療センターの一室でブンを待っていた。

長い間、寺田が所属するNGOである『モン族難民を救う会』がタイ政府と交渉を続け、その年の秋にやっとここでの支援活動が許可されたのであった。その後、約二ヵ月をかけ、プレハブの診療所と病人、高齢者、そして麻薬中毒患者たちを受け入れられる入院施設を建設した。寺田は看護師としてこの地に派遣されていた。

ここに来て、寺田には気になることがあった。キャンプの住人から、このキャンプに日本人がいるらしい、という話を何度も聞いていたからだ。しかし、誰もその本人を明かそうとしなかった。

そんな内に寺田の耳にブン、という老人の存在が聞こえてきた。

『日本人をここに連れてきたのはブンだ』そんな噂が寺田の耳に入ったのだった。

ブンは精悍な眼光と口元で寺田の前に現れた。八十歳を過ぎた老人には思えないほど姿勢も良く、体格も若々しかった。

「お早う、ブンサキーさん」

ブンは表情を変えず寺田の前に座った。

「私はテラダ。ユミ、で良いわ。今度、この施設の責任者になりました。よろしくね。ところで、ブンサキーさん、ご家族は？」

ブンは一瞬その質問に怯《ひる》んだ目を作った。

「ごめんなさい。なにか事情があるのなら、答えなくても良いのよ」

ブンは首を振って「いや……」と答えた。

「俺には妻と子供が二人いた。妻はこっちに来て、二年か三年してチフスで死んだ。子供たちは無事に育ったが、女の子はオーストラリアの宣教師が引き取ってくれた。シュウに英語を教わって、賢《かしこ》かったから」

「えっ？　その『シュウ』って？」

「多分、あんたが知りたがっている男さ。身内の話はこれで良いのか？」

「いえ、ごめんなさい。続けて」

「男の方はあまり勉強をしなかった。だから、二十歳になった時、コンケーンのやくざに連れて行かれた。二人ともそれっきりさ。生きているのか死んでいるのか……」

「そう、大変だったのね。それで……、そのシュウっていう方だけど」

「日本人さ」

「日本人……。そのことだけど、あなたは何回か、このキャンプの責任者に、ここに日本人がいるから帰国させてくれるよう嘆願書を提出しているわね」

ブンは一瞬目を輝かして寺田を見た。

「良く知っているな」

「ええ、ここに赴任してからいろいろ書類に目を通していたら、あなたの名前のそんな嘆願書が何通か出てきたのよ」

「そうさ、俺は、シュウが日本人でモン族ではないから、帰国させてくれと、何回もこのキャンプの親分に頼んだんだ」

ブンは少し興奮した口調になった。

「なぜ、叶わなかったの？」

「あいつらは関わりたくなかったのさ。モン族が何故、どういう理由でここに来なくてはならなかったかを。それを外に語ってほしくなかったのさ。外国人が難民に混ざっている、なんてことが世間に知れたら大騒ぎさ。だから、抹殺したかったんだ」

寺田は椅子を浅く腰掛けなおし、ブンを見詰めた。

「ねえ、シュウっていう日本人はどなたなの？」

「助けてくれるのか？」

「もちろんよ。本当に日本人だったら国際問題になるわ」

ブンは思い做す強い目になった。

「アヘンのリハビリ施設にいる……」

寺田はアヘンのリハビリ施設にいる患者たちの顔を思い浮かべた。しかし、ここに来て日が浅く、すぐにその『シュウ』という日本人と一致する患者が見当たらなかった。

「そうそう、ブンサキーさん。あなたは随分前から、このキャンプを抜け出し、何週間も行方不明になって、また戻ってくる、ということを繰り返しているわね。なにをしていたの？」

　ブンは横を向いて少しふてった表情を作った。

「俺は元パテト・ラオの兵士さ。それも斥候だった。だから、ちょいと国境を越えてあっちの情報を仕入れるなんて、朝飯前だ」

「つまり、違法に国境を越えてラオスに行っていたと？」

「おいおい、そんな言い方はないだろう」

　ヨンは少しむきになって寺田を見た。

「ごめんなさい。何か気に触ったの？」

「俺は俺の国に帰っただけだ。俺は元パテト・ラオの兵士だって言ったろう。俺の家族も親戚も、友人も、皆、パテト・ラオのために戦って死んでいった。今の政権のためにだ。だがな、ロンチェンに拉致されていたおかげで、敵とみなされこんなざまさ」

　寺田は大事なことを忘れていたことを恥じた。ここにいるモン族の難民たちは全員がラオス国民であり、ラオスに戻る権利があるのだ。

　寺田はブンを連れてアヘン・リハビリ施設に出向いた。建物の一番奥にあるその施設には十数人のアヘン中毒者が収容されている。全て個室になっていて、頑丈な鍵で施錠されていた。その一番奥の窓際の部屋でブンは立ち止まった。

　小さな窓から一人の老人の姿が朝の強い光に浮かんだ。車椅子に寄りかかったその老人は、口を半開きにして遠くを見ていた。

「話せる？」

寺田がブンに訊ねると、「自分で確かめたら？」と答えた。

寺田は鍵を外し、老人の肩に触れた。

「ご機嫌はいかがですか？」

老人は寺田の流暢なモン語に反応することなく前を見ていた。

「シュウさん。お名前は？　私の日本語、分かりますか？」

今度は日本語で話しかけると、その老人の肩がピクリと動いた。そして、寺田の方に振り向くと怪訝な表情を作った。

「私の日本語が分かるのね？」

それを見ていたブンが耳元で囁いた。

「シュウの苗字はサカキだ」

寺田はもう一度日本語で訊ねた。

「サカキさん？　あなたのお名前はサカキ……」

「シュウヘイ」

「サカキ・シュウヘイさんですか？」

老人は瞼を二度、三度瞬きすると、一筋の涙が頬を伝った。

寺田由美はタイの日本大使館を通して日本の厚生労働省に「サカキ・シュウヘイ」の身元確認を依頼した。何度かバンコクの日本大使館にも出向き、詳細を報告もした。

「ありえない話ですね。旧日本兵が随分ベトナムやラオスに残留した、という話は聞きますが、ほとんどが内戦時に戦死あるいは病死、多くはありませんが、帰国を果たした人たちもいると聞いています。まさか、モン族の難民に紛れ込んでいるなんて、考えられません」

担当した大使館の職員は露骨に『面倒な話』という表情を作って寺田に接した。

寺田が身元確認を日本大使館に依頼して三ヵ月後、寺田の元に一通の手紙が届いた。日本大使館からだった。

文面は簡単だった。

〈ご依頼の件、本国の厚生労働省社会・援護局に問い合わせたところ、サカキ・シュウヘイ氏は榊修兵氏と思われ、一九四五年、ラオス・サバナケット方面隊・軍籍届に『榊修兵（民間人・通訳、情報室勤務）八月十四日から行方不明。遺体未確認のまま戦死と扱い』と記載されている。また、その後、本人と確認する遺体、墓地、生死を確認すべき情報等が欠落していることから、本国において、一九五〇年八月、戦没者名簿に追加記載した。加えて、ご依頼の日本人と称する男子に関する情報として、難民キャンプでの当該人の意識状況等（日本語の理解力、記憶等）を鑑み、本人と確定する材料に乏しいことから、本在外公館としては日本人ではないと認識している〉

寺田はこの報告書を読み終え、『では、あの人は誰？』という疑念がわいた。

二〇〇七年一月　ノンカーイ

司たちがビエンチャンに到着して三日目、ヨン・フーと司たちは、ビエンチャン郊外のラオスとタイの国境のメコン川に架かる友好橋までホテルのリムジンで行った。そこで出国手続きを行ってから国境を越える専用バスに乗り換え、対岸のタイ、ノンカーイに渡った。

ノンカーイからはチャーターしていた車で、郊外に向かった。

「お寺に寄って頂けますか？」

ヨンが小さな声で聞いた。

幸子が「もちろんですわよ」と答えるとヨンは「有難う」と幸子に薄い笑顔で返した。

ヨンが寄ろうとしたお寺は小振りで控えめな色彩をしていた。

ヨンは不自由な足を引きずりながら寺の隅の墓に司たちを案内した。

「私の弟の墓です」

「貴方の弟さんの？」幸子が聞きなおした。

「ええ、弟はモン族の兵士でしたが、内戦で難民となり、ここで死にました」

「そうなの……。大変だったのね」

「お線香とか、要らないの？」良子が慮ると、ヨンは首を振った。

「これで十分です。有難う」

国道を一時間程走ると、車は舗装されていない農道に入った。さらにそこから三十分ほどすると、「Ｎａｍ Ｋｏｈｎｇ Ｔｈｅ ＭＯＮＧＳ Ｒｅｆｕｇｅｅｓ Ｃａｍｐ（ナム・コーン・モン族難民キャンプ）」という大きな看板が見えてきた。

一帯は竹を編んだ高い壁で囲まれていて、中にはおびただしい数の粗末なテントが拡がっていた。

車は一番奥のプレハブ作りの建物の前で止まった。

そこは日本のＮＧＯが運営する医療施設で、玄関では寺田由美が司たちを待っていた。

寺田は司たちに軽く会釈すると、隣にいる老人の肩を叩いた。

「この方は、ブンサキー・シタラコンさん。私たちはブンと呼んでいるわ。榊さんの大親友です」

ブンは司たちを見ると少し前屈みになって手を合わせた。

「宜しければ……」

寺田は司たちに目を配った。

寺田は右手で口を押さえ、噎び泣くような声で「こちらへ」と言った。

建物の中は薄暗く、一直線に伸びる廊下が司には永遠の長さに思えた。

低い天井に司たちの足音が鈍く響いた。

「Ｄｒａｇ Ａｄｄｉｃｔｉｏｎ Ｒｅｈａｂｉｌｉｔａｔｉｏｎ Ｃｅｎｔｅｒ（麻薬中毒復帰センター）」

寺田は突き当たりの部屋の前で立ち止まると、解錠し、静かにドアーを開けた。

カーテンの隙間から僅かな光が差し込んでいた。

そこには、車椅子に座った老人が窓の外を見ていた。寺田が老人の肩を抱いた。

寺田はその場に立ちすくみ、滂沱する涙を止めることができず、彼女の嗚咽だけが病室に響いた。

老人はそんな寺田の手を握ると、司の方を振り返った。

目の輝きを失った老人は何度も目を凝らすように司たちを見た。

幸子が老人に駆け寄った。

幸子は老人の手を握り激しく嗚咽した。

司は良子の手を握った。強く握ると、良子もそれを返した。

二〇一五年一月春　東京

私は今……、彼らの「その後」についてお話ししておかなくてはなりません。

榊修兵さんは、まるで「この時」を待っていたように再会を果たした三日後に、家族に見守られながら眠るように亡くなったそうです。修兵さんのご遺体は現地で荼毘に付され、遺骨は妻の幸子さんに抱かれ、帰還を果たしました。その修兵さんの妻、幸子さんも日本に帰国してすぐに体調を崩し、翌年、修兵さんを追うように亡くなりました。急性白血病だったそうです。

山口茂さんの妻、サキさんは、行方が知れません。司さんが佐世保の実家まで訪ねてみましたが、すでに引っ越しをされていて、その後は誰も分からないそうです。

ラオスに残留した宮本部隊の唯一の生き残り、足立一馬さんは私の取材に随分協力して下さいました。足立さんが参戦した幾多のラオス独立戦争、ディエン・ビエン・フーの戦い、そして最後の戦場となったビア山の惨劇を、足立さんは詳しく私に語ってくれました。すべてを語り終えた足立さんは、何かに思いを馳せるように目を潤ませました。きっと、敬愛する宮本隊長をはじめ、一緒に戦った戦友たち、そして爆死した妻の思い出が走馬灯のように足立さんの脳裏を駆け巡ったのでしょうか。そして、二〇一〇年の夏の暑い頃、私と榊司さんご夫妻が見守る中、まるで夢でも見ているように笑顔のまま逝きました。

榊修兵さんと運命を共にしたブンことブンサキー・シタラコンさんのその後の行方は全く分かりません。少なくとも修兵さんが茶毘に付された時はいたはずだと、司さんは言います。きっと、彼は彼の方法で生き続けたのだと思います。

榊司ご夫妻はその後、ラオスでボランティア活動をしていると聞いています。

ここに、国境なき医師団が二〇〇八年六月二十七日に発表したステーツメントがあります。これが、いまだに続く、モン族への迫害の現実です……。

『タイ政府は二〇〇八年六月二十二日、ラオスから逃れてきたモン族の難民推定八〇〇人をラオスに強制送還した。さらにタイ当局は、タイのペッチャブン県ファイ・ナム・カオ村の難民キャンプに留まっている六千人のモン族難民についてもラオスへ送還すると公言している。

国境なき医師団（ＭＳＦ）は、タイ・ラオス両政府に対して直ちにモン族難民の強制送還を全面的に停止することと、さらに両政府に対して、ラオスへの強制送還者とタイ国内の収容所に拘束されていると見られるモン族の難民へ適切な医療・人道援助がなされるよう、独立の監視機関が介入するよう要求した……』

（完）

仏印近代史年表

一八六二年	フランス政府とベトナムの阮朝はサイゴン条約を締結。コーチシナ植民地（フランス領）が始まる。
一八八四年	カンボジアがフランスの保護国となる。一八八七年頃から次々にラオス、カンボジア、ベトナムなどがフランス領とフランス保護領となり、連邦組織とした。それをフランス領インドシナと称した。日本では仏印と略称した。これは一九四五年まで続いた。
一八九三年	ラオス（ルアンプラバン王国とビエンチャン王国）がフランス保護領となる。
一八九九年	シエン・クワン王国が、フランス保護領ラオスとなる。
一九三〇年	ホー・チ・ミンがベトナム共産党を設立。
一九四一年	仏印でフランス軍と日本軍の共同統治が始まる。
一九四五年	日本軍による仏印武力処理と言われる「明号作戦」を実施、フランス軍を支配下に収め、ベトナム、カンボジア、ラオスが相次いで独立を宣言した。
同年八月	日本敗戦。
同年	民族主義独立運動組織、ラオ・イッサラ（自由ラオス）が臨時政府をビエンチャンに樹立した。
一九四六年	ラオ・イッサラがフランス軍によって制圧。再びフランスの統治下に入る。
一九四六年	ベトナム独立を巡る第一次インドシナ戦争勃発。
一九四九年	フランスの統治下で、ラオス王国として独立。

一九五〇年	ネーオ・ラオ・イッサラ（自由ラオス戦線）が結成され、抗仏闘争開始。
一九五三年	ベトミンがサム・ヌアに介入。ベトミンによるモンへの迫害が始まる。
一九五四年	ディエン・ビエン・フーの要塞陥落（四月）。フランス軍敗退。同年七月のジュネーブ休戦協定が発効。ベトナムは北緯17度線で南北に分裂。ホー・チ・ミンがベトナム民主共和国として独立を宣言。
一九五五年	米国主導のＰＥＯ（Program Evaluation Office）が、モン族を中心とした特殊攻撃部隊（ＨＳＧＵ）を設立。特殊訓練を開始する。
一九六一年	Ｊ・Ｆ・ケネディ、米国大統領に就任。ベトナムへの軍事介入を開始。モン特殊攻撃部隊が白星機動訓練部隊（WSMTTs）としてラオス王国軍のバン・パオ将軍の下に配属される。モンとラオス人の敵対関係が深刻化。
同年	ラオス山岳部にロンチェン秘密基地の建設が始まる。迫害から避難してきたモン族七万人が集結。ロンチェン基地の工事に携わる。ロンチェン基地からホー・チー・ミン・ルートのラオス側への空爆が激しさを増す。「エアー・アメリカ」による反共兵士に仕立てるモン青年狩りが常態化する。
一九六五年	キューバ危機。三月米海兵隊、南ベトナムのダナンに上陸。ベトナム戦争激化。北爆開始。
一九六六年	バン・パオ将軍「モン独立国家」を宣言するも、米国に拒否される。
一九六七年	ラオス国内でエアー・アメリカとモン特殊攻撃部隊による共産勢力に与するモンに対する攻撃が深刻化する。モン族同士の戦闘が激しくなる。

一九七一年	米国はモン一万五千人を投入してラオス進攻作戦を開始（ラムソン作戦）。
一九七三年	ジュネーブ停戦協定。
一九七五年	プノンペン陥落（四月一七日）、カンボジアは長期に亘る内戦に突入。サイゴン陥落（四月三〇日）、ベトナム南北統一。ロンチェン秘密基地陥落、バン・パオ将軍、タイへ脱出（五月）、モン難民の大量発生（五月）、ビエンチャン陥落（八月二三日）、ワッタイ国王夫妻、ビエン・サイに幽閉。
同年	一二月二日、ラオス人民民主共和国成立。スファヌボン大統領、カイソン首相就任。ラオス王国の消滅。
一九七七年	新政府がモンを再教育キャンプに強制的に収容。その後、多くのモン避難民が再教育キャンプを脱走。中国、タイなどに逃亡を図る。また、モンの聖地、ビア山にモン特殊攻撃部隊、民間人など数万人から十数万人（正確な人数は不明）が集結、立てこもり、北ベトナム軍、パテト・ラオ軍に抵抗。
一九七八年〜	ビア山の攻防を巡って多くのモン難民が流出、隣国タイを目指すが、途中でジェノサイドに遭い大量の犠牲者が出る。また、運良くタイに逃れたモン難民も難民キャンプに収容され、自由を束縛された。
二〇〇八年	タイの難民キャンプに収容されていたモンをラオスに強制送還するとタイ政府が発表。人権団体が猛烈に反対して国際問題に。

宮田 隆プロフィール

医科系大学教授・病院長を経て国際医療協力NPO理事長に就任。東ティモール、カンボジア、ラオスなどの医療現場で活躍。北区内田康夫ミステリー文学賞、ヘルシー・ソサエティー賞などを受賞。江戸時代や明治の日の当たらない庶民の生活や、アジアの混沌と覇権主義に翻弄させられた歴史小説を得意とし「ポル・ポトのいる森」では、誰も触れる事のなかった闇に包まれた凄惨なカンボジアの内戦を描いた。

小説 **モン族たちの葬列**

平成二十九年三月十日　第一刷発行

著者　宮《みや》田《た》隆《たかし》

発行者　石澤三郎

発行所　株式会社　栄光出版社

〒140-0002 東京都品川区東品川1の37の5

電話　03(3471)1235

FAX　03(3471)1237

印刷・製本　モリモト印刷㈱

検印省略

ISBN 978-4-7541-0154-1